A ÁGUIA DA NONA

ROSEMARY SUTCLIFF

A ÁGUIA DA NONA

Tradução de
BEATRIZ MEDINA

GALERA RECORD
RIO DE JANEIRO • SÃO PAULO

2010

CIP-BRASIL. CATALOGAÇÃO-NA-FONTE
SINDICATO NACIONAL DOS EDITORES DE LIVROS, RJ

S966a
Sutcliff, Rosemary
   A águia da nona / Rosemary Sutcliff; tradução de Beatriz
Medina. – Rio de Janeiro: Galera Record, 2010.

   Tradução de: The Eagle of the Ninth
   ISBN 978-85-01-08322-7

   1. Romance americano. I. Medina, Beatriz.
   II. Título.

10-0595
                                    CDD: 028.5
                                    CDU: 087.5

Título original em inglês:
The Eagle of the Ninth

Copyright © Anthony Lawton, 1954

Esta tradução de *A Águia da Nona* foi originalmente publicada em inglês em 1954, e é publicada em português mediante acordo com Oxford University Press.

Todos os direitos reservados. Proibida a reprodução, no todo ou em parte, através de quaisquer meios. Os direitos morais do autor foram assegurados.

Texto revisado segundo o novo Acordo Ortográfico da Língua Portuguesa.

Design de capa: Sérgio Campante

Direitos exclusivos de publicação em língua portuguesa somente
para o Brasil adquiridos pela
EDITORA RECORD LTDA.
Rua Argentina 171 – Rio de Janeiro, RJ – 20921-380 – Tel.: 2585-2000
que se reserva a propriedade literária desta tradução

Impresso no Brasil

ISBN 978-85-01-08322-7

Seja um leitor preferencial Record.
Cadastre-se e receba informações sobre nossos
lançamentos e nossas promoções.

EDITORA AFILIADA

Atendimento e venda direta ao leitor
mdireto@record.com.br ou (21) 2585-2002

PREFÁCIO

Em algum momento do ano 117 d.C., a Nona Legião, estacionada em Eburacum, onde hoje fica a cidade de York, marchou para o norte para cuidar de um levante das tribos caledônias e nunca mais foi vista.

Durante as escavações em Silchester, quase mil oitocentos anos depois, nos campos verdejantes que hoje cobrem o calçamento de Calleva Atrebatum, foi desenterrada uma Águia romana sem asas, cujo molde pode ser visto até hoje no Museu Reading. Várias pessoas conjecturaram sobre como ela foi parar ali, mas ninguém sabe, assim como ninguém tem conhecimento do que aconteceu com a Nona Legião depois de sua marcha para as brumas do Norte.

Foi reunindo esses dois mistérios que escrevi a história de *A Águia da Nona*.

R.S.

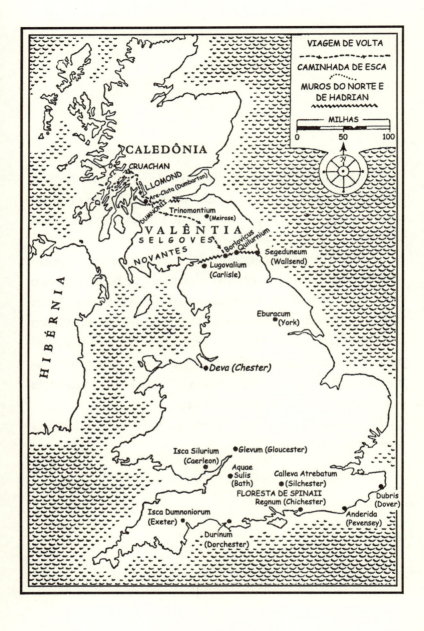

SUMÁRIO

I.	O FORTE DA FRONTEIRA	9
II.	PENAS AO VENTO	22
III.	ATAQUE!	36
IV.	CAI A ÚLTIMA ROSA	51
V.	OS JOGOS DA SATURNÁLIA	62
VI.	ESCA	80
VII.	DOIS MUNDOS SE ENCONTRAM	96
VIII.	O CURANDEIRO E A FACA	109
IX.	O TRIBUNO PLACIDUS	124
X.	ORDEM DE MARCHAR	136
XI.	DO OUTRO LADO DA FRONTEIRA	155
XII.	O ASSOVIADOR NA AURORA	165
XIII.	A LEGIÃO PERDIDA	181
XIV.	A FESTA DAS LANÇAS NOVAS	200
XV.	AVENTURA NO ESCURO	216
XVI.	O BROCHE-ANEL	236
XVII.	A CAÇADA LOUCA	255
XVIII.	AS ÁGUAS DO LETE	269
XIX.	O PRESENTE DE TRADUI	286
XX.	DISCURSO FINAL	300
XXI.	O PÁSSARO DE OLIVEIRA	317
	LISTA DE NOMES DE LUGARES	333

I

O FORTE DA FRONTEIRA

Da Via da Fossa, a oeste, até Isca Dumnoniorum, a estrada era simplesmente uma trilha bretã, larga e grosseiramente pavimentada, reforçada com troncos transversais nos lugares mais macios, quase sem perder o jeito antigo, serpenteando pelos morros e avançando cada vez mais para as regiões selvagens.

Era uma estrada movimentada por onde passavam muitos viajantes: comerciantes levando armas de bronze e âmbar amarelo bruto nos sacos sobre os pôneis; camponeses conduzindo gado peludo e desgrenhado ou porcos magros de aldeia em aldeia; às vezes, um bando de nativos de cabelo fulvo, das tribos distantes do oeste; harpistas e curandeiros-oculistas ambulantes também, ou um caçador de passos leves com imensos cães-lobos nos calcanhares; e, de vez em quando, uma carroça do comissariado indo e vindo para abastecer o posto de fronteira romano. Pela estrada passavam todos eles e também as coortes das Águias, para as quais todos os outros viajantes tinham de abrir caminho.

Hoje estava na estrada uma coorte de soldados aliados vestidos em couro, cantando juntos no passo firme das legiões, que os trouxera lá de Isca Silurium, a 30 quilômetros por dia: a nova guarnição que ia render a antiga em Isca Dumnoniorum. E lá iam eles, seguindo a estrada que ora corria sobre um dique entre o charco e o céu aberto, ora mergulhava na floresta profunda assolada por javalis, ora se elevava sobre terras altas e lúgubres onde nada crescia, a não ser tojos e espinheiros. Seguiam sem nunca parar, sem nunca mudar o ritmo, marchando centúria a centúria, o sol brilhando no estandarte à frente e a nuvem de poeira se elevando em rolos sobre a tropa de mulas atrás.

À frente da coluna marchava o centurião Pilus Prior, comandante da coorte, e o orgulho que nele brilhava mostrava claramente que aquele era seu primeiro comando. Ele decidira há muito tempo que esse comando era merecedor de orgulho; seiscentos gigantes louros, recrutados entre as tribos da Gália Superior, com a força de combate natural de gatos selvagens, treinados e forjados na coorte aliada que ele acreditava piamente ser a melhor que já servira na Segunda Legião. Eram uma coorte nova, recém-formada; muitos homens ainda não tinham sido provados em ação e o mastro do estandarte ainda não tinha insígnias, nenhuma guirlanda dourada de louros nem coroa da vitória. Eram honras ainda a conquistar, talvez durante o seu comando.

O comandante contrastava totalmente com os soldados: era romano até as pontas dos dedos arrogantes, moreno, cabelo crespo, enquanto eles eram ossudos e louros. O rosto azeitonado sob a curva do elmo empenachado não tinha nenhuma linha suave; poderia ser um rosto duro, mas estava marcado por rugas de riso e, entre as sobrancelhas negras e equilibradas, havia uma pequena cicatriz alta mostrando que tinha obtido o Grau do Corvo de Mitras.

Até um ano atrás, o centurião Marcus Flavius Áquila conhecia pouco as Águias. Seus dez primeiros anos foram passados tranquilamente com a mãe, na fazenda da família, perto de Clusium, enquanto o pai servia como soldado na Judeia, no Egito e aqui na Britânia. Pretendiam juntar-se ao pai nesta última mas, antes que a hora chegasse, a revolta se acendera entre as tribos do Norte e a legião de seu pai, a Nona Legião Hispana, marchara para o norte para enfrentá-la e nunca mais voltou.

A mãe morrera pouco depois e o deixara para ser criado em Roma por uma tia bastante tola e seu marido, um alto funcionário gorducho e muito orgulhoso da bolsa cheia. Marcus detestara o funcionário e o funcionário o detestara também. Viam tudo com olhos diferentes. Marcus vinha de uma linhagem de soldados: uma daquelas famílias de cavaleiros que, enquanto outros trocaram a vida militar pelo comércio e finanças, preservaram o antigo modo de vida; continuaram pobres, mas mantiveram a cabeça erguida. O funcionário vinha de uma linhagem de funcionários e seu código de vida era bem diferente do de Marcus. Nenhum deles tinha um fiapo de compreensão pelas ideias do outro e ambos ficaram satisfeitos quando Marcus fez 18 anos e pôde se candidatar ao posto de centurião.

Marcus, os olhos franzidos para o sol ao marchar, sorriu com seus botões, com um pouco de ironia, ao recordar como o funcionário gorducho ficara pateticamente satisfeito. (*tump, tump, tump,* disseram os pés da coorte atrás dele.)

Ele pedira que o mandassem à Britânia, embora isso significasse começar numa coorte aliada e não na frente de batalha, em parte porque o irmão mais velho do pai lá se instalara quando seus anos de vida militar findaram, mas principalmente devido ao pai. Caso se descobrisse algo sobre a Legião perdida, seria, em primeiro lugar, na Britânia, e talvez ali mesmo ele conseguisse descobrir algo sozinho.

Marchando pela estrada de Isca Dumnoniorum na luz âmbar do anoitecer, ele se viu pensando no pai. Tinha lembranças vivíssimas de um homem moreno e esguio, com rugas de riso nos cantos dos olhos, que vinha para casa de tempos em tempos e o ensinara a pescar, a jogar par ou ímpar e a lançar o dardo. Ele recordava vivamente aquela última licença. O pai acabara de ser designado para comandar a Primeira Coorte da Legião Hispana, o que significava cuidar da Águia e também ser praticamente o segundo no comando da legião; e com isso o menino ficara extremamente jubiloso. Mas a mãe ficara um pouco angustiada, quase como se soubesse...

— Se fosse *qualquer outra* legião! — dissera. — Você mesmo me contou que a Hispana tem má fama.

E o pai respondera:

— Mas eu não escolheria outra legião, se tivesse opção. Exerci meu primeiro comando na Hispana e a primeira legião de um homem é aquela que ocupa para sempre o lugar de honra em seu coração, seja bom ou mau o seu nome. E agora que volto a ela na Primeira Coorte, veremos se algo pode ser feito para limpar essa fama. — E, rindo, virara-se para o filho pequeno. — Agora será sua vez. Ela já teve seus maus dias, mas ainda faremos da Hispana uma legião, você e eu.

Recordando todos aqueles anos passados, Marcus lembrou que os olhos do pai tinham ficado muito brilhantes, os olhos de um homem que entra em ação; e a luz se prendera de repente na grande esmeralda imperfeita do anel de sinete que sempre usava, tirando dela uma fagulha de luz limpa e verde. Estranho como nos lembramos de coisas pequenas, que sabe-se lá por que tiveram importância.

(*Tump, tump, tump*, vinha o som dos pés da coorte atrás dele.)

Seria agradável, pensou, se tio Áquila fosse como o seu pai. Ainda não conhecia o tio; depois de fazer seu treinamento, chegara à Britânia nos dias de geada do final do outono e fora mandado diretamente para Isca; mas recebera um convite bastante vago de passar a licença com o parente em Calleva, quando recebesse alguma. Seria muito agradável se tio Áquila fosse como o seu pai.

Não que fosse provável que ele e o tio tivessem muita coisa em comum. O mais certo era que, dali a alguns anos, ele passasse a servir em outra região bem diferente do Império, já que raramente o centurião de uma coorte era promovido dentro da mesma legião.

Promovido... do posto atual até o posto do pai na Primeira Coorte; e depois? Para a maioria dos homens que chegavam a esse ponto, não havia nada, mas para pouquíssimos que iam além (e Marcus pretendia ser um deles), os caminhos aí se dividiam. Era possível tornar-se comandante de um acampamento, como tio Áquila, ou prosseguir pela Guarda Pretoriana e tentar o comando de uma legião. Quase sempre os comandantes de legiões eram homens do nível dos senadores, sem experiência militar a não ser um ano de serviço como tribuno na juventude; mas, segundo o costume, as duas Legiões Egípcias eram exceções à regra. Eram comandadas por soldados profissionais, por isso a Legião Egípcia era a meta de Marcus desde que se entendia por gente.

Mas algum dia, quando seu tempo com as Águias acabasse, quando tivesse construído um nome honrado e se tornado prefeito de sua Legião Egípcia, voltaria para casa nas colinas etruscas e talvez até comprasse de volta a antiga fazenda que o oficial gorducho vendera impiedosamente para reduzir despesas. Por um momento, lembrou-se quase com dor do terreno iluminado pelo sol e manchado pela sombra das asas dos pombos e da oliveira selvagem na curva do rio, em cuja raiz retorcida ele encontrara um nó com uma forma semelhante a um passarinho. Cortara-o da raiz com a faca nova que o pai lhe dera e empregou muito carinho, aparando-o e esculpindo-lhe penas durante toda uma noite concentrada de verão. Ainda tinha aquela escultura.

A estrada chegou ao fim de uma subida suave e, de repente, lá estava Isca Dumnoniorum diante deles, com o Monte Rubro, coroado pela fortaleza, escurecido pelas sombras contra o céu noturno. E, com um susto, Marcus voltou ao presente. A fazenda nas colinas etruscas podia esperar até que ficasse velho, cansado e famoso; no presente, estava a glória do primeiro comando.

A cidade bretã espalhava-se pela encosta sul do monte: um ajuntamento esparramado de telhados de palha de todas as cores, do dourado do mel ao negro do piche seco, de acordo com a idade da palha; com as linhas limpas e quadradas do fórum romano e da basílica parecendo estranhamente desenraizadas em seu meio; e a leve névoa da fumaça de lenha sobre tudo isso.

A estrada levava diretamente à cidade e subia pela encosta limpa até o portão pretoriano do forte; aqui e ali, homens de túnica púrpura ou cor de açafrão se viravam para olhar a coorte que ondulava, um olhar mais reservado do que hostil. Os cães se coçavam pelos cantos, porcos magros fuçavam os montes de lixo, e havia mulheres com pulseiras de ouro ou cobre em braços muito brancos sentadas na porta das cabanas, fiando ou moendo grãos. A fumaça azulada das muitas fogueiras das cozinhas se enroscava no ar tranquilo, e o cheiro saboroso de muitas refeições noturnas misturava-se ao odor da lenha e ao travo mais forte da bosta dos cavalos, que agora Marcus associava a todas as cidades bretãs. Pouco ainda havia que fosse romano, apesar do fórum de pedra. Algum dia haveria ruas retas, imaginou, e templos e termas e o modo de vida romano. Mas, naquele momento, era um lugar onde os dois mundos se tocavam mas não se misturavam, uma cidade bretã sob o domínio dos baluartes de turfa, fincados no mesmo lugar onde antes ficava o bastião da tribo, cheio de sentinelas romanas que agora percorriam a cidade de um lado para o outro. Enquanto marchava, ele olhou em volta, sob a curva do elmo, sabendo que esse lugar faria parte de sua vida no ano seguinte. Depois olhou os baluartes de turfa, viu uma flâmula romana pendendo no ar parado e o penacho alto da sentinela queimando no pôr do sol, ouvindo o chamado de uma trombeta, que parecia vir do céu ardente.

* * *

— Você trouxe consigo o céu claro — disse o centurião Quintus Hilarion, recostado na janela dos aposentos do comandante, espiando a noite. — Mas, por Hércules! Não espere que dure.

— É tão ruim assim? — perguntou o centurião Marcus Áquila, sentado à mesa.

— Quase tão ruim assim! Chove sempre aqui no oeste, a não ser quando Tifão, o pai de todos os males, cria uma neblina que impede um homem de ver seus próprios pés. Quando tiver cumprido seu ano aqui, terá cogumelos brotando das orelhas, como eu, e não só por causa da umidade!

— Por que mais? — indagou Marcus com interesse.

— Ah, falta de companhia, por exemplo. Sou uma alma sociável, gosto de ter amigos em volta. — Ele se afastou da janela e se acomodou numa banqueta estofada, abraçando os joelhos. — Tudo bem. Vou tirar o mofo assim que voltar a Isca com os soldados.

— Uma licença?

O outro concordou.

— Licença longa, licença adorável, na boa vida de Durinum.

— Durinum é o seu lar? — perguntou Marcus.

— É. Meu pai se aposentou e se instalou ali faz alguns anos. Há um circo surpreendentemente bom e muita gente, inclusive moças bonitas. Um lugar surgido do nada e bastante agradável para onde voltar. — Uma ideia pareceu lhe ocorrer. — O que vai fazer quando chegar a hora da *sua* licença? Quero dizer, por ter vindo de casa, não deve ter ninguém aqui para visitar...

— Tenho um tio em Calleva, mas ainda não o conheço — disse Marcus —, e com certeza não há ninguém lá em casa com quem eu queira passar minha licença.

— Pai e mãe mortos? — indagou Hilarion, em tom interessado e amigável.

— Sim. Meu pai se foi com a Nona Legião.

— Caramba! Quer dizer, quando ela....

— Desapareceu. É.

— Ora! Isso é mau! — disse Hilarion, balançando a cabeça. — Houve um monte de histórias feias... Ainda há, aliás. E, claro, eles perderam a Águia.

No mesmo instante, Marcus se eriçou para defender o pai e a legião do pai.

— Como nenhum homem da Legião voltou, não admira que a Águia também não voltasse — disparou.

— Claro que não — concordou Hilarion, amigavelmente.

— Não estou atacando a honra do seu pai, pode baixar as penas, meu caro Marcus. — Ele olhou o outro com um sorriso aberto e cordial; de repente, Marcus, que estivera a ponto de brigar com ele, sorriu também.

Fazia várias horas que Marcus conduzira a coorte pela ponte ressoante, respondendo ao chamado do sentinela: "Quarta Centúria de Auxiliares Gauleses da Segunda Legião, aqui para render esta guarnição". O jantar terminara no refeitório dos oficiais, com o quartel-mestre, o cirurgião e o efetivo duplo de centuriões das fileiras. Marcus recebera as chaves do cofre; numa guarnição tão pequena quanto aquela, não havia oficial-pagador; e na hora anterior, ali no Pretório, nos aposentos do comandante, ele e Hilarion tinham conferido o serviço burocrático do forte de fronteira. Agora, os elmos empenachados e os peitorais gravados postos de lado, os dois descansavam.

Pelo portal, Marcus conseguia ver quase toda a alcova: o catre estreito cheio de alegres cobertores feitos pelos moradores locais, o cofre de carvalho polido, o suporte da lâmpada no alto da parede nua e nada mais. A sala externa continha a velha mesa de escrever junto à qual estava Marcus, um tamborete de campanha de pernas cruzadas, o banco estofado para dar conforto, outro cofre para os rolos de registros e um pedestal de bronze com uma lâmpada de formato especialmente horrendo.

No curto silêncio que caíra entre os dois, Marcus passou os olhos pela sala austera na luz amarela da lâmpada de óleo e, para ele, pareceu-lhe bela. Mas, embora no dia seguinte passasse a ser sua, naquela noite ele ainda era hóspede, e fitou o anfitrião com um rápido sorriso de desculpas por ter olhado cedo demais com olhos de dono aquele ambiente.

Hilarion sorriu.

— Neste mesmo dia, ano que vem, você não se sentirá assim.

— Gostaria de saber — disse Marcus, balançando o pé calçado com sandália e observando ociosamente o balanço. — Além de criar cogumelos, o que se faz por aqui? A caça é boa?

— Bastante boa; é a única coisa que se pode dizer deste canto específico do Império. Javalis e lobos no inverno, e a floresta também é cheia de veados. Há muitos caçadores lá na cidade que o guiarão pelo preço de um dia de trabalho. Claro que não é aconselhável ir sozinho.

Marcus assentiu.

— Tem algum conselho para mim? Sou novo nessa região.

O outro refletiu.

— Não, acho que não. — Depois, ergueu-se com um sacolejo. — Ah, tenho sim, caso ninguém o tenha avisado. Mas não tem nada a ver com caçadas. São os sacerdotes, os druidas perambulantes. Se algum deles aparecer no distrito ou se suspeitar de que há algum por aqui, procure as armas. Esse sim, é um bom conselho.

— Druidas? — Marcus estava surpreso e perplexo. — Mas Suetonius Paulinus não tinha acabado com eles de uma vez por todas sessenta anos atrás?

— Como ordem sacerdotal organizada, talvez; mas é tão fácil livrar-se dessa bruma pagã com um leque de folhas de palmeira quanto acabar com os druidas destruindo sua fortaleza. Eles ainda brotam, de vez em quando, e sempre que brotam é provável que haja problemas para as Águias. Eles eram a alma da resistência bretã nos primeiros dias e, até hoje, quando há algum sinal de agitação entre as tribos, pode apostar as sandálias que há um homem santo por trás do que for.

— Continue — incitou Marcos, quando o outro pareceu terminar. — Está ficando interessante.

— Bom, é o seguinte: eles podem pregar a guerra santa, e esse é o tipo mais perigoso, porque não temem as consequências. — Hilarion falava devagar, como se pensasse no assunto enquanto prosseguia. — As tribos da fronteira não são como as do litoral sul, que já estavam meio romanizadas antes mesmo de desembarcarmos; são selvagens e muito corajosas; mas até elas, em sua maioria, passaram a achar que não somos inimigos das trevas e têm bom-senso suficiente para ver que destruir a guarnição local só vai provocar uma expedição punitiva e a destruição de seus lares e colheitas, e, em seguida, uma guarnição mais forte, de mão mais pesada. Mas basta um dos homens santos dominá-los e tudo isso é esquecido com o vento. Param de pensar se o levante pode ou não lhes trazer algum bem; param de pensar totalmente. Estão defendendo a fé em seus deuses quando incendeiam um ninho de infiéis, e o que vier a acontecer depois não é da conta deles, porque vão para oeste, para o pôr do sol, pela estrada dos guerreiros. E quando os homens ficam nesse estado, é bem provável que haja problemas.

Lá fora, na escuridão silenciosa, as trombetas soaram, marcando o segundo turno da noite. Hilarion esticou-se e ergueu-se.

— É melhor fazermos juntos o Último Turno de hoje — disse ele, e alcançou a espada, enfiando o boldrié pela cabeça.

— Sou nativo daqui — acrescentou, à guisa de explicação.

— Foi assim que passei a conhecer um pouco esses assuntos.

— Imaginei isso. — Marcus verificou uma fivela do seu equipamento. — Suponho que homens santos não têm aparecido por aqui.

— Não, mas meu antecessor teve alguns problemas pouco antes de eu assumir, e o agitador fugiu e desapareceu. Ficamos perto do Vesúvio por um mês ou dois, até porque, pelo segundo ano seguido, a colheita foi ruim, mas a erupção não veio.

Soaram passos lá fora e uma luz vermelha brilhou na janela; saíram juntos para encontrar o centurião de serviço, de pé com a tocha acesa. Trocaram a saudação romana e partiram no turno pela fortaleza às escuras, de sentinela em sentinela ao longo do alto da muralha, de guarda em guarda, com a troca das senhas em voz baixa; finalmente, de volta à sala mal iluminada do Pretório, onde ficava guardado o cofre do soldo e o estandarte encostado à parede e onde, entre os turnos, o centurião de serviço passava a noite toda sentado com a espada sobre a mesa.

Marcus pensou: "A partir de hoje, serei eu sozinho a seguir a tocha do centurião de um posto da guarda a outro, dos alojamentos aos estábulos, vendo se tudo está bem nas fronteiras do Império. "

Na manhã seguinte, depois da cerimônia formal de transmissão do comando, no fórum, a guarnição antiga partiu. Marcus observou-os indo embora, cruzando o fosso e descendo o morro em meio às cabanas amontoadas da cidade nativa, cujos telhados de palha eram polvilhados de ouro pelo sol da manhã. Centúria após centúria, marchando pela longa estrada que levava à Isca; e à frente, o brilho de ouro e púrpura que era o estandarte da coorte. Ele franziu os olhos na luz penetrante e observou aquele brilho colorido até que desapareceu na claridade da manhã. O último condutor das carroças de bagagem sumiu de vista além da elevação da estrada, o rítmico *tump-tump-tump* dos pés calçados de sandálias pesadas parou de pulsar pelo ar iluminado pelo sol e Marcus ficou sozinho em seu primeiro posto de comando.

II

PENAS AO VENTO

Em poucos dias, Marcus mergulhara de forma tão completa na vida do forte de fronteira que parecia nunca ter conhecido outra. A planta baixa de todas as fortalezas romanas era quase a mesma, assim como o padrão de vida nelas. Conhecer uma significava conhecer todas, quer fosse o quartel de pedra da própria Guarda Pretoriana, quer fosse uma fortaleza de tijolos de barro no Alto Nilo, quer fosse esta, em Isca Dumnoniorum, onde os baluartes eram de turfa socada e o estandarte da coorte e os oficiais abrigavam-se juntos num quadradinho de prédios de taipa em volta de um pátio cercado por uma colunata. Mas, em poucos dias, Marcus começou a conhecer a individualidade que, afinal de contas, tornava cada acampamento diferente de todos os outros, e foram essas diferenças que o fizeram sentir-se em casa em Isca. Um artista de alguma guarnição há muito partida desenhara com a adaga o pulo de um lindo gato selvagem na parede das termas e alguém menos dotado rabiscara um desenho bastante grosseiro de um centurião de que não gostava; dava para saber que era o centurião pelo bastão de videira e pelo sinal

">", de centurião, riscado embaixo. Havia um ninho de andorinhão sob a calha do nicho onde ficava guardado o estandarte, e um cheiro esquisito de fonte desconhecida atrás do depósito Número Dois. E num dos cantos do pátio dos oficiais, algum dos antigos comandantes, com saudades do calor e das cores do Sul, plantara uma roseira num grande cântaro de pedra, e os botões já mostravam seu carmim entre as folhas escuras. Aquela roseira deu a Marcus uma sensação de continuidade: era um vínculo entre ele, os que o tinham precedido ali na fronteira e os outros que viriam depois. Devia estar lá há muito tempo e já se tornava grande demais para o vaso; ele pensou em mandar preparar-lhe um canteiro adequado no outono.

Levou algum tempo para se adaptar aos oficiais. O cirurgião, que, como o quartel-mestre, parecia ter um cargo fixo, era uma alma gentil, bem satisfeito ali no seu fim de mundo, desde que contivesse o bastante do ardente espírito nativo; mas o quartel-mestre era mais difícil, um homenzinho vermelho e zangado que dispensara promoções e, em consequência, ficara demasiado cheio de si. Lutorius, que comandava o único esquadrão de cavalaria daciana, dedicava toda a sua amabilidade aos cavalos e era reservado a ponto de parecer ranzinza com todos os homens, até com os seus. Os cinco centuriões de Marcus eram todos tão mais velhos e experientes do que ele que, a princípio, não soube direito como tratá-los. Não era fácil, tendo menos de um ano com as Águias, dizer ao centurião Paulus que estava exagerando no uso do bastão nas costas dos homens; ou fazer o centurião Galba entender que, enquanto ele estivesse no comando e qualquer que fosse o costume das outras coortes, os centuriões da Quarta Gaulesa não aceitariam suborno dos subordinados para lhes conceder licenças. Mas ele deu um jeito e conseguiu, e o estranho foi que, embora Galba e Paulus rugissem por dentro na época e até reclamassem em segredo, depois o entendimento entre eles e o comandante da coorte melhorou. E, entre Marcus e o segundo no comando, houve, desde o princípio, um bom entendimento de trabalho, que com o passar do tempo transformou-se em uma amizade calorosa. O centurião Drusilus, como a maioria dos colegas, fora promovido das fileiras; era veterano de muitas campanhas, cheio de estranha sabedoria e conselhos duros; e Marcus precisava disso naquele verão. O dia começava com as trombetas tocando a Aurora nos baluartes e terminava com os Últimos Turnos; e entre as duas coisas ficava todo o complicado padrão de marchas e serviços, patrulhas internas e externas, estábulos e instrução com armas. Ele também tinha de ser seu próprio magistrado; tinha de resolver a situação quando um dos homens afirmava que alguém da tribo lhe vendera um cachorro inútil; ou quando alguém da tribo se queixava de que alguém da fortaleza lhe roubara uma ave; ou quando os dacianos e gauleses brigavam por alguma questão obscura sobre deuses tribais dos quais ele nunca ouvira falar.

Era muito trabalho, principalmente nos primeiros dias, e Marcus ficou grato por ter o centurião Drusilus por perto. Mas o trabalho estava em seu sangue, assim como a agricultura, e era um serviço que amava. E não era só trabalho, havia um ou outro dia de caça — boa caça, exatamente como dissera Hilarion.

Quase sempre, seu guia e companheiro na trilha era um bretão não muitos anos mais velho que ele, um caçador e negociante de cavalos chamado Cradoc. Certa manhã, no fim do verão, ele saiu do forte com as lanças de caça para buscar Cradoc, como costumava fazer. Era muito cedo: o sol ainda não surgira e a bruma jazia como um mar branco entre os morros. Os cheiros ficavam fortes e pesados em manhãs assim, e ele farejou o ar frio da madrugada como um cão caçador. Mas não conseguia encontrar o prazer de sempre na bela manhã de caça, pois estava preocupado. Não muito preocupado, mas o bastante para embotar o fio cortante da lâmina do prazer; regirava na mente o boato que correra pela fortaleza nos últimos dias, o boato de um druida peregrino que fora avistado no distrito. Ah, na verdade ninguém o vira pessoalmente; era muito mais vago do que isso. Ainda assim, recordando o aviso de Hilarion, ele verificara tudo o melhor possível, é claro que sem nenhum resultado. Mas mesmo que houvesse algo no vento, nada conseguiria; nada se descobriria, nem mesmo junto aos poucos que tinham recebido de Roma cargos oficiais; se sua maior lealdade fosse a Roma, de nada saberiam; se fosse à tribo, nada diriam. Provavelmente, não havia nem um fiapo de verdade na história; era apenas um daqueles boatos que surgiam de vez em quando, como um vento vindo do nada. Mas ficara de olhos e ouvidos abertos da mesma forma, ainda mais porque, novamente, pelo terceiro ano seguido, a colheita seria ruim. Dava para saber, pela cara de homens e mulheres, assim como por seus pequenos campos, onde o trigo estava miúdo e murcho nas espigas. Más colheitas eram o momento certo para esperar problemas.

Enquanto percorria o caminho pelas cabanas amontoadas além do fórum, Marcus verificou mais uma vez como Roma deixara o lugar intocado. A tribo achava o fórum e a basílica úteis para ali erguer a feira. Um ou dois homens tinham deixado de lado as lanças de caça para tornarem-se autoridades romanas, e às vezes via-se até uma túnica romana. Havia lojas de vinho por toda parte, os artesãos da cidade faziam objetos para agradar à guarnição e todo mundo lhes vendia cães, peles, hortaliças e galos de briga, enquanto as crianças corriam atrás dos soldados pedindo denários. Mas ainda assim, ali em Isca Dumnoniorum, Roma era um broto novo enxertado num tronco antigo, e o enxerto ainda não pegara.

Chegou ao aglomerado de cabanas que eram de Cradoc e ficou de lado, na entrada principal, assoviando alguns compassos da canção mais recente das legiões, com os quais costumava anunciar sua chegada. O pedaço de couro pendurado como cortina no portal foi afastado na mesma hora mas, em vez do caçador, surgiu uma moça com um bebê sério e bronzeado no colo. Era alta, como a maioria das mulheres bretãs, e tinha porte de realeza; mas o que Marcus notou foi o ar de seu rosto: um ar reservado e estranho, como se puxasse um véu por trás dos olhos para que ele não conseguisse enxergar lá dentro.

— Meu homem está lá atrás com a quadriga. Se o comandante procurar, encontrará — disse ela, e recuou, deixando a cortina de couro cair entre eles.

Marcus foi procurar. O som da voz do caçador e o leve relincho de um cavalo indicou a direção e, abrindo caminho entre a pilha de lenha e o galo amarrado cujas penas brilhavam com cores metálicas entre as galinhas mais desbotadas, chegou à entrada de uma cabana-estábulo e olhou lá dentro. Cradoc virou-se para a entrada quando ele apareceu e fez uma saudação cortês.

Marcus retribuiu — nessa época já falava fluentemente a língua celta, embora com horrível sotaque —, mas fitava as sombras atrás do outro homem.

— Não sabia que conduziam quadrigas reais por aqui — disse ele.

— Não somos arrogantes a ponto de não aprender algumas lições de Roma. Nunca chegou a ver meus animais?

Marcus balançou a cabeça.

— Sequer sabia que você era quadrigário, embora talvez devesse ter adivinhado. Todos os bretões o são.

— O comandante está enganado — disse Cradoc, deslizando a mão pelo pescoço lustroso de um cavalo. — Todos os bretões sabem conduzir cavalos, mas nem todos são quadrigários.

— Então suponho que você é quadrigário?

— Sou considerado um dos melhores da minha tribo — disse Cradoc, com dignidade tranquila.

Marcus cruzara a entrada.

— Posso ver os cavalos? — perguntou, e o outro se afastou sem dizer palavra.

Os quatro estavam soltos no estábulo e se aproximaram dele quase como cães, para lhe farejar inquisidoramente o peito e as mãos estendidas; quatro animais negros, esplendidamente iguais. Pensou na quadriga árabe que algumas vezes conduzira em Roma. Esses eram menores — menos de quatorze palmos, avaliou —, de pelagem mais espessa e, para o seu tamanho, um pouco mais robustos, mas a seu modo pareceram-lhe inigualáveis; as cabeças suaves e inteligentes voltadas para ele, as orelhas atentas e delicadas como pétalas de flores, as narinas frementes forradas de vermelho-vivo, o peito e as ancas profundas e vigorosas. Ele foi de um a outro, movendo-se entre eles, acariciando-os, passando a mão conhecedora pelos corpos ágeis, da crina arrogante à cauda impetuosa.

Antes de partir de Roma, Marcus estivera bem encaminhado para tornar-se quadrigário, no sentido da palavra usado por Cradoc, e agora a vontade despertava nele, não de ter aqueles animais, pois ele não era daqueles que precisam dizer que algo é "meu" antes de realmente apreciar alguma coisa, mas sim de sair com eles, atrelados, sentir o piso do carro vibrar sob seus pés e as rédeas frementes de vida em suas mãos, e essas criaturinhas adoráveis e impetuosas na pista, sua vontade e a deles unidas numa só.

Virando-se, com um focinho macio encostado ao ombro, perguntou:

— Você me deixaria experimentar sua quadriga?

— Não está à venda.

— Mesmo se estivesse, eu não poderia comprá-la. Perguntei se poderia experimentá-la.

— O comandante também é quadrigário? — perguntou Cradoc.

Nos Jogos da Saturnália do ano anterior, Marcus correra com uma quadriga emprestada contra um oficial do estado-maior, considerado o melhor da legião, e vencera.

— Sou considerado o melhor da minha legião — disse ele.

Cradoc não considerou sua pergunta respondida.

— Duvido que o senhor consiga guiar essas minhas joias negras.

— Quer apostar? — perguntou Marcus, os olhos repentinamente frios e brilhantes, a boca sorridente.

— Apostar?

— Que guiarei sua quadriga do modo que desejar, no terreno da sua escolha. — Marcus retirou o broche do ombro da capa grosseira e estendeu-o, a cornalina vermelha nele engastada a brilhar fracamente nas sombras. — Esta fíbula contra... contra uma das suas lanças de caça. Ou, se não achar adequado, diga o que quer.

Cradoc não olhou a fíbula. Olhava para Marcus, como se o jovem romano fosse um cavalo cuja coragem quisesse medir, e Marcus, enfrentando a fria avaliação, sentiu-se corar. O caçador notou o tom zangado e a cabeça erguida com arrogância e um estranho sorrisinho torto ergueu-lhe um dos lados da boca. Então, como se satisfeito com o exame, disse:

— Aceito a aposta.

— Onde resolveremos a questão? — perguntou Marcus, devolvendo o broche ao ombro da capa.

— Amanhã tenho de levar uma junta de cavalos até Durinum, mas volto em oito dias. Podemos resolver a aposta quando eu voltar. Agora, já é hora de partirmos.

— Pois que seja — disse Marcus, e com um tapinha final num pescoço lustroso, virou-se e seguiu Cradoc para fora do estábulo. Assoviaram para chamar os cães de caça à espera, pegaram as lanças de caça na parede da cabana onde ficavam enfiadas e desapareceram na floresta.

* * *

Cradoc ficou fora mais tempo do que esperara e a colheita, por pequena que fosse (muitos passariam fome em Isca Dumnoniorum naquele inverno) já terminara quando decidiram resolver a aposta. Marcus remoía a questão de como obter mais trigo quando chegou ao local marcado para o encontro, uma boa extensão de terra plana na curva do rio, e encontrou o outro à sua espera. Cradoc ergueu o braço em saudação quando ele saiu da borda da mata e, pulando no carro, virou a quadriga e veio trovejando em sua direção, cruzando a galope as samambaias ondulantes. O sol faiscava em raios de luz nos ornamentos de bronze no peito e na testa dos animais e o cabelo comprido do quadrigário flutuava como a crina de seus cavalos. Marcus manteve a posição, embora com um aperto desconfortável no estômago, até que, no último instante, os animais foram forçados a parar quase em cima dele e o quadrigário correu ao longo do varal e lá ficou, de pé contra o céu.

— Belo truque — disse Marcus, sorrindo para ele. — Já tinha ouvido falar, mas até hoje nunca o vira.

O outro riu e desceu do carro e, quando fez a quadriga virar-se, Marcus afastou-se e, num salto, subiu a seu lado. As rédeas e as muitas voltas do látego trocaram de mãos e Cradoc ficou no lugar do soldado, com a mão no trabalho de vime da lateral do carro.

— Leve-os até aquele freixo morto lá longe, para começar.

— Cada coisa a sua hora — disse Marcus. — Ainda não estou pronto.

Os cavalos estavam atrelados à moda romana, os dois de dentro ao varal, os dois de fora aos eixos, com tirantes. Até aí, tudo bem, mas o carro era outra história. Até então, sempre conduzira carros de corrida romanos, meras casquinhas com espaço somente para o condutor. Este era duas vezes maior, embora bem leve, e a frente aberta dava a sensação de estar em cima da quadriga, que para ele era nova. Para aproveitar ao máximo o carro e os animais, era preciso fazer algumas adaptações. Segurando bem altas as rédeas cuidadosamente separadas, da maneira aceita no Coliseu, os pés abertos e bem plantados nas tiras trançadas do chão do carro, pôs os animais em movimento. Começou de leve, sentindo-os, depois levando-os a um trote mais rápido enquanto seguia para o alvo prateado do freixo morto. Pouco antes, fez com que girassem, obediente à instrução de Cradoc, e os fez ondular delicadamente pela fila encurvada de chuços que o outro fincara em pé na turfa antes que chegasse, da mesma maneira que levara os brancos cavalos árabes entre os marcos de treinamento no Campo de Marte: a velocidade aumentando para um galope, sem nunca roçar um eixo da roda para desgraçar-se. Conduziu a quadriga em todos os truques e provas que o dono ordenou até que chegou a hora da explosão final de velocidade, e voaram a todo galope pela longa curva da beirada da floresta.

Para Marcus, aquele momento sempre foi como renascer para outra vida. Assim deve sentir-se a flecha quando deixa o arco. A vida antiga era quente e abafada, mas nessa o vento fresco fluía como água contra ele, apertando ao corpo a fina túnica escarlate, cantando em seus ouvidos acima do suave trovão dos cascos velozes dos cavalos. Ele se agachou mais, sentindo o chão vibrante e elástico do carro sob os pés bem abertos, sentindo as rédeas tremerem de vida em suas mãos, a vontade fluindo por elas até a célere quadriga, e a reação dela fluindo de volta até ele, de modo que eram um só. Falou-lhes em língua celta, estimulando-os a avançar.

— Avante, corações valentes! Avante, belos e ousados! Vossas éguas se orgulharão de vós, a tribo cantará louvores aos filhos de vossos filhos! Vamos! Vamos, meus irmãos!

Pela primeira vez ele soltou o látego, deixando-o voar e estalar como um relâmpago escuro acima das orelhas dos cavalos, sem sequer tocá-los. A fímbria da floresta se aproximava, as samambaias a se abrir sob os cascos voadores e as rodas impiedosas. Ele e a quadriga eram um cometa a disparar pelos caminhos claros do céu; um falcão mergulhando contra o sol...

Então, a uma palavra de Cradoc, ele agarrou as rédeas com mais força, levando os animais a uma parada brusca, forçados a todo galope a empinar sobre as ancas. O vento do avanço morreu e o calor pesado voltou a fechar-se em torno dele. Tudo ficou imóvel e a cena cintilante e ensolarada parecia pulsar diante de seus olhos. Antes que as rodas parassem de girar, Cradoc desceu e foi até a cabeça dos animais. Depois do primeiro momento de mergulho, eles ficaram bem quietos, os flancos ondulando um pouco.

— E então? — perguntou Marcus, esfregando as costas da mão na testa molhada.

Cradoc fitou-o, sem sorrir.

— O comandante começa a ser um quadrigário — disse ele.

Marcus largou as rédeas e o látego e desceu para se juntar a ele.

— Nunca conduzi uma quadriga tão boa — disse, e curvou o braço sobre um pescoço arqueado. — Ganhei minha lança?

— Venha escolhê-la antes de voltar ao forte — disse o outro. Trouxera consigo, no peito da túnica, cascas de pão doce e segurou-as na palma aberta, junto aos lábios macios e inquisidores dos pôneis. — Esses quatro são as joias do meu coração. Descendem dos Estábulos Reais dos Icenis e são poucos os que conseguiriam controlá-los melhor que o comandante. — E havia um estranho toque de pesar em sua voz, para o qual não parecia haver razão, mas Marcus se recordaria disso mais tarde.

Voltaram devagar, com os cavalos a passo, na tarde de verão.

— Não vai lhes fazer mal descansar um pouco, agora que esfriaram — disse Cradoc, quando, depois de escolher o caminho pelo burburinho confuso da cidade, parou diante de sua própria casa. Puxou as rédeas sobre a cabeça dos animais, virou-se para o portal escuro e chamou:

— Guinhumara, traga as minhas lanças.

A cortina de couro estava erguida para deixar entrar a brisa que houvesse, e um fogo vermelho brilhava no centro da moradia. Marcus viu a moça alta levantar-se sem dizer palavra — virava bolos de trigo entre as brasas quentes, para a ceia do marido — e fundir-se na escuridão de algum lugar interno. Vários cães que estavam deitados na pilha de feno, com o bebezinho marrom dormindo em seu meio, saíram balançando o rabo para rodear o dono, mas a criança continuou dormindo, chupando o polegar. Em alguns instantes a moça voltou e se uniu a eles no umbral, trazendo um feixe de lanças cujas lâminas polidas, com a luz da tarde, faiscavam como outras tantas línguas de fogo.

— O comandante e eu fizemos uma aposta — disse Cradoc. — O broche dele contra uma das minhas lanças. Ele venceu e agora veio escolher sua lança. — Enquanto falava, ele tirou uma delas do feixe e apoiou-se nela, com um gesto que dizia bem claramente "Esta não".

As que ali ficaram eram boas armas, belas como todas as armas dos celtas, perfeitamente equilibradas e letais; algumas leves, para atirar, algumas de lâmina larga, para o trabalho a pequena distância, algumas para a guerra, algumas para a caça. A moça passou-as a Marcus, uma a uma, e ele experimentou-as e examinou-as, escolhendo finalmente uma com a lâmina fina e dentada, com uma peça cruzada pouco abaixo do pescoço.

— Esta — disse ele. — Será esta, para quando eu caçar javalis com seu marido no inverno.

Sorriu para ela, mas ela não devolveu o sorriso; seu rosto tinha o mesmo ar velado que percebera antes. Ela recuou em silêncio e levou consigo, para dentro da moradia, as lanças que sobraram. Marcus já se voltara para o caçador, pois aquela outra lança atraíra seu interesse e não lhe saiu da mente enquanto escolhia. Era para o resto do feixe o que é o rei para a sua guarda; a haste escurecida pelo muito manuseio, a lâmina de ferro de forma perfeita, como uma folha de louro, gravada com um desenho estranho e potente que regirava como as ondulações da água corrente. O peso da cabeça era contrabalançado por uma bola de bronze esmaltado na outra ponta e, perto do pescoço, havia um colar de penas de garça, azul-acinzentadas.

— Nunca vi nenhuma assim — disse Marcus. — É uma lança de guerra, não é?

A mão de Cradoc acariciou a haste lisa.

— Era a lança de guerra do meu pai — disse ele. — Estava em sua mão quando morreu, lá longe, sob os nossos velhos bastiões, onde hoje ficam os muros da fortaleza. Veja, a marca ainda está nela... o sangue dele e o sangue de seu inimigo. — Ele separou as penas de garça para mostrar o pescoço da lança, enegrecido por uma antiga mancha.

Pouco depois, levando a lança de caçar javalis recém-adquirida, Marcus voltou para o portão Pretoriano. Crianças e cães brincavam juntos no sol baixo e uma mulher, na porta da cabana, gritou-lhe a saudação da noite quando ele passou. Tudo parecia muito pacífico, mas ainda assim ele tinha a sensação desagradável de que a paz era apenas uma película, um véu como aquele que a moça Guinhumara puxara para trás dos olhos, e que debaixo dela agitava-se algo muito diferente. Mais uma vez, recordou o aviso de Hilarion: "Pois o colar da antiga lança de guerra fora recentemente renovado, e as penas de garça ainda tinham o lustro da ave viva."

Possivelmente, aquela lança fora reenfeitada muitas vezes, bem cuidada pelo filho em memória do pai; ainda assim, pensou ele de repente, em quantos daqueles lares de teto de palha havia lanças velhas deixadas em condições de lutar? Então sacudiu os ombros com impaciência e andou pelo caminho íngreme com passos apressados até o portão. Estava apenas criando cogumelos, como Hilarion profetizara. Tudo isso por causa de algumas penas novas. Mas até uma pena pode mostrar para que lado o vento sopra.

Ah, se pelo menos tivessem uma boa colheita!

III

ATAQUE!

Nas horas escuras antes do amanhecer, duas noites depois, Marcus foi acordado de seu sono pelo centurião de serviço. Uma pequena lâmpada ardia constantemente em sua cela, para o caso de emergências, e no mesmo instante ele despertou por completo.

— O que foi, centurião?

— As sentinelas do baluarte do Sul ouviram sons de movimento entre nós e a cidade, senhor.

Marcus saiu da cama e jogou a pesada capa militar por cima da túnica de dormir.

— Esteve lá?

O centurião afastou-se para que ele passasse para a escuridão.

— Sim, senhor — disse ele, com feroz paciência.

— Algo a ser visto?

— Não, senhor, mas algo se mexe lá embaixo, apesar de tudo.

Cruzaram rapidamente o pátio central do forte e viraram para descer ao lado de uma fila de oficinas silenciosas. Depois, subiram os degraus até a passarela do baluarte. A forma do capacete da sentinela elevou-se escura contra a escuridão acima da amurada. Houve um farfalhar e o som de um golpe quando ele bateu o pilo em saudação.

Marcus foi até o parapeito, que chegava à altura de seu tórax. O céu nublara-se, de modo que não se via uma estrela sequer, e tudo abaixo era um negrume sem forma nem nada visível, a não ser a leve palidez do rio que meneava por ele. Nem um sopro de ar se movia na quietude, e Marcus, prestando atenção, não ouviu som algum, exceto o pulsar do sangue em seus ouvidos, muito mais fraco que o mar dentro de uma concha.

Esperou, a respiração contida; depois, de algum lugar abaixo, veio o ruído de uma coruja na caça e, um instante depois, um som tênue e sem forma de movimento que se extinguiu pouco antes que ele tivesse certeza de que não era fruto da sua imaginação. Sentiu o centurião de serviço tensionar-se a seu lado como um arco puxado. Os momentos se arrastaram, o silêncio tornou-se uma pressão física sobre seus tímpanos. Depois os sons voltaram e, com eles, formas indistintas moveram-se de repente na escuridão da turfa aberta sob os baluartes.

Marcus quase escutou o estalo da tensão se rompendo. Baixinho, entredentes, a sentinela soltou uma imprecação e o centurião riu.

— Alguém vai passar um dia duro procurando o gado fugido.

Gado fugido; era só isso. Mas, para Marcus, a tensão não se transformara em alívio. Talvez se transformasse, caso nunca tivesse visto as penas novas de garça numa antiga lança de guerra; mas as vira, e desde então, em algum lugar no fundo de seu cérebro pensante, o instinto do perigo permanecera com ele. De repente, afastou-se do parapeito, falando rapidamente com o oficial:

— Ainda assim, a fuga do gado pode ser boa cobertura para outra coisa. Centurião, este é o meu primeiro comando; se estiver sendo tolo, que isso me sirva de desculpa. Vou voltar para me vestir. Ponha a coorte em prontidão com o máximo de silêncio possível.

Sem esperar resposta, virou-se e, descendo do baluarte, caminhou até seus aposentos.

Em instantes, voltou totalmente vestido, desde as sandálias com cravos até o elmo de penacho, amarrando a faixa púrpura na cintura do peitoral enquanto andava. Das portas mal iluminadas dos alojamentos, os homens se levantavam, afivelavam boldriés e elmos enquanto corriam e seguiam pela escuridão. "Parecerei tolo?", perguntou-se Marcus. "Rirão de mim enquanto meu nome for lembrado na legião como o homem que dobrou a guarda durante dois dias por causa de um feixe de penas e depois mandou a coorte rechaçar um rebanho de vacas leiteiras?" Mas era tarde demais para se preocupar com isso. Ele voltou ao baluarte e encontrou-o já forrado de homens, as reservas reunidas embaixo. O centurião Drusilus esperava por ele, que falou em voz baixa, rápida e sofrida com o homem mais velho:

— Acho que devo ter enlouquecido, centurião; não vou sobreviver ao ridículo.

— Melhor ser motivo de riso do que perder o forte por medo do ridículo — retrucou o centurião. — Não vale a pena correr riscos na fronteira, e noite passada foi de lua nova.

Marcus não precisou perguntar o significado disso. Em seu mundo, os deuses se mostravam nas luas novas, na época da semeadura e da colheita, no solstício de verão e de inverno; e se houvesse um ataque, a lua nova seria o momento certo. A Guerra Santa. Hilarion compreendera tudo a esse respeito. Virou-se para dar a ordem. Os momentos de espera se encompridaram; as palmas das mãos estavam úmidas, e a boca, desconfortavelmente seca.

O ataque veio com um silencioso surto de sombras que surgiram de todos os lados, fluindo sobre o baluarte de turfa com velocidade e ímpeto tais que, com fosso ou sem fosso, os permitiriam tomar o acampamento caso só houvesse as sentinelas para barrar-lhes o caminho. Jogavam feixes de ramos no fosso para formar pontes improvisadas; enxameando, tinham varas para escalar os baluartes, mas no escuro nada disso podia ser visto, somente um fluxo ascendente, uma onda de fantasmas. Por alguns momentos, o silêncio total deu ao ataque um horror arrepiante; depois, os soldados ergueram-se como um só homem para enfrentar os atacantes e o silêncio rachou-se, não num alvoroço, mas num leve som sufocado que ondeou pelos baluartes: o som de homens em combate feroz, mas em silêncio completo. Durou por um momento até que, da escuridão, veio o brado estridente de uma trompa de guerra bretã. Dos baluartes, a trombeta romana respondeu ao desafio, enquanto novas ondas de sombras despejaram-se ao ataque; e então pareceu que o Tártaro* se abria. A hora do silêncio passara e agora os homens lutavam aos gritos; chamas vermelhas brotaram na noite acima do portão Pretoriano e foram instantaneamente extintas. Cada metro dos

---

*Na mitologia greco-romana, lugar situado no fundo dos infernos, onde os homens pagavam por seus crimes depois de morrerem. (N. da E.)

baluartes era uma linha de batalha rodopiante e clamorosa, enquanto os homens da tribo enxameavam pelo parapeito para enfrentar os ferozes defensores lá dentro.

Quanto tempo durou, Marcus nunca soube, mas, quando o ataque se esvaiu, a primeira teia de aranha de luz da aurora acinzentada e garoenta esgueirava-se sobre o forte. Marcus e seu segundo no comando entreolharam-se e Marcus perguntou, bem baixinho:

— Quanto tempo podemos aguentar?

— Vários dias, com sorte — murmurou Drusilus, fingindo ajustar a correia do escudo.

— Os reforços chegariam de Durinum em três dias, talvez dois — disse Marcus. — Mas não houve resposta ao nosso sinal.

— Não admira, senhor. Destruir o próximo posto de sinalização é precaução óbvia, e, com esse nevoeiro, nenhum fogo seria visível no dobro da distância.

— Queira Mitras que o dia clareie o bastante para dar à coluna de fumaça a oportunidade de subir.

Mas não havia traço de ansiedade no rosto de nenhum deles quando se separaram dali a instantes, o mais velho para seguir pelo alto do baluarte manchado e entulhado, Marcus para pular os degraus até o espaço cheio de gente lá embaixo. Era uma imagem alegre, a capa escarlate regirando atrás. Riu e levantou o polegar para os soldados, gritando:

— Muito bem, rapazes! Faremos o desjejum antes que voltem!

Polegares levantaram-se em resposta. Os homens sorriram e várias vozes responderam alegres, enquanto ele desaparecia com o centurião Paulus na direção do Pretório.

Ninguém sabia até quando duraria a trégua, mas pelo menos haveria tempo para levar os feridos para um local protegido e distribuir passas e pão duro entre os soldados. O próprio Marcus nada comeu; tinha muitas coisas a fazer e muito em que pensar; incluindo o destino de meia centúria sob o comando do centurião Galba, em patrulha do lado de fora, que deveria voltar antes do meio-dia. É claro que os nativos já podiam ter acabado com eles, e nesse caso não podiam ser ajudados nem precisavam mais de ajuda, mas era bem provável que viessem para a armadilha ao voltarem, para serem feitos em pedacinhos sob as muralhas do próprio forte.

Marcus deu ordem de manter a pira acesa na torre do sinal; pelo menos, assim que a vissem, saberiam que havia algo errado. Ordenou que ficassem de vigia aguardando seu retorno e mandou chamar Lutorius, da cavalaria, para explicar-lhe a situação.

— Se conseguirem voltar, é claro que faremos uma sortida para trazê-los para dentro. Reúna o esquadrão e deixe-o de prontidão a partir de agora. É tudo.

— Sim, senhor — disse Lutorius. Seu azedume foi esquecido e ele quase parecia alegre ao sair para cumprir a ordem.

Não havia mais nada que Marcus pudesse fazer pela patrulha ameaçada, e então voltou-se para as demais coisas às quais tinha de dar atenção.

Já era dia quando o próximo ataque veio. Em algum lugar uma trompa de guerra bramiu e, antes que a nota selvagem se apagasse, os nativos saíram do esconderijo, berrando como demônios do Tártaro entre as samambaias. Seguiam desta vez para os portões, com troncos de árvores usados como aríetes, com tições que douravam a garoa que caía e faiscavam na lâmina da espada e na lança de guerra com penas de garça. E continuaram atacando, sem se importar com as flechas romanas que lhes reduziam as fileiras em seu avanço. Marcus, de pé na torreta dos arqueiros ao lado do portão Pretoriano, viu um personagem na vanguarda, um personagem enlouquecido de túnica esvoaçante que o destacava dos guerreiros seminus que atacavam atrás dele. Voavam fagulhas do tição que brandia e, à sua luz, as pontas da lua nova que se elevava da sua testa pareciam brilhar com uma radiância espasmódica própria. Marcus disse baixinho ao arqueiro ao lado:

— Derrube aquele maníaco.

O homem pôs outra flecha no arco, curvou-o e soltou-o num único e rápido movimento. Os auxiliares gauleses eram bons arqueiros, tão bons quanto os bretões, mas a flecha voou e passou somente pelo cabelo solto do fanático saltitante. Não havia tempo para atirar de novo. O ataque forçava os portões, e eles se lançavam por cima dos mortos caídos no fosso com coragem enlouquecida que não dava atenção às baixas. Nas torres do portão, os arqueiros não paravam de atirar no meio da multidão lá embaixo. O fedor acre da fumaça e da sujeira passou pelo forte, vindo do portão Destro, que os nativos tinham tentado incendiar. Havia um tráfego constante de reservas e armamentos a subir os baluartes e de feridos a descer deles. Não havia tempo de levar os mortos; eles eram jogados do alto do baluarte para não atrapalhar os pés dos vivos, e deixados como assunto a ser resolvido depois, mesmo que fossem os melhores amigos.

O segundo ataque finalmente findou, deixando os mortos contorcidos entre as samambaias pisoteadas. Mais uma vez, houve uma trégua para a guarnição desesperada. A manhã se arrastava; os arqueiros bretões, agachados atrás das massas escuras de espinheiros arrancados que tinham amontoado sob a cobertura do primeiro ataque, disparavam flechas com qualquer movimento nos baluartes. A próxima investida podia acontecer a qualquer momento. A guarnição perdera mais de oitenta homens, entre mortos e feridos. Em dois dias chegariam reforços de Durinum, caso a garoa que obscurecia a visibilidade passasse por tempo suficiente para que mandassem o sinal de fumaça e para que ele fosse recebido.

Mas a garoa não mostrava sinais de dissipar-se quando Marcus subiu até o telhado plano de sinalização do Pretório. Ela caía em seu rosto, suave, com cheiro frio, levemente salgada em seus lábios. Em tênues faixas cinzentas, ela flutuava pelos morros mais próximos, e os mais distantes não passavam de uma mancha espalhada que se desfazia em nada.

— Não adianta, senhor — disse o auxiliar acocorado junto ao parapeito, mantendo aceso o grande braseiro de carvão.

Marcus balançou a cabeça. "Fora assim quando a Nona Legião deixou de existir?" perguntou-se. Como ele, o pai e todos os outros aguardaram que os morros distantes ficassem nítidos para que o sinal pudesse ser visto. De repente, descobriu que rezava, como nunca rezara antes, disparando seu pedido de ajuda através do cinza até o céu claro que estava além. "Grande Deus Mitras, Matador do Touro, Senhor das Eras, que a névoa se abra e sua glória possa brilhar! Leve embora a neblina e nos traga por algum tempo o ar claro, para que não caiamos nas trevas. Ó, Deus das Legiões, ouça o grito de seus filhos. Mande a luz sobre nós, mesmo sobre nós, seus filhos da Quarta Coorte Gaulesa da Segunda Legião."

Virou-se para o auxiliar, que achava que o comandante apenas ficara alguns momentos em silêncio a seu lado, com a cabeça para trás, como se procurasse algo no céu suave e leitoso.

— Só podemos esperar — disse ele. — Prepare-se para fazer fumaça a qualquer momento. — E, dando meia-volta, rodeou a grande pilha de capim e samambaias frescas preparada ao lado do braseiro e desceu ruidosamente a escada estreita.

O centurião Fulvius esperava por ele lá embaixo, com um problema urgente que tinha de ser resolvido, e demorou um pouco até que pudesse dar outra espiada por cima dos baluartes; mas, quando o fez, pareceu-lhe que conseguia ver um pouco mais além. Tocou o ombro de Drusilus, que estava a seu lado.

— Estou vendo coisas ou os morros estão ficando mais nítidos?

Drusilus ficou um momento em silêncio, o rosto carrancudo virado para o leste. Depois, assentiu.

— Se o senhor está vendo coisas, também estou.

Seus olhos se cruzaram rapidamente, com esperança que não ousaram pôr em mais palavras. E cada um foi cuidar de seus afazeres.

Mas logo outros da guarnição apontavam, franzindo os olhos com dolorosa esperança. Pouco a pouco a luz aumentou: a neblina subia, subia... e pôde-se ver camada após camada de montanhas.

No alto do telhado do Pretório, uma coluna de fumaça negra subiu, formou uma onda para o lado e espalhou-se num véu pendente, seguindo pelo baluarte do norte, fazendo tossir e cuspir os homens que ali estavam. Depois subiu de novo, reta, escura, urgente, para o ar lá em cima. Na pausa que se seguiu, olhos e corações tensionaram-se com intensidade enjoativa na direção das colinas distantes. Pareceu uma pausa longa, longuíssima; depois veio um grito dos vigias quando, a um dia de marcha a leste, um tênue fio escuro de fumaça subiu no ar.

O pedido de ajuda fora recebido. Em dois ou três dias no máximo, os reforços chegariam e uma onda de confiança tomou conta dos homens da guarnição.

Mal se passara uma hora e Marcus recebeu, do baluarte norte, a notícia de que a patrulha perdida fora avistada na trilha que levava ao Portão Sinistro. Ele estava no Pretório quando a notícia o alcançou, e percorreu a distância até o portão como se os calcanhares tivessem asas; acenou para a cavalaria que esperava ao lado dos animais selados e encontrou o centurião Drusilus mais uma vez a seu lado.

— Os nativos saíram dos esconderijos, senhor — disse o centurião.

Marcus assentiu.

— Devo ter meia centúria nas reservas. Não podemos poupar mais ninguém. Um corneteiro com eles e todos os homens disponíveis no portão, caso tentem uma investida quando ele se abrir.

O centurião deu a ordem e virou-se para ele.

— Melhor deixar que eu os comande, senhor.

Marcus já soltara a fíbula do ombro da capa e afastara de si as dobras pesadas que poderiam atrapalhá-lo.

— Já tratamos disso antes. Mas pode me emprestar seu escudo.

O outro o fez deslizar do ombro sem dizer nada. Marcus pegou-o e, virando-se, seguiu para a meia centúria que já se organizava ao lado do portão.

— Preparar testudo — ordenou. — E deixem espaço para mim. Essa tartaruga não vai entrar em ação com a cabeça de fora!

Era uma péssima piada, mas o riso percorreu o grupinho desesperado e, quando ocupou seu lugar à frente da coluna, Marcus sabia que estavam com ele em todos os sentidos da palavra; podia levar esses rapazes pelos fogos de Tofete, se preciso fosse.

As grandes aldrabas foram puxadas e os homens se prepararam para abrir os pesados portões; e atrás e dos lados ele teve a impressão confusa de fileiras ferrenhas amontoadas para proteger o portão e fechá-lo de novo caso conseguissem recuperá-lo.

— Abrir! — ordenou e, quando os portões começaram a girar para fora sobre as ombreiras calçadas de ferro bradou:

— Formar testudo! — O braço ergueu-se ao falar e, na coluna inteira atrás dele, sentiu que o movimento ecoou, ouviu o beijo e o clique suave de metal contra metal quando todos os homens uniram os escudos com os do vizinho para formar o telhado que dava nome à formação. — Agora!

Os portões eram largos e, como uma estranha fera de muitas pernas, uma gigantesca aranha em vez de tartaruga, o testudo saiu pela abertura e seguiu direto morro abaixo, as alas de cavalaria pequenas e valentes abertas dos dois lados. Os portões fecharam-se atrás e, dos baluartes e da torre do portão, olhos ansiosos vigiavam-no. Tudo fora feito tão depressa que, no sopé da encosta, a batalha mal começara, com os nativos lançando-se aos gritos contra o quadrado romano rapidamente formado.

O testudo não era formação de combate, mas para atacar uma posição, para rompê-la, não havia nada igual. Exibia também um aspecto estranho e aterrorizante que podia ser muito útil. Seu súbito surgimento agora, rolando para cima deles com todo o peso do morro atrás de si, causou breve confusão na avaliação de nativos. Só por um momento, suas fileiras enlouquecidas vacilaram e perderam o objetivo, mas naquele momento a patrulha pressionada também o viu e, com um grito rouco, veio atacando para juntar-se aos camaradas.

De lá Marcus e sua meia centúria vinham descendo e avançando sobre a furiosa massa de batalha do inimigo. Foram retardados quase até parar, mas nunca pararam totalmente; uma vez se romperam, mas voltaram à forma. A cunha blindada seguiu clivando as fileiras selvagens dos nativos até que chegou o momento em que a tartaruga não era mais útil e, acima do torvelinho, Marcus gritou para o corneteiro a seu lado:

— Toque "Romper testudo".

As notas claras da trombeta soaram acima do tumulto. Os homens baixaram os escudos, pulando de lado para ganhar espaço para lutar; e um voo de pilos lançou-se sobre a horda enxameante de nativos, espalhando morte e confusão sempre que as pontas de ferro caíam. Então veio "Puxar espadas" e o ataque investiu com um grito de "César! César!". Atrás deles, o valente punhado de cavaleiros lutava para manter limpa a retirada; na frente, a patrulha veio lutando ferozmente para se unir a eles. Mas no meio ainda havia uma muralha viva de guerreiros aos berros, enlouquecidos pela batalha, entre os quais Marcus vislumbrou de novo o personagem com a lua em chifre na testa. Ria e pulava contra eles, seus homens investindo atrás dele.

A patrulha e a força de apoio se uniram e tornaram-se uma só. Instantaneamente, começaram a recuar, assumindo, ao fazê-lo, uma formação mais ou menos em forma de losango, virada para fora por todos os lados, e tão difícil de segurar quanto um seixo molhado apertado entre os dedos. Os nativos investiam contra eles de todos os lados, lenta e firmemente; os gládios como um fio de aço vivo e saltitante, os cavaleiros abrindo caminho para eles em cargas selvagens, foram recuando rumo ao portão da fortaleza — aqueles que restavam.

Recuando e recuando. De repente, a pressão reduziu-se e Marcus, no flanco, deu uma olhada por sobre o ombro e viu as torres do portão bem próximas, as fileiras enxameantes dos defensores prontas para puxá-los para dentro. E, naquele instante, veio um grito de alerta de trompas e um trovão crescente de cascos e rodas. Em seguida, fazendo a curva do morro rumo a eles, sem a cobertura da beira da floresta, veio a toda uma coluna curva de carros.

Não admira que o ataque tivesse se reduzido.

Os grandes carros de batalha tinham sido há muito tempo proibidos nas tribos, e esses eram carros leves, como aquele que Marcus conduzira dois dias antes, cada um levando apenas um lanceiro além do condutor. Mas o olhar horrorizado, quando se aproximaram velozmente atrás dos animais trovejantes, foi suficiente para mostrar as lâminas de foice, cruéis e rodopiantes, nos cubos de guerra das rodas.

A formação fechada, agora que tinham gasto os pilos, era inútil em face de tal investida; mais uma vez as trombetas emitiram uma ordem e as fileiras romperam-se e espalharam-se, correndo para o portão, não na esperança de alcançá-lo antes que os carros os atingissem, mas forçando alma e coração para obter a vantagem do terreno mais elevado.

Para Marcus, que corria com os outros, pareceu de repente que seu corpo não tinha peso, peso algum. Estava cada vez mais cheio da consciência penetrante da doçura da vida segura em sua mão em concha, para ser jogada longe como as bolas brilhantes com que as crianças brincavam nos jardins de Roma. No último instante, quando a carga estava quase sobre eles, desviou-se dos homens, para fora e para trás do caminho que percorrera, e, pondo de lado a espada, tensionou-se para pular bem no caminho dos carros que avançavam. Nos segundos que restavam, seu cérebro ficou muito calmo e claro, e pareceu-lhe que era possível refletir sobre aquilo. Se pulasse na cabeça da quadriga da frente, era possível que simplesmente fosse derrubado e pisoteado, sem conseguir interromper o galope louco. A melhor oportunidade era ir para cima do quadrigário. Se conseguisse derrubá-lo, toda a quadriga cairia em confusão e, naquela escarpa íngreme, os carros que vinham atrás teriam dificuldade de livrar-se dos destroços. A probabilidade era bem pequena, mas se desse certo seus homens teriam aqueles poucos momentos a mais que poderiam significar vida ou morte. Para ele, era a morte. Disso ele sabia muito bem.

Estavam quase em cima dele, um trovão de cascos que parecia preencher o universo, crinas negras flutuando contra o céu, a quadriga que chamara de irmãos, há apenas dois dias. Brandiu o escudo com fragor entre eles e saltou de lado, olhando o rosto cinzento de Cradoc, o quadrigário. Por uma lasca de tempo seus olhos se encontraram numa quase saudação, uma saudação de despedida entre dois homens que poderiam ter sido amigos; depois, Marcus pulou para dentro, sob o impulso descendente do lanceiro, para cima e para o lado, pela frente do carro. Seu peso caiu sobre as rédeas, cujas extremidades estavam enroladas à moda bretã na cintura do quadrigário, lançando a quadriga num caos instantâneo; seus braços estavam em volta de Cradoc, e os dois caíram quase juntos. Seus ouvidos se encheram com o som da madeira rachada e com o grito horrendo de um cavalo. Depois, céu e terra trocaram de lugar e, sem soltar as mãos, ele foi lançado sob o pisoteio dos cascos, sob as rodas com lâminas de foice e o turbilhão desmoronante do carro derrubado. E uma escuridão violenta e abrupta fechou-se sobre ele.

IV

CAI A ÚLTIMA ROSA

Do outro lado da escuridão estava a dor. Durante muito tempo, foi a única coisa de que Marcus soube. A princípio ela era branca, e bem ofuscante; mas agora tinha se amortecido em vermelho, e ele começou a tomar leve consciência de outras coisas através da vermelhidão. Pessoas se mexendo à sua volta, a luz da lâmpada, a luz do dia, mãos que o tocavam; o gosto amargo na boca que sempre trazia a escuridão de volta. Mas era tudo confuso e irreal, como um sonho que se dissolve.

Então, certa manhã, ouviu as trombetas tocando a alvorada. E o chamado conhecido da trombeta, perfurando a irrealidade como a lâmina de uma espada pela lã emaranhada, trouxe consigo outras coisas reais e conhecidas: o ar frio da aurora em seu rosto e um ombro descoberto, o canto distante de um galo, o cheiro da fuligem da lâmpada. Abriu os olhos e descobriu que estava deitado de costas no catre estreito da alcova. Perto dele, logo acima, a janela era um quadrado da mais pálida água-marinha no ouro empoeirado da parede iluminada pela lâmpada. Na cumeeira escura do refeitório dos oficiais em frente, havia um pombo adormecido, tão nítida e perfeitamente delineado contra o céu matutino que Marcus achou que conseguiria distinguir a ponta de cada pena macia. Mas é claro que isso era natural, porque ele mesmo as esculpira, sentado entre as raízes da oliveira-brava na curva do rio. Então lembrou que aquele era um pássaro diferente, e os últimos farrapos de confusão se afastaram dele.

Então, afinal de contas, não estava morto. Ficou levemente surpreso, mas não muito interessado. Não estava morto, mas estava ferido. A dor, que a princípio fora branca e depois vermelha, ainda estava lá, não mais em todo o corpo, mas subindo e descendo pela perna direita; uma pulsação monótona e excruciante com pequenas fagulhas de dor mais aguda que iam e vinham em sua monotonia. Era a pior dor que já sentira, exceto os poucos minutos cegantes em que a marca de Mitras pressionou o espaço entre as sobrancelhas; mas estava tão pouco interessado nela quanto no fato de que ainda estava vivo. Lembrava-se exatamente do que acontecera, mas tudo acontecera há tanto tempo, do outro lado da escuridão; e ele nem estava ansioso, porque o soar das trombetas romanas nos baluartes só poderia significar que o forte ainda estava são e salvo em mãos romanas.

Alguém se mexeu na outra sala e, um momento depois, surgiu no umbral. Marcus virou a cabeça devagar — ela parecia pesadíssima — e viu o médico da guarnição, vestindo uma túnica imunda, com olhos injetados e barba por fazer.

— Ah, Aulus — disse Marcus, e sentiu que até a língua parecia pesada. — Parece... parece que há um mês não dorme.

— Não foi tanto tempo assim — disse o médico, que avançara rapidamente com o som da voz de Marcus e se curvara sobre ele. — Bom! Muito bom! — acrescentou, sinalizando com a cabeça seu vago encorajamento.

— Quanto tempo? — começou Marcus, aos tropeços.

— Seis dias; isso, isso... ou talvez sete.

— Parecem... anos.

Aulus afastara o cobertor local listrado e pusera a mão desajeitada sobre o coração de Marcus. Parecia estar contando e só respondeu com um aceno de cabeça.

Mas, de repente, para Marcus tudo ficou próximo e urgente outra vez.

— Os reforços?... Então eles chegaram?

Aulus terminou a contagem com lentidão enlouquecedora e puxou de volta os cobertores.

— Chegaram, sim. A melhor parte de uma coorte da legião, vinda de Durinum.

— Preciso ver o centurião Drusilus... e o... comandante dos reforços.

— Talvez em breve, se ficar quieto — disse Aulus, virando-se para cuidar da lâmpada fumegante.

— Não, em breve não. Agora! Aulus, é uma ordem: ainda estou no comando dessa...

Ele tentou apoiar-se no cotovelo e a torrente de palavras acabou numa inspiração sufocada. Por alguns instantes ficou deitado, imóvel, fitando o outro homem, e em sua testa havia gotículas de suor.

— Tsc! Agora o senhor piorou tudo! — admoestou Aulus, com leve agitação. — Isso porque não ficou quieto, como mandei. — Em cima do baú, ele pegou uma vasilha sâmia de argila vermelha e enfiou o braço sob a cabeça de Marcus, para erguê-la. — É melhor tomar isso. Tsc! tsc! Vai lhe fazer bem.

Fraco demais para discutir e com a borda da vasilha batendo contra os dentes, Marcus bebeu. Era leite, mas com o gosto amargo que sempre trazia de volta a escuridão.

— Pronto — disse Aulus, quando a vasilha se esvaziou.

— Agora durma. Bom menino. Agora, durma. — E deitou de volta a cabeça de Marcus no tapete dobrado.

O centurião Drusilus veio no dia seguinte e, sentado com as mãos nos joelhos e a sombra do elmo de penacho azul na parede ensolarada atrás dele, fez ao comandante um grande esboço de tudo o que acontecera depois que se ferira. Marcus escutou com muita atenção; descobriu que tinha de escutar realmente com toda a atenção, caso contrário ele se dispersava: ia até a rachadura de uma viga do teto, ao voo de um pássaro pela janela, à dor das feridas ou aos pelos pretos que nasciam nas narinas do centurião. Mas, quando o centurião terminou, ainda havia coisas que Marcus precisava saber.

— Drusilus, o que aconteceu com o homem santo?

— Foi encontrar seus deuses, senhor. Pego entre nós e os reforços. Muitos da tribo se foram com ele.

— E o quadrigário?... o meu quadrigário?

O centurião Drusilus fez o gesto de "polegar para baixo".

— Morto, como achamos que o senhor também estava quando o tiramos dos destroços.

Depois de um instante de silêncio, Marcus perguntou:

— Quem me trouxe para dentro?

— Ora, isso é difícil dizer, senhor. A maioria de nós ajudou.

— Eu tinha esperanças de ganhar tempo para os outros. — Marcus esfregou as costas da mão na testa. — O que aconteceu?

— Sabe, senhor, foi tudo tão rápido... Galba voltou correndo para buscá-lo junto com os outros, e foi uma hora de medidas desesperadas; então trouxemos as reservas... a distância era de um tiro de lança... e o trouxemos.

— E com isso foram feitos em pedaços pelos carros? — perguntou Marcus rapidamente.

— Não tanto quanto poderia ter sido. O carro que o senhor derrubou reduziu o peso da carga.

— Quero ver Galba.

— Galba está no pavilhão dos feridos, com o braço da espada aberto — disse Drusilus.

— A lesão é muito grave?

— Uma ferida limpa. Está sarando.

Marcus assentiu.

— Creio que vai vê-lo, não é? Saúde-o por mim, centurião. Diga-lhe que vou até lá para compararmos as cicatrizes se me levantar antes dele. E diga aos soldados que eu *sempre* disse que a Quarta Gaulesa era a melhor coorte das Águias.

— Direi, senhor — respondeu Drusilus. — Os soldados têm estado muito ansiosos e fazendo muitas perguntas. — Ele se levantou, ergueu o braço em saudação, pesado de tantas pulseiras de prata por boa conduta, e saiu marchando de volta ao seu dever.

Marcus ficou muito tempo deitado com o antebraço sobre os olhos, vendo contra a escuridão das pálpebras fechadas os quadros, um após o outro, que Drusilus deixara para trás. Viu os reforços subindo a estrada, e o pó levantado atrás deles. Viu a última resistência dos nativos esfarelar-se e o fanático coroado pela lua cair. A cidade bretã como ruína fumegante e os pequenos campos salgados por ordem do comandante dos reforços. (As cabanas de argila e ramos eram fáceis de reconstruir, e os campos salgados voltariam a produzir em três anos, mas nem todos os anos da eternidade trariam de volta os jovens da tribo, pensou ele, e ficou surpreso ao descobrir que se importava com isso.) Viu os mortos, entre eles Lutorius; teve esperança de que houvesse cavalos para Lutorius nos Campos Elísios. Com o máximo de clareza, viu Cradoc repetidas vezes, caído e quebrado entre as samambaias pisoteadas da encosta. Sentira-se muito amargo por causa de Cradoc; gostava do caçador e achou que esse sentimento era recíproco. Ainda assim, Cradoc o traíra. Mas tudo acabara. Não é que Cradoc tivesse traído sua fé e confiança, mas havia, simplesmente, outra fé mais forte que era preciso respeitar. Agora Marcus entendia isso.

Mais tarde, o comandante dos reforços veio vê-lo, mas a conversa não foi alegre. O centurião Clodius Maximus era um bom soldado, porém um homem de modos frios e rosto sinistro. Ficou altaneiro no umbral e anunciou que, como estava tudo sob controle, pretendia continuar no dia seguinte a marcha interrompida para o norte. Estava levando os soldados à Isca quando o sinal de ajuda do forte da fronteira chegara a Durinum, e ele fora desviado para atendê-lo. Deixaria duas centúrias para completar temporariamente a guarnição e o centurião Herpinius, que assumiria o comando do forte até que mais reforços chegassem de Isca para Marcus, quando, sem dúvida, auxiliares recém-convocados seriam enviados com ele.

Marcus percebeu que era tudo perfeitamente sensato. A tropa de reforço era de legionários, de soldados da linha de batalha, e pela natureza das coisas um centurião legionário estava acima de um centurião auxiliar. E se ele, Marcus, ia ficar incapacitado por algum tempo, é claro que tinha de haver um substituto para ocupar seu lugar até que estivesse em condições de reassumir o posto. Mas assim mesmo ficou incomodado com os modos altivos do homem, incomodado por Drusilus e por si mesmo. E, bem de repente, começou a ter medo. Assim, ficou muito teso, muito orgulhoso, e durante o resto da curta entrevista formal tratou o estranho com uma polidez gelada que era quase insultante.

Um dia seguiu a outro, cada um deles marcado em sua passagem pela luz da lâmpada e pela luz do dia, por comida que ele não queria e pelas sombras cambiantes que se moviam pelo pátio do lado de fora da janela. Essas e as visitas de Aulus e de um ajudante para tratar da ferida de lança no ombro (ele não sentira a lâmina o ferir quando pulou sob o impulso do lanceiro) e os feios ferimentos que lhe queimavam a coxa direita.

Houve algum atraso na chegada dos reforços de Isca, pois vários centuriões de coortes tinham caído com a febre do pântano. A lua, que era nova quando a tribo se levantou, minguou e murchou no escuro, e a pena pálida de outra lua nova pendeu no céu da noite; e todos os ferimentos de Marcus, menos os mais profundos e rasgados, sararam. Foi então que lhe disseram que seu serviço com as Águias terminara.

Bastava que fosse paciente e sua perna o aguentaria bastante bem, algum dia, garantiu-lhe Aulus, mas não durante um bom tempo, que não sabia determinar ao certo. Marcus tinha de entender, ressaltou ele com sensatez queixosa, que não se pode esmagar o osso da coxa e fazer os músculos em frangalhos e depois querer que tudo fique como era antes.

Era disso que Marcus tinha medo desde a conversa com o centurião Maximus. Não precisava ter medo agora, não mais. Aceitou a situação em silêncio, embora significasse a perda de quase tudo o que lhe importava. A vida com as Águias era o único tipo de vida em que jamais pensara, o único tipo para o qual se preparara; e agora estava acabada. Nunca seria prefeito de uma legião Egípcia, nunca seria capaz de comprar de volta a fazenda nas colinas etruscas nem de arranjar para si outra como aquela. A legião estava perdida para ele e, com a legião, parecia que sua própria terra também se perdera; e o futuro, com uma perna manca e sem dinheiro nem perspectivas, parecia, à primeira vista, bastante sinistro e apavorante.

Talvez o centurião Drusilus tivesse adivinhado parte disso, embora Marcus nunca tivesse lhe contado. Em todo caso, até então parecia achar os aposentos do comandante um bom lugar para passar todos os momentos de folga; e embora Marcus, desejoso de ficar só como um animal doente, muitas vezes quisesse que Drusilus estivesse do outro lado do Império, depois lembrou-se e ficou grato pelo companheirismo do centurião numa hora ruim.

* * *

Alguns dias depois, Marcus estava deitado ouvindo os sons distantes da chegada do novo comandante. Ainda ocupava os antigos aposentos, pois quando sugeriu que fosse levado para a enfermaria e deixasse vagos os dois cômodos do Pretório para o devido proprietário, disseram-lhe que haviam preparado outros aposentos para o novo comandante e que ele ficaria onde estava até ter condições de viajar — até que pudesse ir morar com tio Áquila. Teve sorte, supôs ele bem desanimado, de ter o tio a quem recorrer. Em todo caso, logo saberia se o tio desconhecido era como seu pai.

Agora que conseguia sentar-se, podia olhar o pátio e ver a roseira em seu cântaro bem diante da janela. Ainda havia uma rosa púrpura entre as folhas escuras, mas, enquanto observava, uma pétala caiu como uma gota de sangue grande e lenta. Logo as outras se seguiriam. Exercera seu primeiro e único comando pelo tempo exato em que a roseira estivera em flor... Com certeza estava grande demais para o vaso, pensou; talvez seu sucessor tomasse alguma providência.

Seu sucessor: quem quer que fosse. Não conseguia ver a entrada do pátio, mas passos rápidos soaram pela colunata e depois no cômodo externo, e em instantes o novo comandante estava no umbral: um rapaz elegante e coberto de poeira, com o elmo de penacho embaixo do braço. Era o dono da quadriga que Marcus conduzira nos Jogos da Saturnália.

— Cassius! — saudou Marcus. — Eu estava me perguntando se seria alguém conhecido.

Cassius foi até o seu lado.

— Meu caro Marcus, como vai a perna?

— Sarando, a seu modo.

— Ora! Seja como for, fico contente.

— O que fez com os seus baios? — perguntou Marcus rapidamente. — Não mandou trazê-los para cá, não é?

Cassius desabou sobre o baú e inclinou-se com elegância.

— Por Júpiter! Não! Emprestei-os a Dexion, com meu cavalariço para ficar de olho neles e nele.

— Ficarão bastante bem com Dexion. Que soldados trouxe consigo?

— Duas centúrias da Terceira: gauleses, como o resto. São bons rapazes, soldados experientes, passaram pelos cursos de construção de muros de pedra e já trocaram flechas com o povo pintado. — Ele ergueu uma sobrancelha lânguida. — Mas, se conseguirem comportar-se tão bem em combate quanto a sua Quarta, ainda crua, não precisarão sentir-se em desgraça.

— Acho que não haverá mais problemas por aqui — disse Marcus. — O centurião Maximus já cuidou bem disso.

— Ah, quer dizer as aldeias queimadas e os campos salgados? Expedições punitivas nunca são bonitas. Mas percebo pelo seu tom amargurado que você não se apegou muito ao centurião Maximus...

— Pois é.

— Um oficial muito eficiente — declarou Cassius, com o ar de um legado grisalho.

— Para não dizer nada oficioso — retorquiu Marcus.

— Talvez, se tivesse lido o relatório que ele apresentou ao voltar ao quartel-general, você se sentisse mais amistoso com relação a ele.

— Foi bom? — perguntou Marcus, surpreso. O centurião Maximus não lhe parecera do tipo que faz relatórios entusiásticos.

Cassius fez que sim.

— Mais do que bom. Na verdade, antes que eu marchasse para o sul começaram a falar em alguma ninharia — digamos, uma coroa de louros dourada — para enfeitar o estandarte da Quarta Gaulesa nos desfiles.

Houve um breve silêncio e, depois, Marcus disse:

— Não é nada além do que nós... do que eles merecem! Olhe, Cassius, se houver algo além de conversas, mande me avisar. Vou lhe dar o endereço para onde escrever. Gostaria de saber que a coorte conquistou suas primeiras honras sob meu comando.

— Talvez a coorte também goste de saber — disse Cassius, com certa rudeza, e se pôs de pé. — Vou para a casa de banhos. Estou empoeirado da cabeça aos pés. — Parou um instante, olhando Marcus, o ar de elegância cansada quase esquecido. — Não se preocupe. Não deixarei sua coorte se arruinar.

Marcus riu, com uma dor súbita na garganta.

— É bom mesmo, senão juro que dou um jeito de envenenar seu vinho! É uma ótima coorte, a melhor da legião; e... boa sorte com eles.

Lá fora, no pátio, a última pétala púrpura, numa pequena oscilação vistosa, caiu da roseira no velho cântaro.

V

OS JOGOS DA SATURNÁLIA

O tio Áquila morava na borda extrema de Calleva. Chegava-se à casa dele por uma ruela estreita que se abria não muito longe do portão Leste, deixando para trás o fórum e os templos, e chegando a um recanto tranquilo das antigas muralhas bretãs — pois Calleva fora um *dun* bretão antes de ser cidade romana —, onde pilriteiros e aveleiras ainda cresciam e os passarinhos mais tímidos da floresta vinham às vezes. Era bem parecida com as outras casas de Calleva, confortável, de madeira e telhado vermelho, construída em torno dos três lados de um patiozinho bem coberto de turfa e enfeitado com rosas importadas e estevas plantadas em vasos de pedra. Mas tinha uma peculiaridade: uma torre atarracada, quadrada, de teto plano, que se elevava num canto; pois tio Áquila, tendo passado a maior parte da vida à sombra das torres de vigia, de Mênfis a Seguedunum, não conseguia sentir-se confortável longe delas.

Ali, à sombra de sua própria torre de vigia, que usava como escritório, vivia com todo o conforto, tendo como companhia o idoso cão-lobo Prócion e a História da Guerra de Assédio que há dez anos vinha escrevendo.

No escuro final de outubro, Marcus fora acrescentado à família. Recebeu uma alcova que dava para a colunata do pátio; uma cela caiada com um catre estreito cheio de cobertores locais listrados, um baú de cidreira polida e uma lâmpada num suporte no alto da parede. A não ser pela localização diferente da porta, poderia ser seu antigo aposento no forte da fronteira, a sete dias de marcha dali. Mas a maior parte dos dias passava no comprido átrio, o cômodo central da casa, às vezes com tio Áquila, mas com mais frequência sozinho, a não ser quando Stéfanos ou Sástica o atendiam. Não se incomodava com Stéfanos, o velho escravo grego do tio, que agora cuidava dele também, mas Sástica, a cozinheira, era bem diferente. Era uma velha alta e magra, capaz de bater como um homem, e o fazia com frequência quando algum dos outros escravos a incomodava; mas tratava Marcus como se fosse uma criancinha doente. Levava-lhe bolinhos quentes, quando os assava, e leite morno, porque dizia que ele estava magro demais. Ela se preocupava com Marcus e tiranizava-o, e ele, que até então tinha muito medo de gentilezas, chegou quase a odiá-la.

Aquele outono foi uma época ruim para Marcus, que se sentia horrivelmente mal pela primeira vez na vida, quase sempre com dor, e tendo de enfrentar a destruição de tudo o que conhecia e que tinha importância para ele. Acordava nas manhãs escuras para ouvir as notas distantes da alvorada soando no campo de treinamento do outro lado das muralhas da cidade, e isso não facilitava as coisas. Tinha saudade das legiões; tinha uma saudade desesperada de sua própria terra, pois agora que para ele pareciam perdidas, suas colinas tinham passado a ser dolorosamente queridas; cada detalhe da paisagem, dos cheiros e dos sons eram como joias vivas em sua memória. A prata cintilante dos bosques de oliveiras quando soprava o mistral; o cheiro do tomilho e do alecrim no verão e os pequeninos ciclamens brancos no capim aquecido pelo sol; as canções das moças na vindima.

E ali, na Britânia, o vento gemia pelos bosques desolados, os céus choravam e as folhas molhadas sopradas pelo vento batiam nas janelas e ali ficavam grudadas, formando pequenas sombras patéticas contra o vidro enevoado. O tempo ruim era comum em sua própria terra, mas era o mau tempo do seu lar; ali, o vento, a chuva e as folhas molhadas significavam o exílio.

Para ele, seria menos difícil se tivesse alguma companhia da sua idade; mas era o único jovem da casa, pois até Prócion tinha pelos grisalhos no focinho. Assim, Marcus fechou-se em si mesmo e, embora não percebesse, estava amargamente solitário.

Para ele, só houve um raio de luz na escuridão daquele outono. Não muito depois de ter chegado a Calleva, soubera por Cassius que, a partir de então, o Estandarte da Quarta Gaulesa teria uma coroa de louros dourada para exibir nos desfiles; e pouco tempo depois, chegou para o próprio Marcus o prêmio de um bracelete militar, coisa que nunca esperara, nem por um instante. Esse não era, como as várias coroas, um prêmio puramente pela coragem; mas sim concedido pelas mesmas qualidades que fizeram a Segunda Legião merecedora do título de *"Pia Fidelis"*, profundamente gravado no pesado bracelete de ouro sob o emblema de capricórnio da legião. A partir do dia em que o recebeu, nunca esteve fora do pulso de Marcus; ainda assim, significava bem menos para ele do que saber que sua antiga coorte ganhara os primeiros louros.

Os dias ficaram mais curtos e as noites mais longas, e aquela era a noite do solstício de inverno. Uma noite adequada para a escura virada do ano, pensou Marcus. O vento inevitável rugia pela floresta de Spinaii, sob os antigos baluartes bretões, levando consigo rajadas de geada que batiam contra a janela. O átrio estava quente porque, fossem quais fossem as peculiaridades da casa do tio Áquila, o hipocausto funcionava com perfeição e, mais pelo ar agradável do que por necessidade, um fogo de achas de cerejeira selvagem sobre o carvão ardia no braseiro, enchendo a longa sala com um leve perfume. A luz da única lâmpada de bronze, ao cair numa poça dourada sobre o grupo diante da lareira, mal tocava as paredes caiadas e deixava a ponta mais distante da sala num amontoado de sombras, a não ser pelo ponto de luz que sempre ardia diante do altar dos deuses domésticos. Marcus apoiava-se no cotovelo, recostado no divã de sempre; tio Áquila sentava-se diante dele na grande cadeira de pernas cruzadas; ao lado dos dois, estirado no piso aquecido de mosaico, Prócion, o cão-lobo.

Tio Áquila era imenso; essa fora a primeira coisa que Marcus notara nele e que ainda chamava sua atenção. As articulações pareciam meio soltas, como se amarradas com couro molhado; a cabeça, com o topo calvo e sardento, e as belas mãos ossudas eram grandes, comparadas com o resto do corpo; a autoridade parecia se desprender dele, como as pregas macias e tranquilizadoras de uma toga. Mesmo compensando os vinte anos de diferença de idade, não era nem um pouco parecido com o pai de Marcus; mas há muito tempo

Marcus parara de pensar nele como parecido ou não parecido com alguém. Ele era simplesmente tio Áquila.

A refeição da noite terminara, o velho Stéfanos armara um tabuleiro de damas na mesa entre Marcus e o tio e saíra. À luz da lâmpada, os quadrados de ébano e marfim brilhavam vivamente pretos e brancos; as peças do tio Áquila já estavam no lugar, mas Marcus fora mais lento, porque pensava em outra coisa. Pousou o último peão de marfim com um barulhinho e disse:

— Ulpius esteve aqui hoje de manhã.

— Ah, o nosso médico gordo — disse tio Áquila, a mão, que se posicionara para o movimento de abertura, voltando ao braço da cadeira. — Tinha algo a dizer que valesse a pena ouvir?

— Só o de sempre. Que tenho de esperar e esperar. — De repente Marcus explodiu, entre sofrimento e riso. — Disse que preciso ter um pouco de paciência e me chamou de seu querido rapaz e abanou um dedo gordo e perfumado debaixo do meu nariz. Humpf. Parece aquelas coisas brancas e carnudas que vivem debaixo das pedras!

— Pois é — concordou tio Áquila. — Ainda assim, você tem de esperar. Não há outro jeito.

Marcus ergueu os olhos do tabuleiro.

— Esse é o problema. Por quanto tempo aguento esperar?

— Hem? — perguntou tio Áquila.

— Já estou aqui há dois meses e nunca falamos do futuro. Adiei para a próxima visita daquele parasita barrigudo porque... suponho que porque nunca pensei em outra vida que não fosse seguindo as Águias, e nem sei direito como começar. — Ele deu ao tio um sorriso de desculpas. — Mas em algum momento temos de discutir isso.

— Sim, em algum momento, mas não agora. Não há por que se preocupar com o futuro enquanto essa perna não aguentá-lo.

— Mas Mitras sabe que isso pode demorar muito. O senhor não entende, tio, não posso me impingir ao senhor para sempre.

— Ora, meu bom rapaz, tente não ser tão bobo! — retorquiu tio Áquila, mas os olhos sob a saliência das sobrancelhas estavam inesperadamente bondosos. — Não sou rico, mas também não sou tão pobre que não possa acrescentar um parente à minha casa. Você não me atrapalha; para ser bem honesto, esqueço a sua existência em mais da metade do tempo; e você joga xadrez razoavelmente bem. É claro que ficará aqui, a menos, claro — ele se inclinou para a frente de repente — que prefira ir para casa.

— Casa? — repetiu Marcus.

— É. Suponho que sua casa ainda seja com aquela minha irmã especialmente boba?

— E com aquele marido dela, o tio Tulius Lepidus? — A cabeça de Marcus se ergueu, até as sobrancelhas pretas franzidas quase se encontrarem acima de um nariz que, de repente, parecia sentir um cheiro horrível. — Prefiro sentar-me às margens do Tibre e mendigar meu pão junto às mulheres dos cortiços quando forem encher os cântaros de água!

— Então... — Tio Áquila balançou a imensa cabeça. — Agora que está tudo resolvido, vamos jogar?

Fez o movimento de abertura e Marcus respondeu. Por algum tempo, jogaram em silêncio. A sala iluminada pela lâmpada oscilava como uma concha de silêncio em meio ao mar selvagem de rugidos do vento; as pequenas chamas cor de açafrão sussurravam no braseiro e um tronco de cerejeira queimado desmoronou com um farfalhar de lamê no oco rubro do carvão. De tempos em tempos havia um pequeno barulhinho quando Marcus ou o tio moviam uma peça no tabuleiro. Mas Marcus na verdade não ouvia os pequenos sons pacíficos nem via o homem à sua frente, pois pensava nas coisas em que tentara não pensar o dia todo.

Era a vigésima quarta noite de dezembro, véspera do solstício de inverno — véspera do nascimento de Mitras e, dali a pouco, em acampamentos e fortes onde quer que voassem as Águias, os homens se reuniriam para sua adoração. Nos postos avançados e nos pequenos fortes de fronteira as reuniões seriam de meros punhados, mas nas grandes bases legionárias haveria cavernas cheias com uma centena de homens. No ano anterior, em Isca, ele fora um desses, recém-iniciado no sacrifício do Touro, a marca do Grau do Corvo ainda em carne viva entre as sobrancelhas. Doía de desejo de que o ano anterior lhe fosse devolvido, que a antiga vida e a camaradagem lhe fossem restituídas. Moveu um peão de marfim meio às cegas, vendo não a ofuscação preta e branca do tabuleiro diante dos olhos, mas aquela reunião de um ano atrás, saindo pelo portão Pretoriano e descendo até a caverna. Podia ver o penacho do centurião à frente a elevar-se negro contra as chamas pulsantes de Órion. Lembrava-se da escuridão da caverna à espera; então, quando as trombetas soaram nos baluartes distantes, anunciando o terceiro turno da noite, a glória súbita das velas, que afundaram e ficaram azuis, e ergueram-se de novo; a luz renascida de Mitras na escuridão do ano...

Uma forte lufada de vento lançou-se contra a casa como uma coisa selvagem que forçasse sua entrada; a luz da lâmpada pulou e oscilou, fazendo as sombras correrem pelo tabuleiro quadriculado... e os fantasmas do ano anterior voltaram a ficar a um ano de distância. Marcus ergueu os olhos e disse, mais para calar seus próprios pensamentos:

— Queria saber, tio Áquila, o que o fez se instalar aqui na Britânia, quando o senhor podia ter ido para casa?

Tio Áquila moveu sua peça com cuidado meticuloso antes de responder com outra pergunta:

— Acha muito esquisito que alguém que pode voltar para casa prefira lançar raízes nessa terra bárbara?

— Numa noite como esta — disse Marcus — parece muito esquisito, quase inacreditável.

— Eu não tinha nada que me levasse de volta — disse o outro, simplesmente. — A maior parte dos meus anos de serviço se passou aqui, embora tenha sido na Judeia que chegou minha hora de me separar das Águias. O que eu tinha a ver com o Sul? Poucas lembranças, pouquíssimas. Eu era jovem quando vi pela primeira vez as escarpas brancas do Dubris acima da proa da galera de transporte. Muito mais lembranças no Norte. Sua vez...

Marcus moveu um peão de marfim até o quadrado seguinte e o tio moveu uma peça.

— Caso me instalasse no Sul, teria saudades do céu. Já notou como o céu bretão gosta de mudar? Fiz amigos aqui... alguns. A única mulher pela qual já me interessei está enterrada em Glevum.

Marcus ergueu os olhos rapidamente.

— Eu não sabia...

— Por que saberia? Nem sempre fui o velho e careca tio Áquila.

— Não, claro que não. Como... como ela era?

— Muito bonita. Era filha do meu antigo comandante de campo. Ele tinha cara de camelo, mas ela era muito bonita, com um volumoso e macio cabelo castanho. Tinha 18 anos quando morreu. Eu, 22.

Marcus nada disse. Parecia não haver nada a dizer. Mas tio Áquila, ao ver o ar em seu rosto, deu um risinho grave.

— Não, você entendeu tudo errado. Sou um velho muito egoísta e muito satisfeito com o jeito como são as coisas. — Então, depois de uma pausa, voltou a um ponto anterior da discussão. — Matei meu primeiro javali em território siluriano; fiz o juramento de irmandade de sangue com um nativo pintado bem além de onde fica hoje a muralha de Adriano; tive uma cadela enterrada em Luguvalium, que se chamava Margarita; amei uma moça em Glevum; marchei com as Águias de ponta a ponta da Britânia com tempo pior do que esse. Essas coisas conseguem lançar raízes para um homem.

Dali a pouco, Marcus disse:

— Acho que estou começando a entender.

— Ótimo. Sua vez.

Mas depois de mais algumas jogadas em silêncio, tio Áquila ergueu os olhos de novo, as ruguinhas a se aprofundar no canto dos olhos.

— Que humor outonal nos atingiu! Precisamos nos animar, eu e você.

— O que o senhor sugere? — Marcus devolveu o sorriso.

— Sugiro os Jogos da Saturnália, amanhã. Talvez não consigamos competir nos mesmos termos que o Coliseu, aqui em Calleva; mas uma exibição de animais selvagens, uma luta combinada, talvez com um pouco de derramamento de sangue... iremos, com certeza.

E foram, Marcus numa liteira, parecendo a todo mundo, como observou desgostoso, um magistrado ou dama importante. Chegaram cedo, mas quando se instalaram num dos bancos almofadados reservados aos magistrados e suas famílias (tio Áquila era magistrado, embora não tivesse viajado de liteira), o anfiteatro ao lado do portão Leste já se enchia de espectadores ansiosos. O vento amainara, mas o ar estava frio, com um toque límpido e gelado que Marcus sorveu avidamente enquanto puxava as dobras da antiga capa militar mais para perto do corpo. Depois de passar tanto tempo entre quatro paredes, o espaço da arena coberta de areia parecia enorme; um grande vazio dentro das margens circundantes, nas quais os bancos lotados subiam camada a camada.

Por mais que os bretões não adotassem os costumes de Roma, pareciam ter-se apegado aos Jogos com toda a força, pensou Marcus, olhando os bancos cheios em volta, nos quais os moradores da cidade e os nativos com mulheres e filhos acotovelavam-se e empurravam-se e gritavam na briga pelos melhores lugares. Havia um bom punhado de legionários do campo de treinamento e o olhar rápido de Marcus captou um jovem tribuno entediado sentado com vários rapazes bretões, todos fingindo ser igualmente romanos e estar igualmente entediados. Lembrou-se da multidão no Coliseu, conversando, berrando, brigando, fazendo apostas e comendo doces grudentos. Os bretões divertiam-se com um pouco menos de barulho, é verdade, mas em quase todos os rostos havia o mesmo olhar ansioso e quase ganancioso dos rostos do público do Coliseu.

Uma pequena perturbação ali perto chamou a atenção de Marcus para a chegada de uma família que acabava de encontrar seus lugares nos bancos dos magistrados, um pouco à direita. Uma família bretã do tipo ultrarromano, um homem grande, de aparência bondosa, engordando como acontece com todos os homens criados para a vida dura que adotam a vida mansa; uma mulher de rosto bonito e bastante bobo, ataviada com o que estivera no ápice da moda em Roma há dois anos — e devia estar com muito frio, pensou Marcus, com aquele manto fino; e uma menina de uns 12 ou 13 anos, de rosto bem pontudo, que parecia ser toda um par de olhos dourados na sombra do capuz escuro. O homem robusto e tio Áquila saudaram-se por sobre as cabeças entre eles, e a mulher curvou-se. Roma inteira estava naquela reverência, mas os olhos da menina estavam fixos na arena, com um tipo de expectativa horrorizada.

Quando os recém-chegados se instalaram em seus lugares, Marcus tocou o pulso do tio e levantou uma sobrancelha indagadora.

— Um magistrado colega meu, de nome Kaeso, e a esposa Valária — disse tio Áquila. — Por acaso, são nossos vizinhos de casa também.

— Ah, é mesmo? Mas a mocinha não é flor daquele ramo, certo?

Mas não recebeu resposta à pergunta, porque naquele momento um grande estrondo de címbalos e uma fanfarra de trombetas anunciaram que os jogos iam começar. Em todo o circo redondo, houve um silêncio súbito e um espichar de pescoços. Mais uma vez as trombetas soaram. As portas duplas do outro lado se abriram e, de seus abrigos subterrâneos, uma fila dupla de gladiadores veio marchando para a arena, cada um portando as armas que mais tarde usaria no espetáculo. Gritos e mais gritos saudaram seu surgimento. Para um pequeno circo colonial, pareciam um lote bastante bom, pensou Marcus, observando-os a desfilar pela arena; bons demais, talvez, embora provavelmente fossem todos escravos. Marcus era um tanto herege no que dizia respeito aos jogos; gostava bastante de assistir às exibições de feras ou às lutas combinadas quando benfeitas, mas pôr homens, ainda que escravos, para lutar até a morte para a diversão do público lhe parecia um desperdício.

Nisso os homens pararam diante dos bancos dos magistrados e, nos poucos instantes em que ali ficaram, toda a atenção de Marcus foi atraída para um deles: um homem carregando espada e escudo, mais ou menos da sua idade. Era bastante baixo para um bretão, mas forte. O cabelo castanho arruivado, lançado para trás pelo orgulho selvagem com que erguia a cabeça, mostrava a orelha cortada que o marcava como escravo. Aparentemente, fora capturado na guerra, pois o peito e os ombros — estava nu da cintura para cima — estavam tatuados com desenhos azuis de guerreiro. Mas não foi nada disso que Marcus viu, apenas o ar dos olhos cinzentos e afastados que o encararam no rosto jovem e carrancudo do gladiador.

— Este homem está com medo — disse algo no fundo de Marcus. — Com medo... com medo — e seu próprio estômago se encolheu dentro dele.

Uma vintena de armas relampejou na luz invernal quando, com um grito, foram jogadas para o alto e recuperadas, e os gladiadores giraram e fizeram a grande curva que levava de volta ao ponto de partida. Mas o olhar que vira nos olhos do jovem espadachim ficou com Marcus.

O primeiro item do programa era uma luta entre lobos e um urso marrom. O urso não queria lutar e foi forçado ao combate pelos chicotes compridos dos auxiliares. Finalmente, entre os berros da plateia, ele foi morto. Seu corpo foi arrastado e, com ele, o corpo dos dois lobos que matara; os outros foram levados de volta para a jaula com rodas até outra ocasião e os auxiliares espalharam areia limpa sobre o sangue na arena. Marcus deu uma espiada, na menina do capuz escuro sem saber direito por quê, e viu-a sentada como se estivesse congelada, os olhos arregalados e vazios de horror no rosto pálido. Ainda estranhamente abalado por aquele momento esquisito de contato com o jovem gladiador que sentia tanto medo, encheu-se de raiva súbita e irracional contra Kaeso e a esposa por levarem a mocinha para ver uma coisa daquelas, contra todos os jogos e todas as turbas aos que iam assistir, de língua de fora de ansiedade pelos horrores, e até contra o urso por ter sido morto.

O item seguinte era uma luta combinada, com poucos danos além de alguns machucados. (Ali naquela lonjura, os mestres do circo não podiam dar-se ao luxo de desperdiçar gladiadores.) Depois, uma luta de boxe, em que os cestos pesados nas mãos dos lutadores tiraram bem mais sangue que as espadas. Veio uma pausa, quando a arena foi limpa mais uma vez e recebeu nova camada de areia; em seguida, uma longa inspiração de expectativa perpassou a multidão. Até o jovem tribuno entediado sentou-se ereto e começou a prestar atenção quando, com outro clamor de trombetas, as portas duplas se abriram novamente e dois personagens saíram, lado a lado, para o imenso vazio da arena. Era a verdadeira atração: uma luta até a morte.

À primeira vista, os dois pareciam desigualmente armados, pois enquanto um portava espada e escudo, o outro, um homem meio moreno com um pouco de grego no rosto e na compleição, só portava um tridente e tinha sobre o ombro uma rede com muitas dobras e pequenos pesos de chumbo. Mas, na verdade, como Marcus sabia muito bem, a probabilidade era toda a favor do homem com a rede, o Pescador, como era chamado, e ele viu, com um estranho peso no coração, que o outro era o jovem espadachim que tinha tanto medo.

— Nunca gostei da rede — resmungava tio Áquila. — Não é uma luta limpa, não é mesmo! — Em alguns minutos, Marcus percebeu que a perna ferida começava a doer horrivelmente; ficava mudando de posição o tempo todo, tentando aliviar a dor sem chamar a atenção do tio, mas agora, quando os dois homens foram até o centro da arena, esqueceu tudo a esse respeito.

O rugido que recebeu o par de lutadores transformara-se num sussurro sem fôlego. No centro da arena, os dois homens foram posicionados pelo capitão dos gladiadores: posicionados com o máximo cuidado, a dez passos de distância, sem vantagem de luz ou de vento para nenhum dos dois. Tudo foi feito com rapidez e competência e o capitão recuou para as barreiras. Por um tempo que pareceu longo, nenhum dos dois se mexeu. Momento após momento e os dois ainda permaneciam imóveis, o centro de todo aquele grande círculo de rostos atentos. Então, bem devagar, o espadachim começou a se mover. Sem nunca tirar os olhos do adversário, deslizou um pé à frente do outro; agachando-se um pouco, cobrindo o corpo com o escudo redondo. Centímetro a centímetro, ele avançou, todos os músculos tensos para pular na hora certa.

O Pescador continuou parado, pousado na planta dos pés, o tridente na mão esquerda, a direita sumida nas dobras da rede. Pouco além do alcance da rede, o espadachim parou por um momento longo e excruciante e depois pulou. Seu ataque foi tão rápido que a rede lançada passou voando, inofensiva, por sobre a sua cabeça, e o Pescador pulou para trás e para o lado para evitar a investida. Depois, deu meia-volta e correu para salvar a vida, recolhendo a rede na corrida para novo lançamento, com o jovem espadachim logo atrás. Por metade da arena correram, o corpo abaixado; o espadachim não tinha a altura e a leveza de compleição do outro, mas corria como um caçador; talvez tivesse perseguido veados na caça, antes mesmo de ter o corte na orelha; e se sentisse alcançando sua presa. Os dois vieram voando pela curva da barreira na direção dos bancos dos magistrados e logo à frente deles o Pescador deu meia-volta outra vez e fez novo lançamento. A rede chicoteou como uma chama escura; lambeu o corpo do espadachim, que corria tão determinado em sua caça, que esquecera de se proteger dela; os pesos levaram várias vezes as dobras mortais e um uivo partiu do público quando ele caiu de cabeça e rolou, indefeso e envolto como uma mosca na teia de uma aranha.

Marcus avançou o corpo, a respiração presa na garganta. O espadachim estava caído logo abaixo dele, tão perto que poderiam ter-se falado em voz baixa. O Pescador estava de pé acima do oponente caído, com o tridente em posição de ataque, um pequeno sorriso no rosto, embora a respiração assoviasse pelas narinas dilatadas, enquanto olhava em volta à espera da decisão do público. O homem caído fez como se fosse levantar, o braço preso no sinal com que o gladiador vencido apela à misericórdia da multidão; depois deixou-o cair, orgulhoso, a seu lado. Pela dobra da rede que passava pelo seu rosto, ergueu os olhos diretamente para os de Marcus, num olhar tão franco e íntimo como se fossem as duas únicas pessoas em todo aquele grandioso anfiteatro.

Marcus estava de pé, apoiado com uma das mãos na cerca da barreira para se firmar, enquanto com a outra fez o sinal de misericórdia. E o fez várias vezes, com uma veemência candente, com todas as suas forças, o olhar disparando um desafio pelas camadas apinhadas de bancos onde os polegares já começavam a baixar. Essa turba, indizivelmente estúpida e sedenta de sangue, que tem de ser forçada a desistir do sangue que queria! Sua garganta levantou-se contra eles, e havia nele uma sensação extraordinária de combate que não seria mais viva caso estivesse de pé sobre o gladiador caído, de espada na mão. Ergam os polegares! *Ergam os polegares!* Idiotas!... Ele percebeu primeiro o grande polegar de tio Áquila apontando para o céu a seu lado; de repente, percebeu alguns outros repetindo o gesto, depois mais alguns. Por um momento longo, muito longo, o destino do espadachim ainda pendeu na balança e então, quando um polegar atrás do outro se ergueu, o Pescador lentamente baixou o tridente e com uma pequena reverência zombeteira, recuou.

Marcus respirou fundo e relaxou numa onda de dor da perna ferida quando um auxiliar avançou para desenredar o espadachim e ajudá-lo a ficar de pé. Ele não olhou de novo o jovem gladiador. Era um momento de vergonha para ele e Marcus sentiu que não tinha o direito de testemunhá-lo.

* * *

Naquela noite, no costumeiro jogo de damas, Marcus perguntou ao tio:

— O que acontecerá com aquele rapaz agora?

Tio Áquila moveu uma peça de ébano depois da devida consideração.

— Aquele espadachim jovem e tolo? Provavelmente será vendido. O público não paga para ver lutar um homem que já foi derrubado e já esteve à sua mercê.

— Era o que eu pensava — disse Marcus. Ergueu os olhos antes de fazer o próximo movimento. — Qual é o preço por aqui? Mil e quinhentos sestércios dariam para comprá-lo?

— É bem provável. Por quê?

— Porque é o que restou do meu soldo e do presente de despedida que recebi de Tulius Lepidus. Não há muito com que gastar em Isca Dumnoniorum.

As sobrancelhas de tio Áquila se ergueram, indagadoras.

— Está sugerindo comprá-lo?

— O senhor teria espaço para ele na casa?

— Espero que sim — disse tio Áquila. — Mas não consigo entender por que você gostaria de ter um gladiador domesticado. Por que não um lobo, então?

Marcus riu.

— É menos de um gladiador domesticado e mais de um escravo pessoal que preciso. Não posso ficar explorando para sempre o coitado do velho Stéfanos.

Tio Áquila inclinou-se por sobre o tabuleiro quadriculado.

— E o que o faz pensar que um ex-gladiador seria um bom escravo pessoal?

— Para falar a verdade, não pensei nisso — disse Marcus. — Como acha que devo fazer para comprá-lo?

— Mande chamar o mestre de escravos do circo e ofereça metade do que pretende pagar. E depois, durma com a faca debaixo do travesseiro — disse tio Áquila.

VI

ESCA

A compra foi feita no dia seguinte, sem muita dificuldade, pois embora o preço que Marcus pudesse pagar não fosse alto, Bepo, o mestre dos escravos do circo, sabia muito bem que não conseguiria coisa melhor por um gladiador derrotado. Assim, depois de pechinchar um pouco, o negócio foi feito e, naquela noite, depois do jantar, Stéfanos foi buscar o novo escravo.

Marcus esperou a volta deles sozinho no átrio, pois tio Áquila retirara-se para o escritório da torre para sopesar um problema muito sério da Guerra de Assédio. Estivera tentando ler o exemplar da Geórgica do tio, mas seus pensamentos não paravam de se afastar de Virgílio e das abelhas rumo ao encontro que o esperava. Perguntava-se pela primeira vez — não pensara nisso antes — por que o destino de um escravo gladiador que nunca vira antes podia preocupá-lo tanto. Mas o preocupava. Talvez fossem iguais a se atraírem; mas era difícil ver o que ele teria em comum com um escravo bárbaro.

Nesse instante seu ouvido atento percebeu o som da chegada nos aposentos dos escravos e ele largou o rolo de papiro e virou-se para a porta. Soaram passos pela colunata e duas figuras apareceram no umbral.

— Centurião Marcus, trouxe o novo escravo — disse Stéfanos, e recuou discretamente para a noite; e o novo escravo avançou até o pé do divã de Marcus, e ali ficou.

Por um longo momento os dois rapazes se entreolharam, sozinhos no átrio vazio e iluminado pela lâmpada, assim como na véspera tinham estado sozinhos no anfiteatro lotado, enquanto o arrastar das sandálias de Stéfanos morria pela colunata.

— Então é você — disse finalmente o escravo.

— Sim, sou eu.

O silêncio começou outra vez, e outra vez o escravo o quebrou.

— Por que mudou a vontade do público, ontem? Não pedi misericórdia.

— Talvez tenha sido por isso.

O escravo hesitou; e depois disse, num desafio:

— Ontem eu tive medo. Eu, que fui guerreiro. Tenho medo de perder a vida na rede do Pescador.

— Eu sei — disse Marcus. — E nem assim pediu misericórdia.

Os olhos do outro se fixaram em seu rosto, um pouco intrigados.

— Por que me comprou?

— Preciso de um escravo pessoal.

— Com toda a certeza, a arena é um lugar estranho para encontrá-lo.

— Mas eu queria um escravo estranho. — Marcus encarou, com uma leve sugestão de sorriso, os olhos carrancudos e cinzentos fixados com tanta firmeza nos seus. — Não alguém como Stéfanos, que foi escravo a vida toda e, portanto, é... só isso.

Era uma conversa estranha entre senhor e escravo, mas nenhum deles pensou nisso.

— Sou escravo há apenas dois anos — disse o outro baixinho.

— E antes disso era guerreiro... E seu nome?

— Sou Esca, filho de Cunoval, da tribo dos brigantes, os portadores do escudo azul.

— E eu sou... eu era centurião dos auxiliares da Segunda Legião — disse Marcus, sem saber direito por que respondera, sabendo apenas que tinha de responder.

Romano e bretão encararam-se à luz da lâmpada, enquanto as duas declarações pareciam pender como um desafio no ar entre eles.

Então, inconscientemente, Esca estendeu a mão e tocou a borda do divã.

— Isso eu sei, pois o caprino Stéfanos me contou; e sei também que o meu senhor foi ferido. Sinto muito.

— Obrigado — disse Marcus.

Esca fitou a própria mão na beira do divã e depois ergueu os olhos outra vez.

— Teria sido fácil fugir no caminho para cá — disse ele, devagar. — O velho caprino não conseguiria me segurar se eu preferisse correr para a liberdade. Mas quis vir com ele porque estava no meu coração que seria para cá que viríamos.

— E se no fim das contas fosse outra pessoa?

— Então poderia fugir mais tarde para as regiões distantes onde a orelha cortada não me trairia. Ainda há tribos livres além das fronteiras. — Enquanto falava, ele puxou do peito da túnica grosseira, um punhal esguio, guardado junto à pele, e o manipulou com carinho, como se fosse uma coisa viva e amada. — Eu tinha isso para a minha libertação.

— E agora? — disse Marcus, sem dar sequer uma espiada no objeto estreito e letal.

Por um momento, o ar carrancudo sumiu do rosto de Esca. Ele se inclinou e deixou a adaga cair com um suave barulho na mesa marchetada ao lado de Marcus.

— Sou o cão do centurião, para deitar-me a seus pés — disse ele.

* * *

Assim, Esca passou a fazer parte da família. Portando a lança que o identificava como escravo pessoal, acima dos meros escravos domésticos, ficava ao lado do divã de Marcus nas refeições, para servir-lhe o vinho; buscava, carregava e cuidava de seus pertences e, à noite, dormia num colchão diante de sua porta. Era um excelente escravo pessoal, tão bom que Marcus imaginou que devia ter sido escudeiro de alguém antes que a orelha fosse cortada, talvez do pai ou do irmão mais velho, segundo o costume das tribos. Nunca perguntava sobre essa época nem como Esca fora parar na arena de Calleva, porque algo nesse escravo, alguma reserva íntima, avisara-o que perguntar seria uma invasão, seria entrar sem pedir licença. Algum dia, talvez, Esca lhe contaria por livre e espontânea vontade, mas não agora.

As semanas se passaram e, de repente, as roseiras do pátio encheram-se de brotos de folhas novas e o ar deu aquela sensação de apressar-se, que era a primeira promessa distante de primavera. Devagar, muito devagar, a perna de Marcus melhorava. Não o acordava mais com uma pontada de dor sempre que se virava à noite, e ele conseguia capengar pela casa com cada vez mais facilidade.

Com o passar do tempo, adotou o hábito de deixar para trás a bengala e, em vez disso, de andar com a mão no ombro de Esca. Isso parecia natural porque, quase sem perceber, ele passava cada vez mais da postura do senhor para a de amigo quando tratava com Esca; embora, depois daquela primeira noite, nem por um instante Esca se esquecesse de sua condição de escravo ao tratar com Marcus.

Naquele inverno, houve muitos problemas com lobos no distrito. Expulsos de suas lonjuras pela fome, passaram a caçar até junto às muralhas de Calleva; e muitas vezes Marcus ouvia seu uivo prolongado dentro da noite, fazendo todos os cães da cidade uivarem naquele frenesi que era meio ódio, meio saudade, meio inimigo desafiando inimigo, meio parente chamando parente. Nas fazendas mais distantes, nas clareiras da floresta, os apriscos de ovelhas foram atacados e homens ansiosos passavam a noite em guarda contra os lobos. Numa aldeia a alguns quilômetros de distância, um cavalo foi morto; noutra, um bebê foi levado.

Então, certo dia, Esca, que fora à cidade a mando de Marcus, voltou com a notícia de uma caçada geral aos lobos, planejada para o dia seguinte. Começara simplesmente entre as fazendas mais distantes, ansiosas por salvar as ovelhas; depois vieram caçadores profissionais e alguns jovens oficiais do campo de treinamento, desejosos de um dia de caça; e agora parecia que meia cidade se dispunha a dar fim à ameaça.

Ele contou tudo a Marcus. Os caçadores se encontrariam em determinado lugar, duas horas antes do amanhecer; noutro lugar vasculhariam as moitas com cães e tochas. Marcus deixou de lado o cinto que remendava e escutou-o, tão ansioso para ouvir quanto o escravo para contar.

Ao ouvir a notícia, sentiu vontade de participar daquela caçada aos lobos e tirar dos ossos a agitação da primavera; e sabia que a mesma vontade fervia em seu escravo. Para ele, era provável que não houvesse mais caçadas, mas Esca não via razão para isso.

— Esca — disse ele, de repente, quando o outro lhe contou tudo o que havia para contar. — Com certeza seria muito bom se você participasse da caçada.

O rosto de Esca se iluminou de vontade, mas no instante seguinte ele disse:

— Isso talvez significasse uma noite e um dia que o centurião teria de ficar sem seu escravo.

— Eu dou um jeito — disse Marcus. — Tomo emprestado metade de Stéfanos do meu tio. Mas, e as lanças? Deixei as minhas com o homem que me buscou em Isca, senão você poderia usá-las.

— Se meu senhor está realmente decidido, sei onde conseguir lanças emprestadas.

— Ótimo. Então vá e consiga-as.

Assim, Esca conseguiu as lanças de que precisava e, no breu daquela noite, Marcus ouviu-o levantar-se e pegá-las no canto onde estavam guardadas. Ergueu-se no cotovelo e falou para a escuridão.

— Está indo agora?

Um passo leve e uma sensação de movimento disse-lhe que Esca estava de pé a seu lado.

— Sim, se o centurião ainda tem certeza... tem certeza?

— Toda certeza. Vá caçar o seu lobo.

— Está em meu coração o desejo de que o centurião também venha — disse Esca num só jorro.

— Talvez ano que vem — disse Marcus, sonolento. — Boa caçada, Esca.

Por um instante, uma forma escura surgiu na escuridão menor do umbral e depois se foi, e ele ficou escutando, agora nada sonolento, os passos leves e rápidos sumirem pela colunata.

Na luz cinzenta da aurora seguinte, ouviu as pegadas voltarem, um pouco mais pesadas do que na partida, e a forma escura surgiu de novo na palidez de teia de aranha do umbral.

— Esca! Como foi a caçada?

— A caçada foi boa — disse Esca. Encostou as lanças com um barulhinho contra a parede, veio e curvou-se sobre o catre; e Marcus viu que havia algo aconchegado em seus braços, sob a capa grosseira. — Trouxe de volta para o centurião o fruto da caçada — disse ele, e pôs a coisa no cobertor. Estava viva, e ao ser perturbada gemeu; e a mão suave e examinadora de Marcus descobriu que era quente e bem peluda.

— Esca! Um filhote de lobo? — perguntou, sentindo um movimento de patas e um focinho a empurrar.

Esca virara-se para bater a pederneira e acender a lâmpada. A chama minúscula afundou e saltou, alta e firme; e, no ofuscamento da luz amarela, ele viu um pequenino filhote cinzento, cambaleando sobre patas inseguras, espirrando com a luz súbita, e se enfiando sob sua mão com o avanço tateante de todas as coisas muito jovens. Esca voltou ao catre e ajoelhou-se a seu lado. E quando o fez, Marcus notou que havia uma expressão ardente em seus olhos, um brilho que ainda não vira, e perguntou-se, com sensação ferida e estranha, se a causa seria a volta à servidão depois de um dia e uma noite de liberdade.

— Na minha tribo, quando se mata uma loba com filhotes, às vezes pegamos os pequenos para correr com a matilha — disse Esca. — Quando são como este aqui, bem pequeninos, de modo que não se lembrem de nada antes; para que sua primeira carne venha da mão do dono.

— Ele está com fome? — perguntou Marcus, enquanto o focinho do filhote cutucava e se aconchegava na palma de sua mão.

— Não, está cheio de leite, e restos. Sástica não dará por falta. Veja, já está meio adormecido e é por isso que está tão bonzinho.

Os dois se entreolharam, com um ligeiro sorriso; mas a expressão ardente ainda estava nos olhos de Esca. Enquanto isso, o filhote arrastou-se choramingando até o oco quente do ombro de Marcus e ali se instalou. Seu hálito cheirava a cebola, como o de um cachorrinho.

— Como o conseguiu?

— Matamos uma loba com leite e eu e mais dois fomos procurar os filhotes. Eles mataram o resto da ninhada, esses tolos do Sul; mas este aqui eu salvei. O pai dele veio. São bons pais, os lobos, ferozes ao proteger os pequenos. Foi uma luta. Uma boa luta.

— Foi um risco tremendo — disse Marcus. — Não devia ter feito isso, Esca! — Estava meio zangado e meio humilhado por Esca ter corrido tão grande risco para lhe trazer um filhote, pois ele também era caçador e conhecia o perigo de saquear o covil de um lobo enquanto o dono ainda estava vivo.

No mesmo instante, Esca pareceu voltar para dentro de si.

— Esqueci que foi a propriedade do meu senhor que pus em risco — disse ele, com a voz de repente dura e pesada como pedra.

— Não seja tolo — disse Marcus depressa. — Não foi isso que quis dizer e você sabe.

Houve um longo silêncio. Os dois rapazes se entreolharam, e agora não havia vestígio de riso em seus rostos.

— Esca — perguntou Marcus, finalmente —, o que aconteceu?

— Nada.

— Isso é mentira — disse Marcus. — Alguém fez o que não devia.

O outro permaneceu num silêncio teimoso.

— Esca, quero resposta.

O outro se mexeu um pouco e parte do ar de desafio o deixou.

— A culpa foi toda minha — começou ele, finalmente, falando como se cada palavra fosse arrancada de dentro dele. — Havia um jovem tribuno; um daqueles do campo de treinamento, que acho que está levando os soldados para Eboracum; um jovem tribuno muito esplêndido, liso como uma moça, mas bom caçador. Um dos que entraram no covil comigo. Depois que o velho lobo estava morto, riu e me disse enquanto eu limpava minha lança: "Ora, foi um ataque nobre!" E aí viu minha orelha cortada e completou: "Para um escravo." Fiquei zangado e não consegui me conter. E disse:

"Sou escravo pessoal do centurião Marcus Flavius Áquila; o tribuno Placidus (era o nome dele) vê alguma razão nisso para eu ser pior caçador do que ele?" — Esca parou um instante e inspirou fundo. — Ele respondeu: "Razão nenhuma, mas pelo menos a vida do tribuno Placidus é dele, para arriscar quando quiser. O seu senhor, que pagou bom dinheiro pelo escravo, não vai lhe agradecer por deixar-lhe uma carcaça que não poderá vender nem ao açougue. Lembre-se disso da próxima vez que enfiar a cabeça num covil de lobos. " E então sorriu, e o sorriso dele ainda faz minha barriga revirar.

Esca falara com voz monótona e desesperançosa, como se soubesse de cor a amarga lição. Enquanto ouvia, Marcus se encheu de raiva fria contra o tribuno desconhecido; e a luz de sua raiva deixou nítidas, de repente, certas coisas em que nunca pensara antes.

Em seguida, estendeu a mão livre e agarrou o pulso do outro.

— Esca, alguma vez, por palavras ou atos, eu lhe dei razão para acreditar que penso em você como esse soldado de seis meses evidentemente pensa em seus escravos?

Esca fez que não. O ar de desafio desaparecera totalmente e o rosto, à luz da lâmpada que empalidecia, não estava mais firme e carrancudo, apenas entristecido.

— O centurião não é como o tribuno Placidus, que mostra o chicote aos cães sem necessidade — disse ele, sombrio.

Marcus, perplexo, ferido e zangado, perdeu a calma.

— Ah, maldito seja o tribuno Placidus — explodiu, a mão apertando ferozmente o pulso do outro. — As palavras dele atingem-no tão mais fundo que as minhas, a ponto de, por causa disso, ter de me falar em cães e chicotes? Em nome da

Luz! Tenho de lhe dizer com todas as palavras que não creio mesmo que uma orelha cortada seja a linha divisória entre homens e animais? Já não lhe mostrei isso claramente durante todo esse tempo? Não penso em igual e desigual, nem em escravo ou livre quando falo com você, embora você seja orgulhoso demais para fazer o mesmo comigo! *Orgulhoso* demais! Está me ouvindo? E agora... Esquecendo por um momento o filhote adormecido, fez um movimento súbito para erguer-se nos cotovelos e caiu de novo, exasperado mas meio risonho, a fúria a se dissolver como uma bolha furada, segurando o polegar ensanguentado. — E agora o seu presente me mordeu! Por Mitras! A boca dele está cheia de adagas!

— Então é melhor me pagar um sestércio pelo lote — disse Esca, e de repente os dois estavam rindo, o riso leve e rápido da tensão aliviada que tinha muito pouco a ver com a razão do riso. Enquanto isso entre os dois, sobre o cobertor nativo listrado, o filhotinho cinzento de lobo se encolhia, selvagem, perplexo, mas com muito sono.

A casa variou muito nas reações ao surgimento súbito de um filhote de lobo em seu meio. Prócion ficou em dúvida no primeiro encontro; o recém-chegado tinha cheiro de lobo, cheiro estrangeiro, e o grande cão rodeou-o com as patas rígidas, o pelo da nuca um pouco eriçado, enquanto o filhote se agachava como um sapo peludo e maligno no chão do átrio, as orelhas para trás e o focinho franzido na primeira tentativa de rugir. Tio Áquila mal notou a chegada, estando no momento ocupado demais no sítio de Jerusalém; e Marcipor, o escravo doméstico, e Stéfanos olharam-no meio desconfiados — um filhote de lobo que um dia seria um lobo, perambulando pela casa. Mas Sástica foi uma aliada inesperada. Com as mãos na cintura, disse claramente a eles que deviam envergonhar-se. "Quem eram eles", perguntou ela com voz estridente, "com duas pernas boas cada um, para negar ao jovem senhor uma matilha de filhotes de lobo, se era o que ele queria?" E terminou o discurso num estado de alta indignação, e então levou a Marcus, num guardanapo, três bolos castanhos de mel e mais uma terrina de cerâmica lascada com uma cena de caça, que ela disse que podia ficar com ele para pôr a comida do filhotinho.

Marcus, que entreouvira a defesa dela — Sástica falava alto —, aceitou os dois presentes com gratidão adequada e, quando ela se afastou, ele e Esca dividiram os bolos. Ele não se incomodava mais tanto com Sástica quanto no princípio.

Em alguns dias, Esca contou a Marcus sobre a época antes de receber o corte na orelha.

Estavam na casa de banhos quando isso aconteceu, secando-se depois de um mergulho na água fria. O tempo que passava todos os dias na piscina dos banhos era um dos maiores prazeres de Marcus, porque ela era grande o bastante para mergulhar e dar algumas braçadas; e enquanto ficava na água, a menos que fosse muito descuidado, podia esquecer a perna manca. Era um pouco como a antiga sensação de passar de um tipo de vida a outro com a qual se acostumara em seus dias de quadrigário. Mas a semelhança era como a da sombra com a coisa real e, naquela manhã, quando sentou-se na cadeira de bronze para secar-se, de repente ficou cheio de saudades do antigo esplendor. Uma vez mais, só mais uma vez, sentir aquele jorro de velocidade quando a quadriga avançava, sua força e seu arranque, e o vento do avanço a passar cantando.

E naquele momento, como se chamado pela força da saudade, um carro conduzido com velocidade passou girando pela rua, do outro lado da parede da casa de banhos.

Marcus estendeu a mão e pegou a túnica que Esca segurava, dizendo, ao fazê-lo:

— É raro ouvirmos algo que não seja uma carroça de verduras pela rua.

— Deve ser Lucius Urbanus, o filho do empreiteiro — disse Esca. — Há um caminho para o estábulo dele que passa por trás do templo de Sulis Minerva.

Agora o carro passava pela casa e era evidente que o condutor estava com dificuldades, pois o estalo de um chicote e um jorro de pragas chegou até eles pela parede da casa de banhos, e Esca acrescentou, com nojo:

— Era melhor que fosse uma carroça de verduras, puxada por um boi. Ouça isso! Ele não é digno de conduzir cavalos!

Marcus puxou as dobras de lã fina por sobre a cabeça e pegou o cinto.

— Então Esca também é quadrigário — disse ele, afivelando-o.

— Fui quadrigário de meu pai — disse Esca. — Mas isso foi há muito tempo.

E, de repente, Marcus percebeu que agora podia perguntar a Esca sobre a época anterior ao corte na orelha. Não seria mais entrar sem pedir licença. Mexeu-se um pouco, fazendo um gesto rápido para o pé do assento, e quando o outro sentou-se, disse:

— Esca, como o quadrigário de seu pai se tornou gladiador na arena de Calleva?

Esca afivelava o próprio cinto; terminou a tarefa com muita deliberação e depois, cruzando as mãos em volta do joelho erguido, ficou sentado em silêncio por um momento, fitando-as.

— Meu pai era chefe de clã entre os brigantes, senhor de quinhentas lanças — disse, finalmente. — Fui seu escudeiro até a época em que me tornei guerreiro por direito próprio; entre os homens da minha tribo, isso acontece depois do décimo sexto verão. Quando eu tinha um ano ou mais como homem entre os homens e era quadrigário de meu pai, o clã ergueu-se contra os nossos senhores, pela ânsia de liberdade que havia em nós. Éramos um espinho na carne das legiões desde que marcharam para o norte pela primeira vez; nós, os portadores do escudo azul. Erguemo-nos e fomos derrotados. Defendemos nossa última posição em nossa fortaleza e fomos vencidos. Os que estavam do lado dos homens, os que restaram — não eram muitos — foram vendidos como escravos. — Ele parou, virando a cabeça para olhar Marcus. — Mas juro, diante dos deuses do meu povo, diante de Lugh, a Luz do Sol, que eu estava caído como morto numa vala quando me pegaram. Não fosse assim, não me levariam. Venderam-me a um comerciante do Sul que me vendeu a Bepo, aqui em Calleva; o resto, você sabe.

— Só você, de toda a família? — perguntou Marcus, em seguida.

— Meu pai e dois irmãos morreram — disse Esca. — Minha mãe também. Meu pai a matou antes que os legionários entrassem. Ela assim quis.

Houve um longo silêncio e depois Marcus disse, baixinho:

— Por Mitras! Que história!

— Ainda assim, é uma história bastante comum. Acha que foi muito diferente em Isca Dumnoniorum? — Mas, antes que Marcus pudesse responder, ele acrescentou: — Entretanto, não é bom recordar demais. O tempo anterior a tudo isso· eis a época boa de recordar.

E sentado ali, no sol tênue de março que se inclinava pela janela alta, sem nenhum dos dois saberem direito como aconteceu, ele começou a contar a Marcus o tempo anterior. Contou o treinamento do guerreiro; os banhos de rio nos dias quentes de verão, quando os mosquitos dançavam no ar brilhante; o grande touro branco do pai, coroado de papoulas e margaridas numa festa; a primeira caçada e a lontra domesticada que era sua e do irmão mais velho. Uma coisa levou a outra e então ele contou como, há dez anos, quando o país todo estava em revolta, escondera-se atrás de um rochedo para observar uma legião que marchara para o norte e que nunca mais voltara.

— Nunca vi coisa parecida — disse ele. — Como uma serpente brilhante de homens a ondear pelas montanhas; uma serpente cinzenta, emplumada com as capas escarlates e os penachos dos oficiais. Houve histórias estranhas sobre aquela legião; disseram que era amaldiçoada, mas parecia mais forte que toda maldição, mais forte e mais mortal. E me lembro como a Águia faiscava ao sol ao se aproximar: uma grande Águia dourada, com as asas curvadas para trás, como as vi mergulhar muitas vezes sobre um coelho aos gritos em meio às urzes. Mas a bruma se esgueirava, vinda das altas charnecas, e a legião marchou para ela, direto para ela. Ela lambeu-a e se fechou atrás dela, e todos sumiram como se tivessem marchando de um mundo para... para outro. — Esca fez um gesto rápido com a mão direita, os dois primeiros dedos abertos como chifres. — Havia histórias estranhas sobre aquela legião.

— Sim, ouvi essas histórias — disse Marcus. — Esca, era a legião do meu pai. Seu penacho era a pluma escarlate logo atrás da Águia.

VII

DOIS MUNDOS SE ENCONTRAM

No lado aberto do pátio de tio Áquila, dois degraus estreitos, flanqueados por uma moita de alecrim e um loureiro esguio, levavam ao jardim. Era um jardim bastante selvagem — tio Áquila não mantinha um escravo jardineiro em tempo integral —, mas muito agradável, que ia até as ruínas da muralha de terra da Calleva bretã. Em alguns lugares, os belos muros de pedra da cidade já estavam se erguendo. Algum dia se ergueriam ali também, mas por enquanto havia apenas o quebra-ondas curvo de turfa velha e tranquila avistado entre os ramos de árvores frutíferas selvagens. Onde a margem mergulhava, havia vislumbres perdidos de quilômetros e quilômetros de florestas seguindo até a distância azul enfumaçada onde a floresta de Spinaii virava floresta de Anderida, que descia para os pântanos e para o mar.

Para Marcus, depois de ficar engaiolado atrás das portas o inverno todo, o lugar pareceu maravilhosamente amplo e brilhante quando foi até lá pela primeira vez, alguns dias depois; e quando Esca o deixou para cumprir algum dever, esticou-se no banco de mármore cinzento de Purbeck, sob as árvores frutíferas selvagens, os braços atrás da cabeça, fitando o céu com olhos franzidos contra a claridade, observando o azul infinito, que parecia tão incrivelmente alto depois das traves do teto. Em algum lugar da floresta lá embaixo os pássaros cantavam, com aquela nota de surpresa recém-lavada que pertence ao começo da primavera; e por algum tempo Marcus ficou simplesmente ali deitado, deixando tudo dominá-lo, a amplidão, o brilho, o canto dos pássaros.

Junto dele, a seu lado, estava Filhote, enrolado numa bola compacta. Olhando-o agora era difícil acreditar como podia ser uma pequena fera, agachado sobre o prato de comida, com as orelhas para trás e os dentes de leite desnudos, pensou Marcus. Então pegou o serviço que trouxera consigo. Ele era um daqueles que precisam ter o que fazer com as mãos o tempo todo, mesmo que seja apenas um graveto para descascar; e algo do artesão dentro dele exigia sempre uma válvula de escape. Se não tivesse sido ferido, dirigiria esse talento de artesão para a formação de uma coorte feliz e eficiente; mas, do jeito que estavam as coisas, dedicara-o, nessa primavera, a reparar e restaurar as armas celtas que eram o único ornamento que tio Áquila permitia em suas paredes. Naquele dia, pegara a joia mais preciosa da pequena coleção, um escudo leve de cavalaria, de bronze coberto de couro de boi, a bossa central lindamente decorada com esmalte vermelho; mas as correias já deviam estar em mau estado quando tio Áquila a encontrara e agora estavam prestes a rasgar-se como papiros. Deixando as ferramentas e o couro para as correias novas a seu lado no banco, pôs-se a trabalhar, cortando as velhas. Era uma tarefa delicada, que exigia toda a sua atenção, e ele só ergueu os olhos quando terminou e virou-se para pôr de lado as correias gastas.

Então, viu que não estava mais sozinho com Filhote. Havia uma menina em pé entre as árvores frutíferas, onde a sebe se encontrava com a encosta da antiga muralha, olhando-o. Uma menina bretã, de túnica amarelo-claro, reta e brilhante como a chama de uma vela; uma das mãos se ergueu para jogar para trás o pesado cabelo, da cor do âmbar vermelho do Báltico, que o vento leve lhe jogara no rosto.

Entreolharam-se em silêncio por um momento. Então a menina disse, em latim claro e muito cuidadoso:

— Esperei por muito tempo você erguer os olhos.

— Desculpe — disse Marcus, rigidamente. — Estava ocupado com este escudo.

Ela se aproximou um passo.

— Posso ver o filhote de lobo? Nunca vi um lobinho domesticado.

E Marcus sorriu de repente, e pôs de lado suas defesas junto com o escudo em que trabalhava.

— Claro. Aqui está ele.

E girando os pés para o chão, abaixou-se e segurou o filhote adormecido pela pele do pescoço, assim que a menina chegou junto dele. O lobinho não era mais feroz que a maioria dos cãezinhos, a não ser quando incomodado, mas por ser maior e mais forte para a idade, podia ser bem violento e Marcus não queria correr riscos. Pôs Filhote sobre seus pés, mantendo a mão controladora sob o pequeno peito.

— Tome cuidado; ele não está acostumado com estranhos.

A menina sorriu-lhe e sentou-se nos calcanhares, estendendo lentamente a mão para Filhote.

— Não vou assustá-lo — disse ela.

E Filhote, que a princípio se encolhera junto a Marcus, as orelhas abaixadas e o pelo eriçado, pareceu mudar de ideia bem devagar. Com cautela, pronto a pular de volta ou morder a qualquer sinal de perigo, começou a farejar os dedos da menina; e ela manteve a mão imóvel.

— Qual é o nome dele? — perguntou.

— Só Filhote.

— Filhote — disse ela, cantarolando. — Filhote. — E enquanto ele choramingava e fazia uma tentativa de se aproximar dela contra a mão protetora de Marcus, ela começou a acariciar, com o dedo, o espacinho sob o queixo dele. — Viu, somos amigos, você e eu.

A menina teria uns treze anos, imaginou Marcus, observando-a enquanto brincava com Filhote. Uma garota alta e magra, de rosto anguloso, largo nas têmporas e estreito no queixo; esse formato do rosto junto à cor dos olhos e do cabelo davam-lhe a aparência de uma raposinha. Se estivesse zangada, pensou ele, provavelmente seria mesmo muito parecida com uma raposa. Tinha uma ligeira sensação de que já a vira antes, mas não conseguia se lembrar de onde.

— Como soube de Filhote? — perguntou-lhe, finalmente.

Ela ergueu os olhos.

— Narcissa, minha babá, me contou... ah, cerca de uma lua atrás. E a princípio não acreditei, porque Nissa vive entendendo errado suas histórias. Mas ontem ouvi um escravo deste lado da sebe gritar a outro: "Ah, imprestável, esse lobinho do senhor mordeu meu dedão!" E o outro respondeu: "E que os deuses cuidem para que o gosto não lhe faça mal!" E aí soube que era verdade.

A imitação de Esca e Marcipor, o escravo doméstico, era inconfundível, e Marcus jogou a cabeça para trás com uma gargalhada.

— E fez mal mesmo! Pelo menos, algo fez.

A menina também riu, alegre, mostrando dentinhos pontudos, tão brancos e afiados quanto os de Filhote. E como se o riso dela destrancasse uma porta, Marcus de repente recordou-se de onde a vira. Não se interessara o bastante por Kaeso e Valária para lembrar-se de que moravam ao lado e, embora a tivesse notado de forma tão viva na ocasião, não se lembrara da menina que vira com eles porque Esca, surgindo logo depois, fora muito mais importante. Mas agora recordava-se dela.

— Vi você nos Jogos da Saturnália — disse ele. — Mas seu cabelo estava escondido sob o manto, e foi por isso que não me lembrei.

— Mas eu me lembro de você! — disse a menina. Então, Filhote se afastara atrás de um besouro, e ela o deixara ir, sentando-se e cruzando as mãos no colo. — Nissa disse que você comprou aquele gladiador. Queria que tivesse comprado o urso também.

— Você ficou muito triste por aquele urso, não foi? — perguntou Marcus.

— Foi crueldade! Matar na caçada é uma coisa, mas tiraram-lhe a liberdade! Prenderam-no numa jaula e depois o mataram.

— Então foi a jaula, mais do que a morte?

— Não gosto de jaulas — disse a menina, com voz baixa e ríspida. — Nem de redes. Fiquei contente porque você comprou o gladiador.

Um ventinho frio veio sussurrando pelo jardim, prateando o capim longo e sacudindo os ramos em botão da pereira e da cerejeira. A menina tremeu e Marcus percebeu que a túnica amarela era de lã finíssima, e mesmo ali, ao abrigo das antigas muralhas, ainda estavam bem no começo da primavera.

— Você está com frio — disse ele, e pegou a velha capa militar que estava jogada sobre o banco. — Vista isso.

— Não quer?

— Não. Minha túnica é mais grossa que essa coisa mole que você está usando. Pronto. Agora, venha sentar-se aqui no banco.

Ela obedeceu instantaneamente, aconchegando a capa ao corpo. Ao fazê-lo, examinou-a, fitando as pregas de cor viva, depois olhou de novo para Marcus.

— Esta é a sua capa de soldado — disse ela. — Como as capas que os centuriões do campo de treinamento usam.

Marcus lhe fez uma rápida saudação zombeteira.

— Você vê em mim Marcus Áquila, ex-centurião da Coorte de Auxiliares Gauleses da Segunda Legião.

A garota observou-o um instante, em silêncio. Depois, disse:

— Eu sei. O ferimento ainda dói?

— Às vezes — respondeu Marcus. — Nissa também lhe contou isso?

Ela assentiu.

— Parece que ela lhe contou muitas coisas.

— Escravos! — Ela fez um gesto rápido de desprezo. — Ficam nos umbrais e falam como estorninhos; mas Nissa é a pior de todos eles!

Marcus riu e um pequeno silêncio caiu entre os dois, mas em instantes ele disse:

— Disse-lhe o meu nome. Qual é o seu?

— Minha tia e meu tio me chamam de Camila, mas meu verdadeiro nome é Cótia — disse a menina. — Gostam que tudo seja bem romano, sabe.

Então ele estava certo ao achar que ela não era filha de Kaeso.

— E você, não? — perguntou ele.

— Eu? Eu sou icena! Minha tia Valária também, mas ela prefere esquecer.

— Já conheci uma quadriga negra descendente dos Estábulos Reais dos Icenos — disse Marcus, sentindo que talvez tia Valária não fosse um assunto muito tranquilo.

— É mesmo? Eram seus? De quem descendiam? — O rosto dela se acendeu de interesse.

Marcus balançou a cabeça.

— Não eram meus e só tive a alegria de conduzi-los uma vez; e foi mesmo uma alegria. E nunca soube de quem descendiam.

— O grande garanhão do meu pai descendia de Prydfirth, o predileto do rei Prasutogus — disse Cótia. — Somos todos criadores de cavalos, nós, icenos, do rei para baixo, quando tínhamos rei. — Ela hesitou, e a voz perdeu o tom animado. — Meu pai foi morto domando um cavalo novo e é por isso que agora moro com tia Valária.

— Lamento. E sua mãe?

— Espero que tudo esteja bem com ela — disse Cótia, objetivamente. — Havia um caçador que sempre a quis, mas os pais dela a deram ao meu pai. E quando meu pai foi para oeste do pôr do sol, ela se juntou ao caçador, e não havia espaço para mim na casa dele. É claro que foi diferente com o meu irmão. Sempre é diferente com os meninos. Então minha mãe me deu para tia Valária, que não tinha filhos.

— Pobre Cótia — disse Marcus baixinho.

— Ah, não, eu não queria morar na casa daquele caçador; ele não era meu pai. Só que... — A voz dela sumiu num silêncio.

— Só quê?

De repente o rosto mutável de Cótia ficou tão parecido com o de uma raposa quanto ele adivinhara.

— Só que detesto morar com minha tia; detesto morar numa cidade cheia de linhas retas, e ficar fechada dentro de paredes de tijolo, e ser chamada de Camila; e detesto, detesto, detesto quando tentam me obrigar a fingir que sou uma donzela romana e esquecer minha tribo e meu pai!

Marcos estava chegando rapidamente à conclusão de que não gostava de tia Valária.

— Se isso lhe serve de consolo, parece que não tiveram nenhum sucesso nisso — disse ele.

— Claro! Não vou deixar! Eu finjo, por fora da túnica. Atendo quando me chamam de Camila, e falo com eles em latim; mas debaixo da túnica sou icena, e quando tiro a túnica à noite, digo: "Pronto! Isso me livra de Roma até de manhã!" E me deito na cama e penso, e penso em minha casa, e nos pássaros do pântano vindo do norte na Queda das Folhas, e as éguas com seus potros nos currais do meu pai. Lembro-me de tudo o que não deveria lembrar e converso comigo mesma dentro da minha cabeça na minha própria língua. — Ela parou, olhando-o com rápida surpresa. — Estamos falando na minha língua agora! Há quanto tempo estamos fazendo isso?

— Desde que você me contou que seu nome verdadeiro é Cótia.

Ela fez que sim. Não parecia perceber que o ouvinte sobre o qual ela despejava tudo isso era romano; e nem Marcus percebera. Naquele momento, tudo o que sabia é que Cótia também estava exilada, e sua camaradagem se estendeu a ela, com delicadeza e até timidez. E como se sentisse o toque, ela se aproximou um pouquinho, aconchegando mais ao corpo as pregas escarlates.

— Gosto de estar dentro da sua capa — disse ela, contente. — Sinto-me quente e segura, como um pássaro deve sentir-se sob as asas.

Detrás da sebe, naquele momento, elevou-se uma voz, aguda como a de uma pavoa antes da chuva.

— Camila! Querida! Oh, minha senhora Camila!

Cótia suspirou exasperada.

— É Nissa — disse ela. — Tenho de ir. — Mas não se mexeu.

— *Camila*! — chamou a voz, agora mais perto.

— É Nissa outra vez — disse Marcus.

— É, eu... eu tenho de ir.

Ela se levantou, relutante, e esgueirou-se da pesada capa. Mas ainda demorou, enquanto a voz esganiçada se aproximava. E então disse, correndo:

— Deixe-me voltar! Deixe, por favor! Não precisa conversar comigo, nem notar que estou aqui.

— Oh, minha senhora! Onde está, filha de Tifão? — choramingava a voz, agora muito perto.

— Venha quando quiser, e ficarei contente com sua visita — disse Marcus, depressa.

— Volto amanhã — disse Cótia, e virou-se para a encosta do velho baluarte, movendo-se como uma rainha. Em sua maioria, as mulheres bretãs pareciam andar assim, pensou Marcus, observando-a sumir de vista atrás da sebe; e lembrou-se de Guinhumara na porta da cabana de Isca Dumnoniorum. O que acontecera a ela e ao bebê bronzeado depois que Cradoc morreu e as cabanas foram queimadas e os campos salgados? Ele nunca saberia.

A voz aguda elevou-se numa repreensão carinhosa do outro lado da sebe; vieram passos pela grama e Marcus virou a cabeça para ver Esca se aproximando.

— Meu senhor teve companhia — disse Esca, levando a ponta da lança à testa em saudação, quando parou a seu lado.

— É, e parece que ela está levando uma boa descompostura da babá por minha causa — disse Marcus, um pouco ansioso, a ouvir a voz aguda afastar-se.

— Se tudo o que escuto for verdade, descomposturas não atingem essa aí — disse Esca. — É como ralhar com uma lança atirada.

Marcus inclinou-se para trás, as mãos na nuca, e olhou o escravo. A lembrança de Guinhumara e seu bebê ainda estava com ele, atrás da lembrança de Cótia.

— Esca, por que todas as tribos da fronteira ressentem-se tão amargamente de nossa chegada? — perguntou, num impulso súbito. — As tribos do Sul aceitaram nossos costumes com facilidade.

— Temos os nossos próprios costumes — disse Esca. Apoiou-se num dos joelhos, ao lado do banco. — As tribos do Sul perderam seu direito de nascença antes mesmo que as Águias viessem em guerra. Venderam-no pelas coisas que Roma podia lhes dar. Engordaram com mercadorias romanas e suas almas ficaram preguiçosas.

— Mas essas coisas, que Roma tem para dar, não são boas? — perguntou Marcus. — Justiça, e ordem, e boas estradas, vale a pena ter, não vale?

— Todas essas coisas são boas — concordou Esca. — Mas o preço é alto demais.

— Qual preço? Liberdade?

— Sim, e outras coisas além da liberdade.

— Que outras coisas? Diga-me, Esca, quero saber. Quero entender.

Esca pensou um pouco, olhando fixo para a frente.

— Veja o desenho gravado aqui na bainha da sua adaga — disse ele, finalmente. — Veja, há uma curva fechada, e aqui há outra, virada para o outro lado, para equilibrar, e aqui entre as duas há uma florzinha dura e redonda; e depois tudo se repete aqui, e aqui, e aqui outra vez. É bonito, sim, mas para mim é tão sem sentido quanto uma lâmpada apagada.

Marcus concordou com a cabeça quando o outro o olhou.

— Continue.

Esca pegou o escudo que fora deixado de lado com a chegada de Cótia.

— Olhe agora a bossa deste escudo. Veja as curvas em relevo que saem umas das outras como a água flui da água e o vento do vento, como as estrelas giram no céu e a areia soprada forma as dunas. São as curvas da vida, e o homem que as traçou tinha nele o conhecimento de coisas das quais vocês perderam a chave, se é que já a tiveram. — Ele ergueu de novo os olhos para Marcus, muito sério. — Não se pode esperar que o homem que fez este escudo viva com facilidade sob o domínio do homem que fez a bainha da sua adaga.

— A bainha foi feita por um artesão bretão — disse Marcus, teimoso. — Comprei-o em Anderida, assim que desembarquei.

— Por um artesão bretão, sim, mas com desenho romano. Por alguém que viveu tanto tempo sob as asas de Roma, ele e seus pais antes dele, que esqueceu os modos e o espírito do seu próprio povo. — Ele pousou o escudo de volta. — Vocês constroem muros de pedra amaldiçoados, fazem estradas retas e justiça organizada e soldados disciplinados. Sabemos disso, sabemos muito bem disso tudo. Sabemos que sua justiça é mais segura que a nossa e, quando nos erguemos contra vocês, vemos nossas hostes se desfazerem contra a disciplina dos seus soldados, assim como o mar se quebra contra as pedras. E não entendemos porque todas essas coisas são do tipo organizado, e somente as curvas livres do escudo são reais para nós. Não entendemos. E quando chega a hora em que começamos a entender o seu mundo, com muita frequência perdemos o entendimento do nosso.

Por algum tempo ficaram em silêncio, observando Filhote caçar besouros. Até que Marcus disse:

— Quando vim de casa, há um ano e meio, tudo parecia tão simples. — Seu olhar recaiu sobre o escudo a seu lado, no banco, vendo com novos olhos as curvas estranhas e crescentes da bossa. Esca escolhera bem o seu símbolo, pensou: entre o padrão formal da bainha da adaga e a beleza informe mas poderosa do relevo do escudo havia toda a distância que podia haver entre dois mundos. Ainda assim, entre indivíduos, pessoas como Esca, Marcus e Cótia, a distância reduzia-se tanto que ficava possível cruzá-la, de um a outro, de modo que deixava de ter importância.

VIII

O CURANDEIRO E A FACA

Marcus dissera "Venha quando quiser", e Cótia dissera "Virei amanhã". Mas acabou que não foi tão simples assim. Kaeso não poria dificuldades, pois era um homem gentil e de boa índole, muito ansioso para manter boas relações com o seu colega magistrado romano. Mas a tia Valária, sempre tão cuidadosa ao seguir os costumes do que ela chamava de "sociedade civilizada", tinha total certeza de que não era costume de donzelas romanas bem-criadas entrar no jardim dos outros e fazer amizade com os estranhos que ali encontrassem. Não que Áquila alguma vez já tivesse se mostrado inamistoso.

É claro que Marcus não sabia nada disso; só sabia que Cótia não aparecera nos dias seguintes. E disse a si mesmo que não havia razão para que viesse. Fora para conhecer Filhote que ela viera e, tendo-o conhecido, por que haveria de voltar? Ele achou que talvez ela quisesse fazer amizade; mas parecia ter sido um engano que não tinha muita importância.

Então, no terceiro dia, quando jurara a si mesmo que não esperaria mais que ela viesse, ouviu-a chamar seu nome, baixinho e com urgência, e quando ergueu os olhos da ponta de lança que estava polindo, lá estava ela, de pé onde a vira pela primeira vez, entre as árvores frutíferas.

— Marcus! Marcus, não consegui me livrar de Nissa antes — começou ela, sem fôlego. — Dizem que não devo voltar aqui.

Marcus pousou a lança e perguntou:

— Por quê?

Ela deu uma olhada rápida por sobre o ombro, para o seu próprio jardim.

— Tia Valária diz que não é decente uma donzela romana agir como agi. Mas não sou uma donzela romana. Ah, Marcus, você precisa convencê-la a deixar que eu venha! Precisa!

Ela oscilava, prestes a fugir, mesmo enquanto falava, e era óbvio que não era hora para conversas desnecessárias nem longas explicações.

— Ela a deixará vir — disse Marcus rapidamente —, mas talvez demore um pouco. Agora vá, antes que a peguem. — Ele lhe fez uma rápida saudação meio zombeteira, com a palma da mão na testa, e ela se virou e sumiu.

Marcus voltou ao polimento. O incidente todo começara e terminara tão depressa quanto o voo de um passarinho pelo jardim, mas lá no fundo, de repente, ele ficou mais feliz do que nos últimos três dias.

Naquela noite, depois de contar tudo a Esca, expôs o problema todo a tio Áquila.

— E o que sugere que eu faça nesse caso? — indagou tio Áquila, quando ele terminou.

— Se o senhor fizesse alguns comentários amistosos à senhora Valária da próxima vez que cruzasse o caminho dela, acho que ajudaria.

— Por Júpiter! Mal conheço a mulher, além de cumprimentá-la como esposa de Kaeso.

— E é exatamente por isso que alguns comentários amistosos seriam indicados.

— E se ela também se tornar amistosa? — perguntou tio Áquila, com voz corrosiva.

— Ela não pode invadir essa sua fortaleza aqui, querendo ou não, já que não há mulheres para recebê-la — indicou Marcus, nada corroído.

— Admito que há verdade nisso. Por que quer que a menina venha?

— Ah... porque ela e Filhote se entendem bem.

— E eu é que tenho de ser jogado aos leões para Filhote ter com quem brincar?

Marcus riu.

— É um leão só, ou melhor, leoa. — Então, seu riso morreu. — Tio Áquila, precisamos mesmo de ajuda. Eu daria um jeito de representar Perseu sozinho, mas nesse estágio nada que eu possa fazer serviria para salvar Andrômeda. É trabalho para o dono da casa.

— Essa casa era pacífica antes que você viesse — disse tio Áquila com resignação. — Você é um incômodo indizível, mas suponho que terá o que deseja.

Marcus nunca soube direito como foi que aconteceu. Com certeza tio Áquila nunca pareceu se apressar nem um pouco naquele caso, mas dali por diante começou a haver mais cordialidade entre as duas casas e, antes que os bosques abaixo dos velhos baluartes se espessassem com toda a sua folhagem, Cótia passou a fazer parte da vida da família Áquila e ia e vinha quando lhe agradava e quando agradava a Marcus.

Esca, que por natureza era silencioso e reservado com todos, exceto com o jovem romano, tendeu, a princípio, a manter sua dignidade de escravo no que dizia respeito a ela; mas baixou as reservas pouco a pouco, até onde lhe era possível baixá-las diante de qualquer um que não fosse Marcus. E ele tiranizava-a e ria-se dela, e ficava contente em sua companhia; ensinou-a a jogar par ou ímpar, jogo adorado pelos legionários e gladiadores, e contava-lhe longas histórias sobre seu antigo lar nas colinas etruscas. Falar com Cótia a esse respeito e conjurar para ela as imagens, sons, cheiros, parecia, sabe-se lá como, trazer tudo mais para perto e aliviar a dor do exílio; e enquanto falava, ele percebia novamente aquele primeiro vislumbre da fazenda na curva do caminho do morro onde cresciam as cerejeiras selvagens.

— Havia sempre muitos pombos arrulhando e esvoaçando sobre o terreiro e os telhados, e o sol batia no pescoço deles, que brilhavam iridescentes em verde e roxo; e os pequenos pombos-bravos brancos também, com pés rosa-coral. E quando a gente chegava ao terreiro todos eles alçavam voo com muita barulheira e depois vinham voando de volta em círculos, em torno dos nossos pés. E aí o velho Argos saía do canil e latia e balançava o rabo ao mesmo tempo, e havia um cheiro maravilhoso de comida do jantar: truta do rio grelhada, talvez, ou frango frito se era uma ocasião especial. E quando eu voltava para casa à noite, depois de ficar fora o dia todo, minha mãe chegava à porta quando ouvia Argos latir...

Cótia nunca se cansava de ouvir as histórias da fazenda nas colinas etruscas e Marcus, com saudades do lar como estava, nunca se cansava de contá-las. Certo dia, chegou a mostrar-lhe o passarinho de oliveira.

Mas, quase no fim do verão, ele começou a sentir cada vez mais dor na velha ferida. Tinha ficado tão acostumado com a dor surda que muitas vezes se esquecia completamente dela, mas agora havia uma pungência pulsante na dor antiga que não podia ser esquecida, e às vezes as cicatrizes ficavam quentes ao toque, e avermelhadas, e ferozes à vista.

Tudo culminou numa noite quente de agosto quando Marcus e o tio tinham acabado de jogar a costumeira partida de damas. Fora um dia quentíssimo e até mesmo ali fora, no pátio, parecia que não havia ar. Toda cor do céu noturno fora drenada pelo calor do dia, um céu cansado e desbotado, e o cheiro das rosas e das estevas dos vasos do pátio pairava pesado no ar, como a fumaça com tempo nublado.

Marcus sentira dor o dia todo e a doçura pesada das flores parecia grudar-lhe na garganta. Jogara pessimamente e sabia disso. Não conseguia ficar parado. Mexia-se um pouco em busca de posição mais confortável, depois mexia-se de novo, fingindo tentar olhar Filhote — agora quase adulto e belíssimo, espalhado na turfa fresca ao lado de Prócion, com quem há bastante tempo já fizera amizade.

Tio Áquila observava um pássaro no telhado da casa de banhos e Marcus mexeu-se mais uma vez, com esperanças de que ele não notasse. Era uma alvéola.

— A ferida está problemática, hoje? — indagou tio Áquila, os olhos ainda seguindo a alvéloa-amarela a mover-se rapidamente atrás de moscas nas telhas quentes.

Marcus respondeu:

— Não, senhor. Por quê?

— Só curiosidade. Tem certeza?

— Claro.

Tio Áquila tirou os olhos da alvéloa-amarela e fixou-os em Marcus.

— Como você é mentiroso — observou ele, amistoso. Depois, quando a boca de Marcus se franziu, inclinou-se à frente, batendo a mão enorme no tabuleiro e espalhando as peças para todo lado. — Isso já durou tempo demais! Se aquele gordo imbecil do Ulpius não conhece seu ofício, tenho um velho amigo médico em Durinum que o conhece muito bem. Rufrius Galarius. Foi um dos nossos médicos de campanha. Ele virá dar uma olhada nessa perna.

— Eu não pensaria nem por um momento que ele virá — disse Marcus. — Durinum fica muito longe.

— Ele virá — disse tio Áquila. — Ele e eu costumávamos caçar javalis. Ah, ele virá, sim.

E ele veio.

Rufrius Galarius, que já fora cirurgião de campanha da Segunda Legião, era um espanhol de queixo azulado e olhos alegres, cabelo preto e bem crespo mal tocado de branco e um peito de barril. Mas as mãos grossas de lutador eram muito seguras e gentis, como Marcus descobriu, dali a algumas noites, deitado em seu catre estreito enquanto o amigo do tio examinava os velhos ferimentos.

Pareceu levar muito tempo até terminar; e quando terminou, recolocou o cobertor no lugar, endireitou as costas e saiu praguejando da pequena alcova.

— Em nome de Tifão, quem limpou esse ferimento? — perguntou finalmente, virando-se para Marcus.

— O médico de campanha de Isca Dumnoniorum — respondeu ele.

— Está lá há vinte anos, e bêbado como um condutor de mulas na Saturnália, todas as noites — disparou Galarius. — Conheço bem esses médicos de campanha desprezados. Açougueiros e assassinos, todos eles! — Fez um barulho indescritível e muito vulgar.

— Nem toda noite, e era uma alma muito esforçada — disse Marcus, fazendo o possível pelo velho desgrenhado e bem patético de quem se lembrava com apreço.

— Pff! — disse Galarius. Então, de repente, seus modos mudaram; ele se aproximou e sentou-se na beira do catre. — O problema é que ele não terminou o serviço — disse.

Marcus passou a ponta da língua sobre os lábios desconfortavelmente secos.

— Quer dizer... Tem de fazer tudo de novo?

O outro concordou.

— Você não terá paz enquanto a ferida não for limpa novamente.

— Quando... — começou Marcus, e parou, tentando desesperadamente interromper o tremor vergonhoso no canto da boca.

— Pela manhã. Já que tem de ser feito, quanto mais cedo melhor. — Pôs a mão no ombro de Marcus e deixou-a lá.

Por um instante Marcus ficou rígido sob a mão grossa e gentil; depois, respirou fundo e irregularmente relaxou, com uma tentativa bastante desajeitada de sorriso.

— Peço-lhe perdão. Acho que... que estou muito cansado.

— É possível — concordou o médico. — Você tem tido dificuldades para andar ultimamente. Ah, sim, eu sei. Mas logo tudo ficará para trás, com coisas melhores à frente. Isso eu lhe prometo.

Por algum tempo ficou ali sentado, falando de coisas muito afastadas da manhã seguinte, passando do sabor das ostras nativas à iniquidade dos cobradores de impostos das províncias, com saudades dos velhos tempos na fronteira siluriana e das antigas caçadas de javali com tio Áquila.

— Éramos grandes caçadores, eu e o seu tio; e agora nossas juntas se enrijecem e estamos nos aferrando aos nossos hábitos. Às vezes penso em fazer as malas e voltar a viajar, antes que seja tarde demais e eu fique totalmente enferrujado. Mas escolhi o ramo de trabalho errado para isso. O ofício do cirurgião não é fácil de juntar e levar pelo mundo. Ah, mas o de oculista, eis o ofício para um seguidor de Esculápio que gosta de perambular! Aqui no norte, onde tantos sofrem da cegueira dos pântanos, o selo de oculista é o talismã que leva o homem com segurança até aonde uma legião não consegue ir. — E ele começou a fazer o relato das aventuras de um conhecido que cruzara o oceano Ocidental e fizera a vida na terra selvagem de Hibérnia, há alguns anos, enquanto Marcus escutava com meia atenção, sem suspeitar que estava próximo o tempo em que essa história teria importância tremenda para ele.

Nisso, Galarius levantou-se, esticando-se até estalar os pequenos músculos atrás dos ombros de touro.

— Agora vou conversar com Áquila sobre caçadas até a hora de dormir. Fique aí bem deitadinho e durma o melhor possível, e voltarei de manhã bem cedo.

E com um movimento brusco de cabeça, deu meia-volta e se foi pela colunata.

Com ele, a maior parte da coragem que Marcus reunira com dificuldade pareceu ir-se também. Ficou horrorizado ao descobrir que tremia — tremia com o cheiro da dor, como um cavalo treme com o cheiro do fogo. Deitado com o antebraço apertado sobre os olhos, açoitou-se com o próprio desprezo, mas não encontrou alívio nisso. Sentia frio no estômago e muita solidão.

Então, escutou um barulho súbito no chão e um focinho frio se lançou contra seu ombro. Ele abriu os olhos e viu a cabeça sorridente de Filhote a poucos centímetros da sua.

— Obrigado, Filhote — disse ele, e moveu-se um pouco para pegar a cabeçorra entre as mãos, enquanto Filhote punha as patas dianteiras sobre o catre e respirava amorosamente em seu rosto. O pôr do sol estava próximo e a luz do sol no Oriente inundava a alcova, respingando como água trêmula e dourada nas paredes e no teto. Marcus não a vira chegar e parecia surgir cantando em sua visão, assim como uma fanfarra de trombetas rompe nos ouvidos. A luz de Mitras, surgindo das trevas.

Esca, que viera logo atrás de Filhote, apareceu no umbral, lançando uma grande sombra sobre a parede iluminada pelo sol ao chegar ao lado de Marcus.

— Conversei com Rufrius Galarius — disse ele.

Marcus assentiu.

— Ele precisará de sua ajuda pela manhã. Fará isso por mim?

— Sou o escravo pessoal do centurião; quem senão eu o faria? — disse Esca, e curvou-se para arrumar o cobertor.

Então, sons de briga surgiram de algum lugar no pátio. A voz velha e queixosa de Stéfanos elevou-se em protesto e depois a de uma menina, aguda, nítida e dura.

— Deixe-me passar. Se não me deixar passar, vou morder! — A rusga pareceu recomeçar e um segundo depois o uivo de dor de Stéfanos revelou com toda a clareza que a ameaça fora cumprida. Enquanto Marcus e Esca trocavam olhares interrogativos, pés voadores vieram pela colunata e Cótia entrou pela porta, uma figura polida e belicosa, com o sol poente formando um nimbo à sua volta.

Marcus ergueu-se sobre o cotovelo.

— Sua raposinha! O que fez com Stéfanos?

— Mordi a mão dele — disse Cótia, na mesma voz nítida e dura. — Ele tentou me segurar.

O arrastar de sandálias apressadas soou atrás dela enquanto falava e Marcus disse, com urgência:

— Esca, em nome da Luz, vá e leve-o para longe daqui! — Sentira de repente que não conseguiria lidar com a justa indignação de Stéfanos bem naquele momento. Então, quando Esca se afastou para cumprir a ordem, voltou-se para Cótia. — E o que acha que está fazendo aqui, minha senhora?

Ela se aproximou, jogando-se ao lado de Filhote, e ficou de pé a olhá-lo acusadora.

— Por que não me contou? — perguntou ela.

— Contar o quê? — Mas ele sabia.

— Sobre o curandeiro e a faca. Eu o vi chegar num carro puxado a mula, pela janela da despensa, e Nissa me contou por que ele veio.

— Nissa fala demais — disse Marcus. — Eu queria que você só soubesse depois que estivesse tudo terminado.

— Você não tem o direito de me esconder isso — disse ela, agressiva. — O direito é meu de saber! — E depois, com pressa ansiosa: — O que ele vai fazer com você?

Marcus hesitou um instante, mas se não lhe contasse a indizível Nissa sem dúvida contaria.

— Vai me limpar a ferida. É só isso.

O rosto dela pareceu ficar mais estreito e ainda mais pontudo enquanto ele o fitava.

— Quando? — perguntou ela.

— De manhã bem cedo.

— Mande Esca me contar quando acabar.

— Será muito cedo — disse Marcus com firmeza. — Você mal estará acordada.

— Estarei acordada — disse Cótia. — Estarei esperando no fundo do jardim. E esperarei até Esca vir, mesmo que tentem me tirar de lá. Posso morder outras pessoas além de Stéfanos e se alguém tentar me tirar de lá vou morder e depois podem me bater. Você não vai gostar de saber que me bateram porque você não mandou Esca me avisar, não é, Marcus?

Marcus admitiu a derrota.

— Esca vai avisá-la.

Houve uma longa pausa. Cótia ficou imóvel, olhando-o de cima. Depois, disse:

— Preferia que fosse eu.

Era mais fácil falar do que fazer, mas Cótia falava sério. Olhando-a, Marcus soube.

— Obrigado, Cótia. Não me esquecerei disso. E agora você tem de ir para casa.

Ela se afastou, obediente, enquanto Esca reaparecia no umbral.

— Vou para casa. Quando posso voltar?

— Não sei — disse Marcus. — Esca também vai lhe dizer isso.

Sem mais palavras, ela virou-se e saiu para a luz dourada. A um sinal de Marcus, o escravo foi atrás dela e os passos dos dois foram ficando cada vez mais fracos pela colunata.

Marcus prestou atenção até se esmaecerem em silêncio, quieto, com o calor áspero e costumeiro da cabeça de Filhote sob a mão. Ainda sentia um frio desagradável na boca do estômago, mas não se sentia mais sozinho. De um jeito que não entendia, Filhote, Esca e Cótia tinham-no confortado e fortalecido para o que estava por vir.

A luz dourada ia sumindo e na quietude esgueirou-se o fio brilhante do cantar de um pássaro, a canção de outono lamentosa e fina do pintarroxo na pereira selvagem; e ele percebeu que o verão estava quase no fim. De repente soube, com uma sensação de descoberta, que fora um bom verão. Sentira saudades de casa, sim, sonhando noite após noite com suas colinas, e acordando com o coração dolorido; mas ainda assim, fora um bom verão. Houve o dia em que Filhote descobriu como latir. Marcus ficara quase tão surpreso quanto o lobinho. "Mas lobos não latem", dissera a Esca, e ele respondera: "Crie um lobo com a matilha de cães e ele fará tudo como a matilha. " E Filhote, orgulhoso da nova realização, passara dias enchendo o jardim com seu clamor agudo de cãozinho. Outras lembranças muito nítidas pularam ao seu encontro: roscas de massa quente trazidos por Sástica e comidas pelos quatro como um banquete; o arco de caça que ele e Esca construíram juntos; Cótia segurando o passarinho de oliveira nas mãos em concha.

Um bom verão, um verão memorável, e de repente sentiu-se grato.

Dormiu naquela noite bem tranquila tão levemente quanto um caçador, e acordou com o chamado das trombetas distantes que tocavam a alvorada no campo de treinamento.

* * *

Era tão cedo que a névoa ainda estava grossa e cinzenta de orvalho sobre a grama do pátio e o cheiro do dia de primavera era frio e fresco quando Rufrius Galarius retornou; mas, para Marcus, parecia que esperava sua chegada há muito tempo. Retribuiu a saudação do médico e explicou:

— Meu escravo foi prender o filhote de lobo. Volta a qualquer momento.

Galarius assentiu.

— Eu o vi. Também foi buscar várias coisas de que precisaremos — disse ele e, abrindo o estojo de bronze que trouxera consigo, começou a arrumar as ferramentas do ofício sobre o baú.

Antes que terminasse, Esca voltou, trazendo água quente, lençóis limpos e um frasco da aguardente de cevada dos nativos que Galarius considerava melhor do que vinho, embora mais ardente, para limpar feridas.

— Haverá mais água quente quando o senhor precisar — disse ele, deixando os objetos no baú, ao lado do estojo de instrumentos; e foi ficar de pé junto a Marcus, um pouco como Filhote faria.

Galarius terminou os preparativos e virou-se.

— E agora, está pronto?

— Prontíssimo — disse Marcus, afastando o cobertor, e trincou os dentes à espera do que viria.

Muito tempo depois, saiu das trevas que tinham caído sobre ele antes que o serviço terminasse e viu-se deitado sob cobertores quentes, com Rufrius Galarius de pé a seu lado, com a mão aberta sobre seu coração, como ficara o velho Aulus naquele outro despertar, apenas um ano antes. Durante um confuso momento achou que ainda era aquele outro despertar e que sonhara em círculos; mas, quando a vista e a audição clarearam um pouco, viu Esca de pé logo atrás do médico e uma sombra imensa no portal que só podia ser tio Áquila, e ouviu os uivos desesperados de Filhote trancado na despensa; e voltou ao presente, como um nadador que volta à superfície.

A dor da antiga ferida mudara para um palpitar estridente que parecia pulsar pelo corpo todo com uma sensação nauseante de choque, e involuntariamente ele soltou um pequeno gemido.

O cirurgião fez um aceno de cabeça.

— É, dói muito no começo — concordou. — Mas logo vai melhorar.

Marcus olhou, meio esgazeado, o rosto de queixo azulado do espanhol.

— Conseguiu? — murmurou.

— Consegui. — Galarius puxou o cobertor. Havia sangue em sua mão. — Daqui a alguns meses você estará inteiro de novo. Agora fique deitado e descanse. Hoje à noite, voltarei.

Deu um tapinha rápido no ombro de Marcus e virou-se para recolher os instrumentos.

— Deixo-o em suas mãos. Pode lhe dar a poção agora — disse a Esca, por sobre o ombro, ao sair. Marcus ouviu-o falar com alguém na colunata. — Farpas suficientes para armar um porco-espinho; mas os músculos estão menos danificados do que pensei. O rapaz agora deve ficar bem.

Então viu Esca a seu lado, com uma taça.

— Cótia e Filhote... — tartamudeou.

— Logo, logo vou buscá-los, mas antes tome isso.

Esca apoiou o joelho no chão, ao lado do catre, e Marcus viu que estava deitado com a cabeça no ombro do escravo e a borda da taça era fria junto à boca quando bebeu. Ele recordou o gosto amargo do ano anterior. Então, quando a taça se afastou, virou satisfeito o rosto sobre o braço de Esca. E percebeu que havia um tom cinzento e emaciado no rosto do outro, uma torsão estranha em volta da boca, como a cara de um homem que quer vomitar mas não tem nada no estômago para pôr para fora.

— Foi tão ruim assim? — perguntou, com uma leve tentativa de riso.

Esca sorriu.

— Durma.

IX

O TRIBUNO PLACIDUS

Dois ou três quilômetros ao sul de Calleva, onde a floresta se abria de repente numa escarpa íngreme coberta de samambaias, havia dois homens de pé: um romano e um bretão; e entre eles, de cabeça erguida e o focinho tremendo ao vento, um jovem lobo malhado.

De repente, o romano se inclinou para desafivelar a pesada coleira com cravos de bronze do pescoço do lobo. Filhote agora estava crescido, embora ainda não totalmente adulto, e chegara a hora de escolher se queria voltar à vida selvagem. É possível domar algo selvagem, mas nunca o considere totalmente conquistado até que, livre para voltar aos seus, ele prefira voltar para você. Marcus sabia disso o tempo todo e Esca fizera os preparativos com o máximo cuidado, levando Filhote a esse lugar várias vezes, para que soubesse o caminho de casa se quisesse escolhê-lo. Com os dedos na fivela, Marcus ficou pensando se voltaria a sentir o calor vivo e peludo do pescoço de Filhote.

A coleira estava solta agora e ele a jogou dentro do peito da túnica. Por um longo momento, acariciou as orelhas eretas. Depois, ergueu-se.

— Está livre, irmão. Boa caçada. — Filhote encarou-o, perplexo; então, quando uma lufada fresca do cheiro da floresta chegou ao seu nariz trêmulo, trotou para a borda das árvores.

Em silêncio, os outros dois observaram-no partir, uma sombra malhada esgueirando-se pelo mato. Então Marcus virou-se e foi até o tronco de uma bétula caída, um pouco mais abaixo na encosta, movendo-se com rapidez mas meio desajeitado pelo terreno acidentado, com um sacolejo lateral do ombro a cada passo. Rufrius Galarius fizera um bom trabalho e agora, uns oito meses depois, Marcus estava tão saudável como antes, para todos os fins e propósitos, exatamente como o médico prometera. Levaria as cicatrizes até o fim da vida e uma perna contorcida que o deixaria de fora das legiões, mas isso era tudo. Na verdade, depois de passar o inverno treinando, com a ajuda de Esca, como se fosse para a arena, estava agora tão rijo quanto um gladiador. Chegou ao tronco da árvore caído e sentou-se e, em seguida, Esca agachou-se a seus pés.

Esse era o lugar privilegiado e predileto deles. O tronco da árvore era um assento conveniente e o declive íngreme da encosta oferecia uma vista nítida das colinas cobertas de florestas e da elevação azul das montanhas distantes. Ele vira essas florestas ondulantes em sua devastação invernal, pintalgada como o peito de uma perdiz. Vira o primeiro sinal de espuma nos abrunheiros; e agora a chama totalmente verde da primavera percorria a floresta e as cerejeiras selvagens mais pareciam velas acesas ao longo dos caminhos da mata.

Naquela posição privilegiada, os dois sentavam-se para conversas preguiçosas, sobre muitas coisas, sob o sol, entremeadas de longos silêncios, inclusive sobre o convidado que tio Áquila esperava naquela noite: nada mais nada menos que o legado da Sexta Legião, que vinha de Eburacum para Regnum e dali seguiria para Roma.

— Ele é amigo do seu tio há muito tempo? — perguntou Esca à toa.

— É. Acho que serviram juntos na Judeia, quando meu tio era da Primeira Coorte da Fretensis e esse homem cumpria seu ano no estado-maior como tribuno. Deve ser muito mais jovem que tio Áquila.

— E agora vai para casa, para seu próprio lar?

— Vai, mas só para resolver alguns negócios com o Senado. Pelo que diz tio Áquila, depois volta às Águias.

Por algum tempo ficaram em silêncio total, cada um ocupado com os próprios pensamentos. Os de Marcus, como já há algum tempo, giravam em torno da questão do que faria consigo e com a vida, agora que estava outra vez bem de saúde. As legiões não eram mais para ele e só lhe restava um meio de vida que adotaria como um pássaro que volta para casa. A agricultura estava no sangue de quase toda a sua raça, do senador com propriedades nas colinas Albanas ao legionário reformado com sua horta de abóboras; e para Marcus, assim nascido e criado, o fazendeiro e o soldado eram da mesma parelha, os dois meios de vida naturais. Mas, para começar, era preciso dinheiro. Tudo bem para o legionário reformado, que recebia do governo a concessão da terra. Estaria tudo bem para Marcus se tivesse cumprido seus vinte anos de serviço, mesmo que nunca se tornasse prefeito de uma Legião Egípcia, e tivesse economizado o soldo e recebesse a gratificação de centurião. Mas naquela situação, ele não tinha nada. Sabia que poderia pedir ajuda a tio Áquila, mas isso ele não faria. O tio, embora tivesse o suficiente para suas necessidades, não era rico e já fizera muito por ele. Devia ter encontrado antes algum modo de ganhar a vida, pensou, mas havia pouquíssimos meios à disposição de um homem livre, e crescia nele a convicção apavorante de que terminaria como secretário de alguém. Havia quem preferisse um secretário livre a um escravo, ali ou mesmo em casa, na Etrúria. Mas mesmo quando essa ideia lhe tocou a mente, ele soube que, para ele, voltar para casa sem raízes e sem nenhuma ligação com a terra que o criara, nem esperança alguma de conseguila, seria apenas uma sombra e jamais a substância da volta ao lar. Levaria consigo o exílio para suas próprias colinas, e as estragaria; e só. Não, precisava procurar um ofício de secretário ali na Britânia.

Só nessa manhã ele se decidira a apresentar a tio Áquila, naquela noite, a ideia do secretariado, mas a mensagem do legado chegara e agora, naturalmente, teria de esperar até o hóspede repentino seguir seu caminho. E parte dele, parte da qual se envergonhava bastante, aproveitou o adiamento como pausa para respirar; um dia de graça onde tudo poderia acontecer, embora ele tivesse dificuldade de pôr em palavras o que seria possível acontecer.

Em seu silêncio, a floresta se aproximara dos dois naquela posição privilegiada. Naquele instante, uma cintilação vermelha que se esgueirou entre as samambaias eretas e as jovens dedaleiras na parte mais baixa da clareira lhes revelou onde passara uma raposa. Ela parou um instante, em plena vista, o focinho pontudo erguido, o sol brilhando com lustro quase metálico em sua pelagem; depois, virou-se e entrou por entre as árvores. E ao observar seu vislumbre ruivo cintilar e sumir de vista, Marcus viu-se pensando em Cótia.

A amizade mais íntima entre a casa dela e a dele continuara. Agora conhecia Kaeso bastante bem, e até Valária, um pouco; esta, roliça, bonita e boba, flutuando numa névoa de linho de cor clara, retinindo de pulseiras, o cabelo muito crespo, como a lã de um carneiro. Ele sempre a encontrava na liteira, quando ia e vinha por Calleva, para os banhos ou o Ginásio ou a Vinha Dourada, em cujo estábulo ele e Esca alugavam cavalos de vez em quando para um passeio pelo mato; e quase sempre, tinha de parar e conversar. Mas percebeu de repente que vira Cótia cada vez menos com o passar dos meses.

Com a vida a se abrir para ele outra vez, sentira menos necessidade dela e ela se afastara pouco a pouco, sem nem sombra de censura. Mas ele não sentira culpa nenhuma e, de repente, ao perceber com que facilidade Cótia poderia fazê-lo sentir-se culpado se quisesse, um jorro súbito de ternura por ela o invadiu. O esquisito é que, agora que pensava nisso, precisava de Cótia tanto quanto antes; muitas vezes esquecia-se totalmente dela com a superfície da mente, mas sabia que, se nunca mais fosse vê-la, ficaria muito infeliz, talvez tão infeliz quanto ficaria se Filhote nunca mais voltasse.

E será que Filhote voltaria? O chamado de sua própria espécie seria mais forte que o laço que o unia ao dono? Seja como for, Marcus esperava que, no caso de Filhote, tudo corresse depressa e fosse fácil e definitivo, sem que o coração se partisse ao meio. Moveu-se e baixou os olhos para Esca.

— Já estamos empoleirados aqui há bastante tempo.

O outro virou a cabeça para trás e, por um instante, seus olhos se encontraram. Então Esca levantou-se e estendeu a mão para ajudar Marcus.

— Que o centurião assovie uma vez, caso ele esteja por perto, e voltaremos para casa.

Marcus deu o assovio agudo e interrompido que sempre usara para chamar Filhote e ficou à escuta. Uma pega, espantada com o som, retrucou zangada na floresta atrás deles, e nada mais. Em alguns instantes, ele assoviou de novo. Nenhum latido de resposta, nenhuma forma malhada trotando para fora da floresta.

— Está fora de alcance — disse Esca. — Bom, ele sabe o caminho de casa e nenhum mal lhe acontecerá.

Não, nenhum mal aconteceria a Filhote. Era bem conhecido dentro e fora de Calleva e, já que perdera há muito tempo o cheiro de lobo, a matilha de cães o aceitara como um deles, e com respeito. Nenhum mal lhe viria de sua própria raça, pois, a não ser quando o homem se intrometia, havia pouca guerra entre matilhas de cães e lobos, que na verdade se cruzavam com frequência suficiente para que às vezes fosse difícil distingui-los. Só que, se voltasse para sua raça, certo dia os homens caçariam Filhote, como haviam caçado sua mãe.

Marcus teve vontade de olhar mais uma vez quando se viraram entre as aveleiras da beira da floresta, para o caso de Filhote estar subindo a encosta a meio-galope. Mas olhar para trás não estava em seus planos e, com o escravo ao lado, seguiu resoluto para casa.

Chegaram ao portão Sul de Calleva e cruzaram-no, Esca passando imediatamente para os costumeiros três passos atrás. Seguiram pelo atalho atrás do templo de Súlis Minerva e entraram em casa pela porta mais próxima, que dava para os aposentos dos escravos e para o jardim. Filhote, se voltasse, provavelmente viria pelo velho baluarte no sopé do jardim, pois estava acostumado àquele caminho, mas Marcus tinha falado com os guardas do portão da cidade, para o caso de ele vir pelo outro lado.

Chegaram ao pátio sem encontrar ninguém e, enquanto Esca ia buscar uma túnica limpa para seu senhor, Marcus entrou pela colunata, na direção do átrio. Quando se aproximou do portal, uma voz estranha soou atrás dele. Então o hóspede já chegara.

— Tem certeza? — disse a voz, áspera e ríspida, mas agradável. — Seria mais simples mandá-lo para o campo de treinamento.

E a voz de tio Áquila respondeu:

— Quando eu não tiver espaço para abrigar dois hóspedes ao mesmo tempo, aviso. Você é um tolo, Claudius.

Havia dois estranhos com tio Áquila na sala comprida, ambos de uniforme: um, resplandecente sob a camada de pó, no bronze dourado de legado; o outro, de pé um pouco atrás dele, evidentemente um oficial do estado-maior. Pelo que parecia, tinham acabado de chegar, pois só haviam tirado a capa e o elmo de penacho. Tudo isso Marcus viu quando hesitou um instante no umbral antes que o tio olhasse em volta e o visse.

— Ah, já voltou, Marcus — disse tio Áquila, e então, quando se adiantou para unir-se ao grupo: — Claudius, apresento-lhe meu sobrinho Marcus. Marcus, este é meu velho amigo Claudius Hieronimianus, legado da Sexta Legião.

Marcus ergueu a mão para saudar o amigo do tio e viu-se fitando um par de olhos compridos e pretíssimos que pareciam ter o sol por trás. O legado era egípcio e de velha cepa, foi o que avaliou, pois não havia em seu rosto nada da suavidade síria que vira tantas vezes no rosto dos homens do Nilo.

— Fico muito honrado de conhecer o legado da Victrix — disse ele.

O rosto do legado enrugou-se num sorriso que fez mil ruguinhas se aprofundarem em torno da boca e dos olhos.

— E fico felicíssimo em conhecer um parente do meu velho amigo, ainda mais porque, pelo que eu conhecia de sua família até hoje, ele bem que poderia ter nascido de um ovo de tartaruga na areia. — E indicou o companheiro. — Apresento-lhe o tribuno Servius Placidus, do meu estado-maior.

Marcus virou-se para o jovem oficial e, no mesmo instante, sentiu uma dolorosa vergonha da perna deformada. Uma ou duas vezes antes encontrara pessoas que o faziam sentir-se assim e achava que isso o fazia não gostar delas. Os dois se cumprimentaram como mandava o costume, mas friamente. O oficial do estado-maior tinha mais ou menos a idade de Marcus: um rapaz belíssimo, com a postura elegante, o rosto oval e o cabelo crespo que indicavam ancestrais atenienses. "Liso como uma moça", pensou Marcus com rápido desagrado, e a expressão lhe pareceu vagamente conhecida. Aliás, o sobrenome Placidus também; mas era um sobrenome bastante comum e, de qualquer forma, não era hora de perseguir lembranças pantanosas. Marcus supôs que, até a hora de os hóspedes lavarem o pó da viagem, ele é que teria de entreter o tribuno, deixando livre tio Áquila para conversar com o velho amigo.

Marcipor trouxera vinho para os viajantes e, depois de servidos, os dois jovens se afastaram dos mais velhos e foram até uma janela banhada de sol. Por algum tempo, trocaram trivialidades; mas conforme os minutos se passavam, Marcus achou cada vez mais difícil encontrar o que dizer, enquanto o tribuno parecia ter nascido entediado. Finalmente, Marcus, sem encontrar mais palavras, perguntou:

— Volta a Roma com o legado ou só vai até Regnum?

— Ah, vou para Roma. Graças a Baco, vou me livrar da Britânia de uma vez por todas quando embarcar na galera daqui a dois dias.

— Pelo que vejo, não achou a Britânia do seu agrado?

O outro deu de ombros e tomou um gole de vinho.

— As moças são bastante boas, e as caçadas. Mas o resto... Roma Dea! Vou adorar deixar tudo para trás! — Uma dúvida pareceu lhe ocorrer. — Você é natural dessa província atrasada?

— Não — disse Marcus. — Não nasci aqui. — Então, achando que fora ríspido demais, acrescentou: — Na verdade, estou aqui há menos de três anos.

— E o que lhe ocorreu para que viesse para cá? Deve ter achado a longa viagem muito exaustiva.

Não tanto pelas palavras, mas sim pelo tom com que eram proferidas, Marcus, que já estava tenso por causa de Filhote, sentiu a nuca se eriçar.

— Vim unir-me à minha legião — disse, friamente.

— Ah. — Placidus ficou um pouco sem graça. — Um ferimento, então?

— Isso.

— Será que já nos encontramos no Clube dos Tribunos, em casa?

— Seria estranho se tivéssemos. Eu era um mero centurião de coorte. — Marcus sorriu, mas todo o desprezo que os soldados profissionais sentiam pelos aristocratas que se fingiam de soldados durante um ano surgiu de forma educada mas mal disfarçada, por trás das palavras tranquilas.

Placidus corou um pouco.

— É mesmo? Sabe, eu dificilmente adivinharia. — E voltou ao ataque, com a insinuação sedosa na voz de que Marcus realmente parecia quase civilizado. — Saúdo um irmão da Victrix? Ou Capricórnio, ou o Javali em ataque, estava consigo?

Antes que Marcus pudesse responder, veio um risinho do legado, que estava de costas para eles.

— Para quem se considera, creio que não sem justiça, um caçador um tanto hábil, você é estranhamente pouco observador dos detalhes, caro Placidus — disse ele por sobre o ombro. — Eu já lhe mencionei o fato. Veja o Signum da Legião dele no pulso esquerdo — e voltou à conversa com tio Áquila.

Com essas palavras, algo se acendeu na mente de Marcus e, quando o olhar do tribuno desceu para o pesado bracelete de ouro que sempre usava, ele se lembrou. "Liso como uma moça, mas bom caçador", dissera Esca, e o nome era Placidus. Sua boca secou de nojo, e a faísca de embaraço — sim, e de algo muito parecido com inveja — que surgiu por um instante no rosto do outro deu-lhe uma rápida satisfação que era mais por conta de Esca do que por si mesmo.

Imediatamente Placidus se recobrou e ergueu os olhos, com o ar levemente arrogante.

— Veja o que é servir a um legado famoso por apreciar seus oficiais inferiores — murmurou. — Meu caro Marcus, congratulo-o... — Nisso, seus olhos se arregalaram e a voz suave e lenta aguçou-se e tomou vida. — Roma Dea! Um lobo!

Antes que as palavras saíssem, Marcus se virara. Ali, no portal da colunata, estava uma forma malhada, a cabeça selvagem erguida em alerta e os olhos temerosos dos estranhos ali dentro, cujo cheiro desconhecido o fizera parar no umbral.

— Filhote! — gritou Marcus. — Filhote! — E agachou-se, enquanto, com um latido de alegria, a forma malhada correu para ele, aconchegando-se a seu peito e ganindo. Os flancos de Filhote arfavam com a velocidade que desenvolvera para encontrar o dono e estava como que pedindo desculpas frenéticas por ter-se perdido dele. Marcus pegou a cabeçorra nas mãos, esfregando os polegares nos ocos por trás das orelhas eretas. — Então você voltou, meu irmão — disse ele. — Você voltou, Filhote.

— É um lobo! É um lobo *mesmo*... e o bicho se comporta como um filhotinho! — disse Placidus, com um tom de descrença enojada na voz.

— Parece que somos testemunhas de um reencontro. Com certeza chegamos em boa hora — disse o legado.

Marcus soltou-se dos abraços de Filhote e levantou-se.

— Um reencontro... É, podemos chamá-lo assim — disse ele.

Então, Filhote fez algo que nunca fizera. Enfiou a cabeça abaixada entre os joelhos de Marcus, como um cachorro costuma fazer com alguém em quem confia cegamente; e ali ficou, muito satisfeito, numa posição em que ficava totalmente indefeso, à mercê do dono.

E enquanto ali ficava daquele jeito, balançando o rabo devagar, Marcus tirou a coleira com cravos de bronze do peito da túnica e abaixou-se para colocá-la de novo em seu pescoço.

— Há quanto tempo o tem? — perguntou Placidus, observando com um brilho de interesse quando, depois de ter a coleira bem afivelada, o jovem lobo sacudiu-se com violência e sentou-se, com a língua de fora e os olhos semicerrados, encostado à perna do dono.

— Desde que era um filhotinho bem pequeno, há mais de um ano — disse Marcus, acariciando uma orelha atenta.

— Então, se não me engano, vi-o ser tirado do covil depois que a mãe foi morta. O bárbaro pintado que o pegou afirmou ser escravo de um tal Marcus Áquila. Agora me lembrei.

— Não se enganou — disse Marcus tranquilamente. — O bárbaro pintado me contou a história.

Por sorte, Stéfanos surgiu naquele momento, à espera no umbral, e tio Áquila tomou do legado a taça de vinho vazia.

— Vocês devem estar ansiosos para lavar o pó da estrada — disse. — Podemos morar no fim do mundo, mas a água do banho não seria mais quente em Roma. Seus escravos estarão à espera em seus aposentos, sem dúvida. É isso mesmo, Stéfanos? Ótimo. Aguardo ansioso vê-los de novo na hora do jantar.

X

ORDEM DE MARCHAR

Nisso, depois de tomar banho e trocar de roupa, os quatro voltaram a se reunir na pequena salinha de jantar que dava para o átrio. Essa sala era tão austera quanto o restante da casa; as paredes caiadas sem ornamentos, exceto pelo escudo de cavalaria com a frente de bronze e um par de dardos cruzados atrás, pendurado na parede oposta à entrada; os três divãs junto à mesa cobertos com peles de gamo lindamente tratadas, em vez dos acolchoados e bordados costumeiros. E, em geral, as refeições que Marcus e o tio faziam ali eram tão austeras quanto a sala. Mas aquela noite era especial e Sástica se esforçara para produzir um jantar à altura da ocasião.

Para Marcus, porque Filhote voltara, a sala toda parecia faiscar com um leve ar de festa, quando olhou em volta sob a suave luz amarela das lâmpadas de óleo de palmeira sobre a mesa. O futuro e a questão de encontrar um meio de vida podiam esperar por enquanto; estava agradavelmente cansado depois de um longo dia ao ar livre; dera um mergulho na água fria e trocara a túnica grosseira por outra de lã branca fina. E estava disposto até a fazer uma trégua com Placidus, já que Esca somente rira quando lhe contou sua chegada.

A parte principal do jantar terminara. Tio Áquila acabara de fazer a segunda libação aos deuses domésticos, cujas estatuetas de bronze ficavam ao lado dos saleiros nos cantos da mesa, e Esca e os outros escravos tinham se recolhido. A luz suave e incerta das lâmpadas lançava uma delicada teia radiante sobre a mesa, fazendo as vasilhas sâmias de argila vermelha brilharem como coral, transformando as maçãs amarelas e murchas da colheita do ano anterior no fruto das Hespérides, lançando aqui uma flor de luz sobre a curva estriada de uma taça de vidro, acendendo ali uma chama pontuda e escarlate no coração de um frasco atarracado de vinho falerno, intensificando de um jeito estranho o rosto dos homens que se recostavam sobre o cotovelo esquerdo em volta da mesa.

Até então os dois homens mais velhos tinham mantido entre si a maior parte da conversa, falando sobre os velhos tempos, as antigas escaramuças, os acampamentos de fronteira, velhos amigos e inimigos, enquanto Marcus e Placidus falavam entre si ocasionalmente — a trégua funcionara bastante bem — mas, quase o tempo todo, jantaram em silêncio.

Então, jogando água no falerno em sua taça, tio Áquila perguntou:

— Claudius, quanto tempo faz que você saiu da Legião Fretensis?

— Dezoito anos em agosto.

— Por Júpiter! — disse tio Áquila, pensativo. De repente, cravou os olhos no velho amigo. — Faz dezoito anos em agosto que eu e você nos sentamos para comer no mesmo refeitório; ainda assim, você está na Britânia há quase três anos, e não fez nenhuma tentativa, nem a mais tênue, de se aproximar de mim?

— Nem você de se aproximar de mim — disse Claudius Hieronimianus, servindo-se de um dos bolos de mel de Sástica, cobrindo-o com um cacho de passas. Ergueu os olhos do prato, o rosto estranho se abrindo num sorriso rápido e sôfrego. — Não costuma ser assim quando seguimos as Águias? Fazemos um amigo aqui, outro ali, em Aqueia, em Cesareia ou em Eburacum; e nossos caminhos se separam outra vez, e nos esforçamos pouquíssimo para manter contato. Mas se os deuses que governam o destino dos homens curvam nossos caminhos para se cruzarem outra vez, então por que....

— Então retomemos os antigos fios praticamente do lugar onde os deixamos — disse tio Áquila. Ergueu a taça de vinho. — Bebo aos antigos fios. Não, não bebo. São só os velhos que olham para trás o tempo todo. Bebo à *renovação* dos antigos fios.

— Então venha renová-los em Eburacum, quando eu voltar — disse o legado, quando pousou a taça.

— Pode ser mesmo que eu faça isso... algum dia. Faz 25 anos que estive em Eburacum pela última vez e seria interessante rever o lugar. — De repente, lembrando-se dos bons modos, tio Áquila virou-se para incluir o jovem tribuno. — Levei um contingente da Segunda até lá numa das revoltas; foi assim que conheci um pouco a Estação.

— E? — Placidus conseguiu soar entediado e bem-educado ao mesmo tempo. — É claro que deve ter sido na época da Hispana. O senhor mal reconheceria a Estação agora. Está mesmo quase habitável.

— Os novos geralmente constroem com pedra, enquanto os antigos limpavam a floresta e construíam com madeira — disse tio Áquila.

O legado fitava, pensativo, o fundo do seu vinho.

— Às vezes, em Eburacum, parece-me que os alicerces daquela velha construção estão inquietos debaixo das novas — disse.

Marcus virou-se rapidamente para ele.

— O que quer dizer, senhor?

— Eburacum ainda é... como direi? Assombrada, ainda mais do que o normal, pelo fantasma da Nona Legião. Ah, não quero dizer que seus espíritos voltaram dos campos de Rá, mas ainda assim o lugar é mal-assombrado. Pelos altares aos deuses espanhóis que eles construíram e nos quais oraram; pelos nomes e números rabiscados pelas paredes; pelas mulheres bretãs que amaram e os filhos com rosto espanhol que tiveram. E tudo isso jaz, aliás, como um sedimento no fundo do vinho novo de outra legião. E também continuam a viver com força, de maneira quase apavorante, na lembrança do povo. — Ele fez um pequeno gesto com a mão aberta. — Parece bem pouco, dito em palavras, mas ainda assim cria um clima desagradavelmente forte. Não sou homem muito imaginoso, mas digo que tem havido épocas, quando a bruma desce das altas charnecas, em que quase esperei ver a legião perdida voltar marchando para casa.

Houve um longo silêncio e um pequeno tremor percorreu a sala, como uma brisa no capim crescido. O rosto de tio Áquila era ilegível. Placidus mostrava claramente sua opinião sobre esse tipo de histeria. Então, Marcus disse:

— O senhor tem alguma ideia, alguma teoria, do que aconteceu com a Hispana, senhor?

O legado olhou-o com sagacidade.

— O destino dela tem alguma importância para você?

— Tem. Meu pai era da Primeira Coorte. O irmão de tio Áquila.

O legado virou a cabeça.

— Áquila, eu nunca soube disso.

— Ah, é — disse tio Áquila. — Eu nunca mencionei? Nunca fomos muito próximos, estávamos em pontas opostas da família, com vinte anos entre nós.

O legado fez que sim e, depois de aparentemente pensar um instante, voltou sua atenção a Marcus.

— É claro que há a possibilidade de terem sido cercados e aniquilados em algum lugar, tão completamente que não houve sobreviventes para transmitir a notícia do desastre.

— Ah, mas certamente, senhor — interrompeu Placidus com grande demonstração de deferência —, numa província do tamanho de Valêntia, mesmo em toda a Caledônia, mais de quatro mil homens poderiam ser destruídos sem deixar vestígios? Não seria muito mais provável que, tendo-se enchido das Águias, tivessem simplesmente assassinado os oficiais que não quiseram se juntar a eles e desertado para as tribos?

Marcus nada disse — o tribuno era hóspede de seu tio —, mas sua boca se fechou numa linha dura e quente.

— Não, não acho muito provável — disse o legado.

Mas Placidus não terminara de enfiar o seu ferrão.

— Então, peço desculpas — disse ele, suavemente. — Fui levado a pensar que era a única explicação possível do mistério, devido à fama extremamente desagradável que a Hispana deixou. Mas fico contente em descobrir que estava errado.

— Tenho certeza que sim — disse o legado, com um vislumbre de humor.

— Mas não acha a teoria da emboscada muito provável também, não é mesmo, senhor? — Marcus serviu-se cuidadosamente de um cacho de passas que não queria.

— Não gostaria muito de acreditar que alguma legião do Império caísse tanto, que se tornasse um fruto tão podre quanto comprovaria a outra explicação. — O legado hesitou e seu rosto pareceu ficar mais perspicaz; não mais o rosto de um homem a saborear uma refeição agradável, pensou Marcus, mas o de um soldado. Voltou a falar de repente. — Nos últimos tempos tem havido um boato ao longo da Muralha... dando-me razão, aliás, para desejar que o Senado não escolhesse este momento para me chamar, embora eu tenha deixado para trás um comandante de campo e uma Primeira Coorte que conhecem o jogo muitíssimo melhor do que eu — um boato que, se for verdadeiro, indicaria que a Hispana realmente caiu lutando. É só conversa de feira, mas nela costuma haver um grão de verdade. Diz a história que a Águia foi vista, que recebe honras de divindade em algum templo tribal no norte longínquo.

Tio Áquila, que estivera brincando com a taça de vinho, pousou-a com tanta força que uma gota respingou em sua mão.

— Continue — disse ele, quando o outro parou.

— Isso é tudo; não há mais nada a acrescentar, mais nada a elaborar, e essa é a parte maldita. Mas entende meu ponto de vista?

— Ah, claro, entendo.

— Temo que não tenha entendido, não com clareza — disse Marcus.

— Uma legião desertora provavelmente ocultaria sua Águia ou a faria em pedaços, ou simplesmente a jogaria no rio mais próximo. Seria muito improvável que tivesse vontade ou oportunidade de colocá-la no templo de alguma divindade local. Mas uma Águia tomada em combate é algo bem diferente. Para as tribos distantes, seria como se tivessem capturado o deus da legião; e assim, levaram-na para casa em triunfo, com muitas tochas e talvez o sacrifício de um carneiro preto, e a abrigaram no templo do seu próprio deus para deixar os jovens fortes na guerra e ajudar a cevada a madurar. Entende agora?

Marcus entendeu.

— O que pretende fazer a esse respeito, senhor? — perguntou ele, em seguida.

— Nada. Pelos indícios que consigo apurar, pode não haver nem fiapo de verdade na história.

— E se houver?

— Ainda não há nada que eu possa fazer.

— Mas, senhor, é a Águia, a *Águia* perdida da Hispana! — disse Marcus, como se tentasse forçar uma ideia na cabeça de alguém pouco inteligente

— Águia perdida, honra perdida; honra perdida, tudo se perde — citou o legado. — É, eu sei. — A lástima em sua voz soou bem conclusiva.

— Mais do que isso, senhor. — Marcus inclinava-se para a frente, quase gaguejando na súbita avidez desesperada. —

Se a Águia for encontrada e trazida de volta, pode... pode significar até a recriação da legião.

— Disso eu também sei — disse o legado. E sei de uma coisa que me interessa ainda mais. Se houver problemas novamente no Norte, uma Águia Romana nas mãos do povo pintado pode se tornar uma arma contra nós, devido, sem dúvida alguma, ao poder que teria de inflamar o coração das tribos. Mas o fato é que, não posso agir com base em meros boatos. Enviar uma força expedicionária significaria declarar guerra. Uma legião inteira mal conseguiria vencer, e há somente três na Britânia.

— Mas onde uma legião não conseguiria passar, um homem passaria; pelo menos para descobrir a verdade.

— Concordo, se o homem certo se apresentar. Teria de ser alguém que conhecesse as tribos do norte e fosse aceito por eles para que lhe permitissem passar; e teria de ser, acho eu, alguém profundamente interessado no destino da Águia da Hispana, senão não seria louco o bastante para enfiar a cabeça num ninho de vespas. — Ele pousou a taça que estivera regirando entre os dedos enquanto falava. — Se eu tivesse um homem assim entre meus rapazes, daria a ele ordem de marchar. A questão me parece suficientemente séria para isso.

— Mande a mim — disse Marcus, deliberadamente. Seu olhar passou de um a outro dos homens em torno da mesa; depois, virou-se para a cortina da entrada e gritou: — Esca! Ei! Esca!

— Agora, pelas... — começou tio Áquila, e parou, pela primeira vez sem palavras.

Ninguém mais falou.

Passos rápidos vieram pelo átrio, a cortina foi afastada e Esca surgiu no umbral.

— O centurião chamou?

Em poucas palavras, Marcus lhe contou o que estava havendo.

— Virá comigo, Esca?

Esca foi até o lado do seu senhor. Os olhos brilhavam muito à luz da lâmpada.

— Irei — disse.

Marcus virou-se para o legado.

— Esca nasceu e cresceu onde hoje passa a Muralha; e a Águia era de meu pai. Juntos, preenchemos perfeitamente seus requisitos. Mande-nos.

O estranho silêncio que tomara os outros homens foi estilhaçado de repente quando tio Áquila bateu a mão aberta na mesa.

— Isso é loucura! Loucura total e completa!

— Não, claro que não é! — protestou Marcus, insistente. — Tenho um plano perfeitamente claro e prático. Em nome da Luz, ouçam-me.

Tio Áquila inspirou para dar uma resposta violenta, mas o legado interrompeu-o calmamente:

— Deixe o menino falar, Áquila.

E ele obedeceu.

Por um longo momento Marcus fitou as passas no prato, tentando pôr em ordem na cabeça o esboço de plano. Tentando também recordar exatamente o que Rufrius Galarius lhe contara e que agora lhe seria útil. Depois ergueu os olhos e começou a falar, com entusiasmo, mas com muita atenção e pausas longas, como se tateasse o caminho, o que na verdade fazia.

— Claudius Hieronimianus, o senhor disse que teria de ser alguém que as tribos aceitassem e deixassem passar. Como um oculista ambulante. Há muitos olhos doentes aqui no Norte e metade dos viajantes nas estradas são curandeiros. Rufrius Galarius, que foi médico de campanha da Segunda — ele deu uma olhada para o tio, com um meio sorriso —, contou-me, certa vez, de um conhecido dele que chegou a cruzar as Águas Ocidentais e praticou seu ofício pela extensão e amplidão de Hibérnia, e voltou com o couro inteiro para contar a história. E se o selo de oculista pode levar um homem em segurança por Hibérnia, com certeza levará Esca e eu pelo que, afinal de contas, já foi uma província romana! — Sentou-se ereto no divã, quase encarando os dois homens mais velhos. De Placidus ele se esquecera. — Pode ser que não consigamos trazer a Águia de volta, mas, se os deuses assim desejarem, pelo menos descobriremos a verdade ou a inverdade do seu boato.

Houve uma longa pausa. O legado examinava Marcus, perscrutador. Tio Áquila rompeu o silêncio.

— Um plano audaz, mas com uma pequena objeção que você parece ter esquecido.

— E qual é?

— Você não sabe nada sobre o tratamento de olhos doentes.

— Pode-se dizer o mesmo de três em cada quatro curandeiros das estradas; mas farei uma visita a Rufrius Galarius. Sim, ele é cirurgião e não oculista, não me esqueci disso; mas saberá o bastante do ofício para me ajudar a arranjar os unguentos necessários e me dará alguma ideia de como usá-los.

Tio Áquila fez que sim, como se concordasse.

Então, no instante seguinte, repentinamente o legado perguntou:

— Até que ponto essa sua perna presta?

Marcus já esperava a pergunta.

— Muito embora não sirva para desfiles e paradas, está quase tão boa quanto sempre foi — afirmou. — Se tivermos de correr, virará os dados contra nós, isso eu lhe garanto, mas em terra estranha não teríamos mesmo nenhuma chance na corrida.

Novamente o silêncio se instalou. E ele sentou-se de cabeça erguida, passando os olhos de um lado para o outro entre o legado e o tio. Estavam calculando suas chances, ele sabia: suas chances de conseguir, suas chances de fazer aquilo que pretendia. A cada momento cada vez mais longo, ficava mais urgente e indispensável para ele conquistar a ordem de marchar. Estava em jogo a vida e a morte da legião de seu pai, a legião que seu pai amara. E como ele amara o pai com toda a força do coração, a questão era, para ele, uma busca pessoal, e brilhava como brilham as buscas. Mas por trás desse brilho estava o fato objetivo de uma Águia romana em mãos que, algum dia, poderiam usá-la como arma contra Roma; e Marcus fora criado como soldado. Assim, não foi só com espírito inebriante de aventura, mas com espírito muito mais sóbrio e determinado, que aguardou o veredito.

— Claudius Hieronimianus, o senhor disse há pouco que, se tivesse o homem certo entre seus rapazes, o mandaria — disse ele, finalmente, incapaz de continuar em silêncio. — Recebo a ordem de marchar?

Foi o tio que respondeu primeiro, falando tanto com o legado quanto com Marcus.

— Os deuses dos meus ancestrais me proíbem de impedir um parente meu que queira quebrar o pescoço numa causa justa, se estiver decidido a isso. — Sua voz era claramente mordaz; mas Marcus, encontrando os olhos desconcertadamente sagazes sob as ferozes sobrancelhas, percebeu que tio Áquila sabia e compreendia muito mais do que tudo aquilo significava para ele do que tinha esperado.

O legado disse:

— Você entende a situação? A província de Valêntia, seja lá o que tenha sido, seja lá o que venha a ser, não vale uma sandália velha hoje em dia. Você irá sozinho para território inimigo e, se encontrar dificuldades, não haverá nada que Roma possa ou queira fazer para ajudá-lo.

— Entendo — disse Marcus. — Mas não estarei sozinho. Esca vai comigo.

Claudius Hieronimianus baixou a cabeça.

— Vá, então. Não sou seu legado, mas lhe dou a ordem de marchar.

Mais tarde, depois que outros detalhes foram esclarecidos em volta do braseiro do átrio, Placidus disse algo inesperado:

— Eu quase gostaria que houvesse espaço para mais um nessa força expedicionária insana! Se houvesse, por Baco! Eu deixaria Roma cuidar de si mesma por algum tempo e iria com você.

Por um instante seu rosto perdeu a insolência aborrecida e, quando os dois rapazes se entreolharam à luz da lâmpada, Marcus chegou mais perto de gostar dele do que desde que tinham se conhecido.

Mas o leve companheirismo teve vida curta e Placidus matou-o com uma pergunta.

— Tem certeza de que pode confiar nesse seu bárbaro numa aventura desse tipo?

— Esca? — disse Marcus com surpresa. — Claro, total certeza.

O outro deu de ombros.

— Sem dúvida, você é quem sabe. Pessoalmente, não gostaria de deixar minha vida pender numa linha tão fina quanto a lealdade de um escravo.

— Esca e eu... — começou Marcus, e parou. Não ia transformar os sentimentos mais íntimos, seus e de Esca, num espetáculo para divertir alguém como o tribuno Servius Placidus.

— Esca está comigo há muito tempo. Cuidou de mim quando estive doente; fez tudo por mim enquanto tive problemas com minha perna.

— Por que não? Ele é seu escravo — disse Placidus com negligência.

Uma profunda surpresa fez Marcus calar-se um instante. Fazia muito tempo que não pensava em Esca como escravo.

— Não foi essa a razão — disse ele. — E não é a razão para ele vir comigo agora.

— Não é? Ah, meu caro Marcus, como você é inocente; escravo é sempre escravo. Dê-lhe a liberdade e veja o que acontece.

— É o que farei — disse Marcus. — Obrigado, Placidus, é o que farei!

* * *

Quando Marcus, com Filhote nos calcanhares, entrou em seus aposentos naquela noite, Esca, que como sempre esperava por ele, pousou o cinto cuja fivela polia e perguntou:

— Quando partimos?

Marcus fechou a porta e encostou-se nela.

— Provavelmente depois de amanhã... quer dizer, eu, pelo menos. Os detalhes podem esperar; mas primeiro, é melhor ficar com isso. — Estendeu um rolo fino de papiro que tinha na mão.

Esca o pegou com ar intrigado no rosto e, desenrolando-o, segurou-o perto da lâmpada. E ao observá-lo, de repente Marcus lembrou-se, com pungência, do momento naquela tarde em que tirara a coleira de Filhote. Filhote voltara para ele; mas, e Esca?

Esca ergueu os olhos do papiro e balançou a cabeça.

— As maiúsculas eu conheço — disse ele —, mas não consigo entender essa letra cursiva. O que é?

— Sua manumissão... sua liberdade — disse Marcus. — Redigi hoje à noite e tio Áquila e o legado foram testemunhas. Esca, eu devia ter feito isso há muito tempo. Fui um idiota completamente insensível e peço desculpas.

Esca olhou mais uma vez o objeto em sua mão, voltou os olhos para Marcus outra vez, como se não tivesse certeza de ter entendido. Depois deixou o pergaminho se enrolar sozinho e disse, bem devagar:

— Estou livre? Livre para ir embora?

— Está — disse Marcus. — Livre para ir embora, Esca.

Houve um silêncio longo e arrastado. Uma coruja piou em algum lugar distante, com um tom que parecia, ao mesmo tempo, desolado e zombeteiro. Filhote olhava um e outro e gemeu baixinho com a garganta. Então, Esca disse:

— Está me mandando embora?

— Não! É para você ir ou ficar, como quiser.

Esca sorriu, o sorriso lento e grave que sempre parecia chegar-lhe ao rosto meio de má vontade.

— Então fico — disse, e hesitou. — Talvez não seja só eu a ter ideias bobas por causa do tribuno Placidus.

— Talvez. — Marcus estendeu os braços e pôs ambas as mãos de leve nos ombros do outro. — Esca, eu nunca devia ter-lhe pedido que viesse comigo nessa aventura quando não era livre para recusar. É provável que seja uma caçada selvagem e saber se voltaremos ou não cabe aos deuses. Ninguém deveria pedir a um escravo para ir junto numa trilha de caça como essa, mas... mas pode pedir a um amigo. — E olhou questionador o rosto de Esca.

Esca jogou o rolinho de papiro no catre e pôs as próprias mãos sobre as de Marcus.

— Não servi o centurião por ser seu escravo — disse ele, passando sem perceber a falar a língua de seu povo. Servi Marcus e não foi como escravo... Ficarei contente quando partirmos nessa trilha de caça.

* * *

Na manhã seguinte, prometendo fazer ao velho amigo outra visita quando voltasse no outono a caminho do norte, o legado partiu com Placidus, escoltado por meio esquadrão de cavalaria. E Marcus observou-os partindo pela longa estrada para Regnum, rumo às galeras que aguardavam, sem nada da dor no coração que a imagem teria lhe causado há algum tempo, antes de começar seus próprios preparativos.

A liberdade de Esca causou menos interesse e, com certeza, menos ressentimento na casa do que seria de esperar. Os três, Sástica, Stéfanos e Marcipor, tinham nascido escravos, filhos de escravos, e Esca, filho nascido livre de um chefe livre, nunca fora um deles, nem quando comiam juntos. Eram velhos e estavam satisfeitos com a situação; tinham um bom senhor e a escravidão era leve para eles, como uma roupa antiga e conhecida. Portanto, não se ressentiram muito da liberdade de Esca, aceitando-a como algo que poderia acontecer a qualquer momento, pois ele e o jovem senhor, como dizia Sástica, tinham sido como as duas metades de uma amêndoa naquelas muitas luas passadas, e os três só resmungaram um pouco entre si pelo prazer de resmungar.

Além disso, como Marcus partiria para cuidar de algum negócio súbito do tio no dia seguinte — era o que tinham dito à casa — e Esca iria com ele, ninguém, nem Esca, teve muito tempo para levantar dificuldades, nem mesmo para senti-las.

Naquela noite, depois de fazer os poucos preparativos necessários, Marcus desceu até a borda do jardim e assoviou para Cótia. Ultimamente, ela sempre esperava ser chamada; e veio até ele por entre as árvores frutíferas sob os antigos baluartes, com uma ponta do manto cor de ameixa sobre a cabeça para proteger-se da pesada chuva de primavera que viera com ela.

Ele lhe contou a história toda da forma mais resumida possível e ela o escutou em silêncio. Mas o rosto dela pareceu ficar mais agudo e mais pontudo, do jeito que ele já conhecia bem, e, quando terminou, Cótia disse:

— Se querem essa Águia de volta, se acham que pode feri-los onde ela está, que mandem outra pessoa! Por que você é que precisa ir?

— Era a Águia de meu pai — contou-lhe Marcus, sentindo instintivamente que isso faria mais sentido para ela do que todas as outras razões por trás de sua partida. A lealdade pessoal não precisava de explicações, mas ele sabia que nunca conseguiria fazer Cótia entender as lealdades esquisitas, complicadas e amplas do soldado, tão diferentes das do guerreiro quanto a curva das ondas da bossa do escudo era diferente do padrão ordenado da bainha da adaga. — Sabe, entre nós a Águia é a própria vida da legião; enquanto estiver em mãos romanas, mesmo que só restem seis homens vivos, a legião propriamente dita ainda existe. Só quando a Águia se perde a legião morre. É por isso que a Nona nunca mais voltou a se formar. Ainda assim, deve haver mais de um quarto dos soldados da Nona que nunca marcharam para o Norte daquela última vez, homens que serviam em outras fronteiras, estavam doentes ou de serviço na guarnição local. Devem ter sido incorporados em outras legiões, mas poderiam ser reunidos novamente para formar o núcleo de uma nova Nona. A Hispana foi a primeira e a última legião do meu pai, aquela que ele mais amou dentre todas em que serviu. Então, sabe...

— É para manter a lealdade a seu pai, então?

— É — disse Marcus —, entre outras coisas. É bom ouvir as trombetas soarem de novo, Cótia.

— Acho que não entendi direito — disse Cótia. — Mas vejo que precisa ir. Quando partirá?

— Amanhã de manhã. Tenho de visitar Rufrius Galarius primeiro, mas Calleva não estará no meu caminho quando eu seguir para o Norte.

— E quanto voltará?

— Não sei. Talvez, se tudo correr bem, antes do inverno.

— E Esca vai com você? E Filhote?

— Esca — disse Marcus. — Filhote, não. Deixo Filhote aos seus cuidados, e você precisa vir visitá-lo todo dia e conversar com ele sobre mim. Desse modo, nenhum de vocês me esquecerá antes que eu volte.

— Filhote e eu temos boa memória — disse Cótia. — Mas virei todo dia.

— Ótimo. — Marcus sorriu para ela, tentando provocar um sorriso em troca. — Ah, Cótia, não mencione a Águia a ninguém. Todos pensam que vou cuidar dos negócios do meu tio; só que... eu queria que você soubesse a verdade.

Então o sorriso veio, mas imediatamente sumiu de novo.

— Está bem, Marcus.

— Assim é melhor. Cótia, não posso me demorar mais, mas antes de eu partir, há outra coisa que eu quero que você faça por mim. — Enquanto falava, tirou o pesado bracelete de ouro com o símbolo gravado. A pele estava quase branca debaixo dele, no tom castanho do pulso. — Não posso usar isso lá aonde vou; poderia guardá-lo para mim até eu voltar para buscá-lo?

Ela o pegou sem dizer palavra e ficou observando-o em sua mão. A luz bateu na insígnia de Capricórnio e nas palavras abaixo: *"Pia Fidelis"*. Com todo o cuidado, ela limpou do ouro as gotas de chuva e guardou-o sob o manto.

— Posso, sim, Marcus — disse ela. Estava de pé, bem ereta e imóvel, muito desamparada, e com a escuridão do manto a cobrir o cabelo claro, como quando a vira pela primeira vez.

Tentou pensar em algo a dizer; queria lhe agradecer pelas coisas que o deixavam grato; mas com tudo o que havia nele à espera do que estava por vir, não conseguiu encontrar as palavras certas, e não daria a Cótia palavras que nada significavam. No último instante, gostaria de dizer-lhe que, se nunca voltasse, ela deveria ficar com o bracelete; mas talvez fosse melhor dizer a tio Áquila.

— Agora você precisa ir — disse ele. — Que a Luz do Sol esteja com você, Cótia.

— E com você — disse Cótia. — E com você, Marcus. Estarei à escuta, esperando que você volte... que você venha aqui, no sopé do jardim, e assovie para me chamar de novo, quando as folhas estiverem caindo.

No instante seguinte, ela afastou um ramo gotejante de abrunheiro e distanciou-se dele; e ele observou-a ir embora pela chuva fina e penetrante sem olhar para trás.

XI

DO OUTRO LADO DA FRONTEIRA

De Luguvallium, no oeste, a Seguedunum, no leste, corria a Muralha, saltitando de acordo com os contornos irregulares da terra; uma grande cutilada de cantaria, ainda crua de tão nova. Cento e vinte quilômetros de fortalezas, fortes miliários, torres de vigia, enfiados na grande cortina da muralha e apoiados pelo fosso-trincheira e a estrada legionária de costa a costa; e aconchegado ao lado sul, a lenta disseminação de tabernas, templos, aposentos para casados e feiras que sempre surgiam na esteira das legiões. Uma grande confusão incessante de barulhos: vozes, pés a marchar, rodas a girar, o tinido do martelo na bigorna de um armeiro, o chamado límpido das trombetas acima de tudo. Era a grande Muralha de Adriano, trancando do lado de fora a ameaça do Norte.

Certa manhã de início do verão, dois viajantes que tinham se abrigado por alguns dias numa estalagem suja e dilapidada bem perto das muralhas de Quilurnium apresentaram-se no portão pretoriano da fortaleza, pedindo para seguir para o Norte. Não havia muitas idas e vindas pela fronteira, a não ser de patrulhas militares; mas sempre havia caçadores, em sua maioria, ou domadores com feras acorrentadas para a arena, ou um vidente ou curandeiro perdido; todos tinham de passar pelas grandes fortalezas da Muralha.

Eram um par não muito respeitável, montado em pequenas éguas do tipo árabe, antes pertencentes à cavalaria e que com certeza já tinham visto dias melhores. As legiões sempre encontravam bom mercado para as montarias velhas, baratas e bem treinadas, ainda com muitos anos de vida útil. Eram vistas por toda parte pelas estradas do Império e não havia nada nessas duas que indicasse terem sido compradas, não por dinheiro, mas por algumas palavras assinadas pelo legado da Sexta Legião numa folha de papiro.

Esca fizera pouquíssimas mudanças reais em sua aparência, pois não precisava; voltara às roupas de seu próprio povo e isso fora tudo. Mas com Marcus, foi bem diferente. Também adotara vestimentas bretãs e usava calças largas e compridas de lã cor de açafrão, amarradas em X até o joelho, sob uma túnica de pano violeta, desbotada e visivelmente suja. As calças eram confortáveis em clima frio e muitos herboristas e ambulantes assemelhados as usavam. Mas a capa escura jogada para trás sobre o ombro pendia em dobras estranhas e exóticas, e ele usava um engordurado barrete frígio de couro escarlate enfiado com arrojo atrás da cabeça. Um pequeno talismã de prata na forma de uma mão aberta cobria a marca de Mitras em sua testa, e ele deixara a barba crescer. Com pouco mais de um mês, não era uma barba muito boa; mas do jeito que estava, banhara-a em óleos aromáticos. Parecia-se bastante com todos os outros curandeiros ambulantes, embora um tanto jovem, apesar da barba; e com certeza não havia nele vestígios do centurião das Águias que já fora. A caixa de unguentos que Rufrius Galarius lhe fornecera estava guardada no embrulho atrás da sela de Esca, e nela o selo do oculista, um placa de ardósia para moer os unguentos endurecidos que proclamava em letras gravadas na borda: "O ANÓDINO INVENCÍVEL DE DEMETRIUS DE ALEXANDRIA, para todo tipo de problema dos olhos".

As sentinelas os deixaram entrar sem problemas na fortaleza de Quilurnium, no mundo das filas de barracas quadradas e da vida organizada por toques de trombeta que para Marcus era tão familiar quanto uma volta ao lar. Mas no portão do Norte, quando lá chegaram, encontraram um esquadrão da coorte de Cavalaria Tungra, que formava a guarnição, chegando da instrução. Os dois se afastaram e ficaram observando o esquadrão passar. E foi então que o chamado do antigo costume tomou conta de Vipsânia, a égua de Marcus, e quando a retaguarda do esquadrão passou ela virou-se com um relincho agudo e tentou segui-lo. Devido ao antigo ferimento, Marcus tinha pouca força no joelho direito, e foram alguns momentos difíceis, cheios de relinchos, até que conseguisse dominá-la e virá-la de volta para o portão, e, quando finalmente conseguiu encontrou o decurião da guarda do portão encostado na parede da casa de guarda, com as mãos na cintura e dando gargalhadas, enquanto seus homens alegres sorriam atrás.

— Nunca traga a um quartel o animal roubado da cavalaria — disse o decurião, amistoso, quando parou de rir. — Esse sim, é um bom conselho.

Marcus, ainda acalmando a égua zangada e desapontada, perguntou com fria altivez, que dificilmente o próprio Esculápio superaria, se o estavam acusando de ser ladrão de cavalos.

— Está sugerindo que eu, Demetrius de Alexandria, *o* Demetrius de Alexandria, tenho o hábito de roubar animais da cavalaria? Ou, se assim fosse, que eu não teria a sabedoria de roubar algo melhor do que isso?

O decurião era uma alma alegre e o pequeno grupo sorridente que começara a se juntar estimulou-o a se esforçar mais. Ele piscou.

— Pode-se ver a marca na espádua dela, tão nítida quanto a haste de um pilo.

— Se não consegue ver, tão nítido quanto a haste de um pilo, que a marca foi cancelada — retorquiu Marcus —, então precisa muito do meu Anódino Invencível para todo tipo de problema dos olhos! Posso lhe vender um potinho por três sestércios.

A gargalhada foi geral.

— É melhor comprar dois potes, Sextus — gritou alguém. — Lembra-se de quando não viu as pernas de Picto saindo debaixo da moita de tojo?

Evidentemente, o decurião recordava as pernas de Picto e preferia não lembrar, pois embora risse com os outros, seu riso soou um pouquinho vazio e ele se apressou a mudar de assunto.

— Faltam olhos para o senhor salvar no Império para ter de passear além do Muro em busca de mais?

— Talvez eu seja como Alexandre, em busca de novos mundos para conquistar — disse Marcus com modéstia.

O decurião deu de ombros.

— Cada um a seu gosto. O velho mundo é bastante bom para mim, com o couro inteiro para gozá-lo!

— Falta de iniciativa. Esse é o problema de vocês. — Marcus fungou. — Se ela me faltasse, eu não seria agora o Demetrius de Alexandria, inventor do Anódino Invencível, o oculista mais famoso entre Cesareia e...

— *Cave*! Aí vem o comandante! — disse alguém. No mesmo instante, os membros do grupo que não deveriam estar ali evaporaram, e os outros endireitaram-se e tornaram-se esforçadamente eficientes. E Marcus, ainda discursando em voz alta sobre sua própria importância e os poderes curativos do Anódino Invencível, foi empurrado pelo arco escuro e apinhado do portão, com Esca, de rosto solene, atrás.

A Fronteira estava atrás deles, e seguiram para a ex-província de Valência.

Quilurnium devia ser um lugar agradável para a guarnição, pensou Marcus, quando seu olhar rápido cobriu o vale raso e arborizado, o rio tranquilo. Haveria pescarias e banhos ali, quando não houvesse problemas à vista, e boas caçadas na floresta. Vida bem diferente daquela nas fortalezas nas terras altas mais a oeste, onde a Muralha cruzava a charneca nua, pulando de crista em crista pelos morros negros. Mas, naquele momento, seu estado de espírito ansiava pelas altas montanhas, o vento rascante e os gritos dos maçaricões, e assim que Quilurnium estava bem para trás, sentiu-se contente de virar para oeste, seguindo as instruções dadas por um caçador antes que partissem, trocando o vale tranquilo pela elevação distante das terras altas escurecidas pelos abrunheiros que se entreviam nos espaços entre os carvalhos.

Esca se pusera a seu lado e eles cavalgavam juntos em silêncio companheiro, os cascos sem ferradura dos cavalos quase sem som na turfa dura. Sem estradas na floresta e sem ferreiros também. A região ao sul da Muralha já era bastante selvagem e solitária, mas a região que percorriam naquele dia parecia não conter nenhum ser vivo além de cervos e raposas; e embora somente a muralha feita pelo homem a isolasse do sul, os morros daqui pareciam mais desolados e as distâncias, mais escuras.

Foi quase como ver um rosto amistoso numa multidão de estranhos quando, bem depois do meio-dia, desceram por uma espádua das altas charnecas até um valezinho verde e estreito, pelo qual borbulhava um fio de água branca sobre pedras em degraus, onde as sorveiras-bravas estavam em flor, enchendo o ar quente com o aroma do mel. Um bom lugar para parar, pareceu-lhes, e desse modo apearam, e depois de dar água aos cavalos e vê-los começar a pastar, beberam na concha das mãos e recostaram-se à vontade na margem. Havia biscoitos de trigo e peixe seco no alforje, mas deixaram-nos lá, tendo aprendido há muito tempo — Marcus nas marchas e Esca nas caçadas — que a manhã e a noite eram a hora de comer.

Esca deitara-se totalmente, com um suspiro de satisfação, sob as sorveiras inclinadas, mas Marcus apoiava-se nos cotovelos para observar a pequena torrente que ficava invisível do outro lado da elevação do vale. O silêncio dos morros altos estava ali, à sua volta, formado de muitos sons pequenos: o barulhinho da água, o murmúrio das abelhas selvagens entre as flores da sorveira lá em cima, o mascar contente das duas éguas. Era bom estar ali em cima, pensou Marcus, depois do longo planejamento de meios e itinerários, dos dias de perambulação ao longo da Muralha, esperando sem ter o que fazer, à escuta do mais leve sopro de boato que, evidentemente, morrera como morre a brisa depois de chegar aos ouvidos do legado. Ali em cima, no silêncio do morro, os esforços e a impaciência das últimas semanas que pareciam enovelá-lo caíram todos, deixando-o frente a frente com sua tarefa.

Tinham elaborado um esboço de plano de campanha semanas atrás, no escritório de tio Áquila, que agora parecia estar a um mundo inteiro de distância. Era muito simples: meramente seguir para o norte numa série de avanços que os levariam, de cada vez, de um litoral a outro, como um perdigueiro que procura um rastro. Dessa maneira, deveriam cruzar o rastro da Águia — e da legião também, aliás — a cada avanço; e com certeza, em algum lugar, se ficassem de olhos e ouvidos abertos, conseguiriam percebê-lo. Tudo isso parecera muito simples no escritório de tio Áquila, mas ali em cima, no grande vazio além da fronteira, parecia uma tarefa gigantesca.

Ainda assim, a aparente desesperança da missão foi um desafio que Marcus aceitou com alegria. Por enquanto, esqueceu os fatos sérios da procura e só se lembrou da busca pessoal. E sentado ali, no valezinho aquecido pelo sol, de repente seu coração se elevou, quase dolorido, até o momento supremo em que levaria a Águia perdida de volta a Eburacum, sabendo que a legião do pai voltaria a viver, o nome dele limpo diante do mundo; e, com certeza, com toda a certeza, nenhum deus digno de adoração seria injusto a ponto de não ver que seu pai sabia que ele mantivera a fé.

Nesse momento, Esca rompeu o silêncio.

— Então o planejamento acabou — disse ele, falando aparentemente para os galhos da sorveira cheios de abelhas acima de sua cabeça — e finalmente começou a caçada.

— O campo de caça é grande — disse Marcus, e virou-se para olhar o companheiro. — E quem sabe a que estranhos disfarces a caçada pode nos levar? Esca, você conhece esse tipo de lugar melhor do que eu, e se o povo não for da sua tribo, pelo menos estão mais próximos de você do que de mim. São os povos da bossa do escudo, não do desenho da bainha da minha adaga. Portanto, se me disser para fazer alguma coisa, farei, sem exigir saber por quê.

— Pode haver sabedoria nisso — disse Esca.

Nesse momento Marcus virou-se, olhando para o sol lá em cima.

— É bom avançarmos logo, creio eu, senão dormiremos na floresta hoje à noite, ao ver que ainda não achamos essa aldeia de que o homem da estalagem falou — pois mesmo ao sul da Muralha, ninguém entrava em aldeia estranha depois do escurecer, a menos que estivesse cansado da vida.

— Não teremos de procurar muito — disse Esca — se descermos o riacho.

Marcus ergueu a sobrancelha para ele.

— O que lhe disse isso?

— A fumaça. Sobre o alto do morro lá longe: vi sua mancha contra as bétulas, há algum tempo.

— Pode ser fogo de mato.

— Era fogo de lareira — disse Esca com simples convicção.

Marcus relaxou de novo na grama. Depois, como num impulso súbito, puxou a adaga e passou a cortar quadradinhos de turfa da grama fina ao lado do riacho, soltando-os e erguendo-os com infinito cuidado. Depois de cortar todos os que queria, puxou as urzes arqueadas e as folhas de cicuta de volta sobre as feridas que abrira e, subindo um pouco mais a margem, começou a montá-los um em cima do outro.

— O que está fazendo? — perguntou Esca, depois de observá-lo em silêncio por algum tempo.

— Construo um altar — disse Marcus —, aqui no lugar da nossa primeira parada.

— A que deus?

— Ao meu deus. A Mitras, a Luz do Sol.

Esca ficou em silêncio outra vez. Não se ofereceu para ajudar nesse altar ao deus de Marcus, que não era o dele, mas se aproximou e sentou-se, abraçando os joelhos e observando o trabalho. Marcus continuou acertando e dando forma aos torrões; a terra esfarelenta estava levemente morna sob seus dedos e um ramo baixo de sorveira lançava sombras marcadas de anéis sobre suas mãos determinadas. Quando o altar ficou pronto e aprumado do jeito que queria, ele limpou e guardou a adaga e varreu com a palma das mãos a terra solta que sobrara na grama em volta. Então, com pedaços de casca de bétula, gravetos e ramos de urze seca — esses, Esca ajudou-o a colher —, montou uma fogueirinha em cima do altar. Montou-a com todo o cuidado, deixando um leve oco no meio, como se fosse um ninho para algo que amasse, e, quebrando do ramo de sorveira um cacho cremoso de flores, separou-as todas e espalhou-as por cima de tudo. Finalmente, tirou do peito da túnica o passarinho de oliveira — o seu passarinho de oliveira. Estava polido, alisado e escurecido por anos de manuseio; um passarinho bastante desajeitado e ridículo, agora que o olhava, mas muito querido; e sendo querido, era um sacrifício adequado. Fizera parte de sua vida, era algo que continuava entre ele e a oliveira-brava na curva do rio, e a vida e os lugares, coisas, pessoas aos quais pertencia a oliveira-brava. E de repente, quando o colocou na concavidade entre as minúsculas estrelas das flores de sorveira, pareceu-lhe que com ele — nele — punha também a vida antiga.

Estendeu a mão para Esca, pedindo a pederneira e o ferro que este sempre levava consigo.

As fagulhas douradas que provocou caíram nos fiapos bem secos de casca de bétula e ali ficaram um instante, como pedras preciosas; então, quando ele soprou, animando-os à vida, inflamaram-se numa chama crepitante; uma flor de chama com o passarinho de oliveira pousado em seu âmago como um pombo no ninho.

Marcus alimentou o fogo cuidadosamente, com lascas de madeira de um ramo caído que Esca lhe trouxe.

XII

O ASSOVIADOR NA AURORA

Durante todo aquele verão, Marcus e Esca perambularam pela abandonada província de Valêntia, cruzando-a e recruzando-a de costa a costa e avançando sempre para o norte. Não tiveram problemas graves, pois Rufrius Galarius falara a verdade quando dissera que o selo de oculista era um talismã que levava seu dono a qualquer lugar. Em Valêntia, como no resto da Britânia, havia muito gente com oftalmia do pântano, e Marcus fez o que podia pelos que lhe pediam ajuda com os unguentos que o velho cirurgião de campanha o ensinara a usar. Eram bons remédios e Marcus tinha bomsenso, mãos gentis e o desagrado do artesão pelo serviço malfeito, e assim teve mais sucesso que a maioria dos poucos curandeiros que passavam por ali. Os nativos não eram exatamente amistosos; não era do feitio deles mostrar amizade para com homens que não fossem da mesma tribo, mas com certeza não eram hostis. Em geral, em toda aldeia havia quem lhes desse comida e abrigo no fim do dia; e sempre, se o caminho era difícil de achar ou perigoso de seguir, o caçador de uma aldeia servia-lhes de guia até a aldeia seguinte. Também pagariam bem pelo talento de Marcus, com um punhado de contas de azeviche, uma linda ponta de lança ou uma pele de castor bem curtida — coisas que valeriam muitas vezes mais que os unguentos ao sul da Muralha. Mas Marcus não estava nessa aventura para fazer fortuna nem queria percorrer a terra carregado como um comerciante, e contornava a dificuldade dizendo, a cada oferta: "Guarde para mim até que eu volte a caminho do Sul."

Chegou o alto verão e os galhos das sorveiras-bravas, que estavam em flor quando Marcus construiu seu altar no pequeno vale da primeira parada, agora pesavam com cachos flamejantes de frutinhas; e num meio-dia de agosto, sentaram-se lado a lado, olhando lá embaixo, entre as bétulas, o grande braço de mar que quase separava Valêntia do que havia além. Era um dia cheio de força: as colinas cobertas de florestas flutuando no calor e, atrás deles, as éguas batiam os cascos e se agitavam, balançando o rabo contra a nuvem de moscas que as importunavam. Marcus sentou-se com as mãos cruzadas em torno dos joelhos erguidos e fitou o outro lado do braço de mar. O sol estava bem quente em sua nuca, queimando-lhe os ombros sob o tecido da túnica, e ele adoraria imitar Esca, deitado de bruços a seu lado, que descartara a túnica totalmente e estava de peito nu, como o povo pintado. Mas percorrer a terra só de calças não estava à altura da dignidade de Demetrius de Alexandria, e ele achou que devia continuar fervendo na túnica de lã.

Ouviu as abelhas zumbindo em meio às magriças da clareira, sentiu o perfume quente e aromático das bétulas ensolaradas acima da maresia fria; isolou uma dentre as gaivotas que giravam no ar e observou-a até que se perdeu numa nuvem cintilante de asas tocadas pelo sol. Mas na verdade não estava consciente de nenhuma dessas coisas.

— Não sei como perdemos a pista — disse, de repente.

— Parece que viemos demais para o norte. Agora estamos praticamente na fronteira antiga.

— Com certeza é mais provável encontrar a Águia além da muralha do norte — disse Esca. — Os homens das tribos não a deixariam em território que tivesse sequer o nome de uma província romana. Eles a levariam para um dos seus lugares sagrados.

— Eu sei — disse Marcus. — Mas os rastros deveriam estar em Valêntia; e se as histórias da Caledônia que ouvimos são verdadeiras, temos pouca chance de avistar nossa presa entre as montanhas, a menos que tenhamos um rastro para seguir. Iríamos simplesmente perambular pela Caledônia até cairmos no mar, além da terra mais ao norte.

— Um lugar sagrado consegue espalhar seus sinais até bem longe, até os que têm olhos para ver e se aproximam, mesmo que pouco — insinuou Esca.

Marcus ficou um instante sentado em silêncio, ainda abraçando os joelhos. Então, disse:

— Quando não há nada, nada mesmo, que guie o homem em sua escolha, é hora de entregar a escolha aos deuses — e, enfiando a mão no peito da túnica, tirou um saquinho de couro e, do saquinho, um sestércio.

Esca rolou o corpo e sentou-se, os desenhos azuis de guerreiro a mexer-se nos braços e no peito conforme os músculos se moviam sob a pele morena.

O disco de prata estava na palma da mão de Marcus, mostrando a cabeça de Domiciano com uma coroa de louros; uma pequena coisa para decidir o destino dos dois.

— Cara, continuamos; navio, voltamos — disse Marcus, e fez a moeda girar no ar. Aparou-a com as costas da mão, bateu a outra mão em cima e, por um instante, os olhos dos dois se cruzaram, interrogadores. Então Marcus levantou a cobertura da mão e olharam a vitória alada do anverso da moeda, que era chamada de "navio" desde a época da república, quando o desenho era a proa de uma galera.

— Voltamos para o sul — disse Marcus.

E para o sul voltaram, e dali a algumas noites acantonaram no antigo forte que Agrícola erguera em Trinomontium, o Lugar dos Três Montes.

Há trinta anos, quando Valêntia era província romana mais do que no nome, antes que o trabalho de Agrícola fosse todo desfeito pelas interferências do Senado, Trinomontium fora um forte movimentado. Uma dupla coorte fizera instrução no amplo fórum e dormira nas filas de barracas; houvera muitos cavalos nos estábulos, manobras de cavalaria na encosta suave áo sul, abaixo dos contrafortes, os cavaleiros com seus penachos de plumas amarelas, as termas e tabernas de sempre e as cabanas de turfa das mulheres; e acima de tudo, as sentinelas empenachadas marchando de um lado para o outro. Mas agora a floresta lá entrara de novo; o mato cobria o calçamento das ruas, os tetos de madeira tinham desmoronado e as paredes de arenito vermelho erguiam-se magras e vazias para o céu. Os poços estavam entupidos com os escombros de trinta outonos e um sabugueiro lançara raízes num canto do santuário sem teto onde antes ficava o estandarte da coorte e os altares de seus deuses, e fizera um buraco dentado na parede para abrir espaço para si. Em toda aquela desolação, a única criatura viva que Marcus e Esca encontraram ao perambular pela imobilidade pesada da tarde de verão foi um lagarto tomando sol num pedaço de pedra caído, que disparou como um raio quando se aproximaram. Olhando a pedra, Marcus viu, grosseiramente gravado nela, o javali em riste da Vigésima Legião. De algum modo, aquela imagem o fez sentir com força a desolação.

— Se algum dia as legiões voltarem ao Norte, terão muito trabalho de construção nas mãos — disse ele.

As batidas dos cascos das montarias que conduziam soavam artificialmente altas no silêncio; e quando pararam numa encruzilhada, o silêncio que caiu impetuosamente sobre eles parecia quase ameaçador.

— Está em meu coração que eu gostaria que tivéssemos seguido para a próxima aldeia — disse Esca, meio entre os dentes. — Não gosto deste lugar.

— Por que não? — perguntou Marcus. — Ele não o incomodou quando estivemos aqui antes. — Pois, a caminho do Norte, tinham se desviado para examinar as ruínas do forte, na esperança, contra todas as esperanças, de que ali pudesse haver alguma pista para eles.

— Daquela vez foi ao meio-dia. Agora está anoitecendo e logo a luz acabará.

— Ficaremos bem com uma fogueira — disse Marcus, surpreso. — Já dormimos ao ar livre várias vezes desde que começamos essa aventura e não tivemos problemas enquanto o fogo ardeu. E, com certeza, as únicas criaturas capazes de se abrigar nessas ruínas são porcos selvagens e não vimos sinal de nenhum deles.

— Eu não seria caçador desde que consegui segurar uma lança se não tivesse me acostumado a dormir na floresta — disse Esca, com a mesma voz contida. — Não são os habitantes da floresta que me deixam com frio na espinha.

— Então o que é?

Esca riu, e interrompeu o riso a meio caminho.

— Sou um bobo. Talvez os fantasmas de uma legião perdida.

Marcus, que estivera fitando o fórum coberto de mato, olhou em volta rapidamente.

— Foi uma coorte da Vigésima que serviu aqui, nunca a Nona.

— Como saber onde a Nona serviu — disse Esca — depois que marcharam para a bruma?

Marcus ficou em silêncio um instante. Vinha de uma raça que não se preocupava indevidamente com fantasmas, mas sabia que com Esca era bem diferente.

— Acho que não nos fariam mal nenhum, se viessem — disse, finalmente. — Parece-me que este seria um bom lugar para dormir, ainda mais com os maçaricos chamando chuva como hoje à noite; mas, se quiser, encontraremos lugar abrigado na mata de aveleiras e lá dormiremos.

— Eu devia ter vergonha — disse Esca, simplesmente.

— Então é melhor começarmos a escolher nossos aposentos — respondeu Marcus.

Acomodaram-se, finalmente, no final de uma fila de dormitórios, onde o teto não desmoronara e os poucos metros de madeira e palha apodrecida formavam um abrigo contra a chuva iminente. Lá descarregaram as éguas, escovaram-nas e soltaram-nas no comprido prédio, à moda bretã; depois disso, Esca saiu para juntar algumas braçadas de forragem e samambaia para as camas, enquanto Marcus recolhia uma pilha de madeira apodrecida que havia por ali e acendia o fogo, observado com atenção por Vipsânia e Mina.

Mais tarde, naquela noite, o abrigo dilapidado assumiu um aspecto bem mais alegre; a pequena fogueira queimava vivamente à entrada, a fumaça a seguir seu caminho em torno da borda de palha apodrecida, rumo ao céu que escurecia; e as samambaias empilhadas no outro canto, cobertas com as peles de ovelha que, de dia, eram dobradas para servir de selas. Marcus e Esca comeram um pouco da comida que trouxeram da aldeia onde passaram a noite anterior, pães grosseiros de cevada e tiras de forte carne de veado semidefumada, que tostaram no fogo; depois, Esca deitou-se imediatamente para dormir.

Marcus ficou sentado algum tempo ao lado do fogo, observando as fagulhas voarem para o alto, sem ouvir nada além dos movimentos ocasionais das éguas nas sombras distantes. De vez em quando, curvava-se para pôr mais lenha no fogo; fora isso, ficou sentado bem imóvel, enquanto, nas samambaias empilhadas junto à parede, Esca dormia o sono tranquilo e leve do caçador. Olhando-o, Marcus perguntou-se se teria coragem de deitar-se tranquilamente para dormir em lugar que achava ser mal-assombrado. Com a escuridão total veio a chuva, uma cortina d'água macia e pesada, e seus murmúrios e sussurros na palha apodrecida pareceram aprofundar a total desolação do lugar que já fora vivo e agora estava morto. Marcus viu-se escutando o silêncio com ouvidos atentos; seus pensamentos ficaram cheios de multidões de fantasmas que iam e vinham pelas muralhas e pelo fórum abandonado, até que a única coisa que conseguiu se obrigar a fazer foi pôr bastante combustível na fogueira e deitar-se ao lado de Esca.

Normalmente, quando acampavam ao ar livre, passavam a noite em turnos, um sentado cuidando do fogo enquanto o outro dormia; mas ali, com quatro paredes em volta e uma pilha de ramos arrancados fechando a porta para manter os cavalos do lado de dentro, não havia necessidade disso. Por algum tempo, Marcus ficou acordado, todos os nervos eriçados de estranha expectativa, mas estava cansado, e as peles estendidas e a pilha alta e fragrante de samambaias estavam muito confortáveis. E não demorou a adormecer, e sonhou que observava legionários na prática do pilo, legionários bem comuns, exceto pelo fato de que entre as correias e as curvas do elmo não haver rosto.

Marcus despertou com uma sensação de pressão leve e firme sob a orelha esquerda, completamente e sem um ruído, da forma que costuma acontecer com quem é acordado assim. Abriu os olhos e viu que o fogo minguara e virara algumas brasas vermelhas e Esca estava agachado ao seu lado na primeira palidez leve da aurora. O gosto ruim do sonho ainda estava em sua boca.

— O que é? — sussurrou.

— Escute.

Marcus escutou e sentiu um pequeno arrepio desagradável a lhe gotejar pela espinha. Seus estranhos devaneios da noite passada voltaram-lhe desconfortavelmente. Talvez Esca estivesse certo sobre esse lugar, afinal de contas. Pois em algum lugar do forte abandonado, alguém — ou alguma *coisa* — assoviava a melodia de uma canção que ele conhecia bem. Já marchara ao som dela mais de uma vez, pois, embora fosse antiga, era uma das favoritas das legiões, que por nenhuma razão específica sobrevivera a muitas outras que escolhiam para marchar por alguns meses e depois esqueciam.

> "Ah, quando me uni às Águias,
> (ai, ai, quanto tempo faz)
> Beijei uma moça em Clusium
> E me fui sem olhar pra trás."

As palavras conhecidas uniram-se à melodia na cabeça de Marcus, que se levantou em silêncio e preparou a perna enrijecida para andar. O assovio se aproximava, ficando mais fácil de reconhecer a cada momento.

> "Em marcha, em marcha, em marcha, vinte anos vi passar,
> Deixei meu amor em Clusium, lá na eira a me esperar."

Havia muito mais versos, todos descrevendo as namoradas que o compositor beijara em várias partes do Império; mas, quando Marcus foi, decidido, até o portal e Esca abaixou-se para afastar os ramos quebrados, o assovio parou e uma voz — uma voz rouca, com um estranho tom ressentido, como se os pensamentos do assoviador se virassem para dentro e para trás, cantou a letra das últimas estrofes:

"Na Espanha, as moças são doces,
Na Gália, tão louras são;
Suaves são as da Trácia
E nos prendem o coração.

"Mas a moça que beijei em Clusium
Que beijei e ficou em Clusium,
A moça que beijei em Clusium
Nunca mais esqueci não.

"Em marcha, em marcha, em marcha, e vinte anos já faz,
Mas a moça que beijei em Clusium não esqueci jamais."

Contornando a ponta da fila de dormitórios, viram-se frente a frente com o cantor, de pé no portão Sinistro. Marcus não sabia o que esperara ver — talvez nada, o que seria o pior de tudo. Mas o que viu o fez despertar de espanto, pois o homem — não era um fantasma — parado, com a mão na rédea de um pônei de pelagem áspera, era do povo pintado, como aqueles com que convivera o verão inteiro.

O homem parara de repente ao avistar Marcus e Esca e olhava os dois com cautela, a cabeça erguida, como um cervo que fareja perigo, segurando a lança de caça como para um ataque instantâneo. Por um momento examinaram-se à luz da aurora e então Marcus rompeu o silêncio. Nessa época já conseguia se fazer entender sem muitos problemas no dialeto das tribos do Norte.

— Foi uma boa caçada, amigo — disse ele, apontando a carcaça de um cervo macho quase adulto atravessada na garupa do pônei.

— Boa até eu conseguir coisa melhor — disse o homem. — Não tenho sobras.

— Temos nossa comida — disse Marcus. — Temos fogo também, e a menos que prefira acender o seu ou comer carne crua, seja bem-vindo para compartilhá-lo.

— O que faz aqui, no Lugar dos Três Montes? — perguntou o homem, desconfiado.

— Acampamos para passar a noite. Sem saber a que distância estamos de alguma aldeia e avaliando que ia chover, pareceu melhor dormir aqui do que na charneca aberta. O Lugar dos Três Montes é livre para todos ou somente para o corvo e o lagarto — e você?

Por um instante, o homem não respondeu; depois, lenta e deliberadamente, inverteu a lança na mão, deixando-a com a cabeça para trás, como segura a lança quem vem em paz.

— Creio que você deve ser o curador de olhos doentes de quem ouvi falar — disse ele.

— Sou.

— Vou partilhar do seu fogo. — Ele virou-se e assoviou e, em resposta ao chamado, dois cães de caça rápidos e listrados vieram pulando pelas samambaias para se unir a ele.

Em instantes, estavam de volta ao abrigo e o pequeno pônei desgrenhado, livre agora de seu fardo, foi atado a uma viga caída ao lado da porta. Esca pôs um ramo de bétula sobre as brasas rubras e, quando a casca prateada enegreceu e lançou chamas, Marcus virou-se para olhar melhor o estranho. Era um homem de meia-idade, magro e vigoroso, os olhos cautelosos e um tanto furtivos sob o cabelo revolto, áspero e grisalho como um couro de texugo. Usava apenas um saiote de cor ocre e, à luz do fogo, o corpo e os braços estavam totalmente cobertos de faixas tatuadas, à moda do povo pintado. Até nas bochechas, na testa e nas narinas surgiam as curvas e espirais azuis. Os cães farejavam o corpo do cervo que jazia aos pés dele e, quando seu dono curvou-se para espantá-los, a luz do fogo caiu inclinada em sua testa, deixando em relevo uma cicatriz de forma estranha bem entre as sobrancelhas.

Esca agachou-se junto ao fogo e pôs mais tiras de carne defumada para tostar na cinza quente. Depois, sentou-se com os braços sobre os joelhos e a lança ao alcance da mão, observando o estranho por sob o cenho; enquanto o estranho, ajoelhado sobre a carcaça murcha do cervo, que já fora estripada, começou a esfolá-la com a longa faca de caça, que tirou do cinto de couro cru. Marcus também o observava, embora de modo menos óbvio. Estava intrigado. O homem parecia um nativo como todos os outros do seu povo, mas cantara "A moça que beijei em Clusium" em bom latim; e em alguma época, anos atrás a julgar pelo esmaecimento da cicatriz, fora iniciado no Grau do Corvo de Mitras.

É claro que poderia ter aprendido a canção com os legionários que ali serviram; tinha idade bastante para isso. Às vezes Mitras encontrava seguidores em lugares inesperados. Mas as duas coisas juntas eram, no mínimo, incomuns, e Marcus procurara algo incomum durante o verão inteiro.

O caçador afastara uma grande aba de couro do flanco e das ilhargas do cervo. Cortou grossas tiras de carne e um pedaço disforme ainda com pelos, que jogou para os cães agachados perto dele. Enquanto brigavam pela carne, rugindo e mordendo, ergueu o que restara da carcaça e jogou-a por sobre uma viga meio apodrecida, onde ficou pendurada, as pernas a se balançar fora do alcance dos cães. Pôs as tiras que cortara para comer para assar na cinza quente, limpou as mãos no saiote, e sentando-se de volta nos calcanhares, passou os olhos de Marcus a Esca, com um ar decidido e estranho, como se o rosto dos dois — o de Marcus, pelo menos — tivesse algum significado para ele que não conseguia compreender.

— Agradeço-lhes o calor do fogo — disse ele, falando com menos rudeza do que antes. — Está em meu coração que devia ter sido mais rápido ao inverter minha lança; mas não pensava em encontrar alguém à minha frente, aqui no Lugar dos Três Montes.

— Posso acreditar nisso — disse Marcus.

— Ah, em todos os anos em que vim aqui caçar, nunca, até hoje, encontrei nenhum homem além de mim.

— E agora encontrou dois. E como dividimos o mesmo fogo — disse Marcus com um sorriso —, com certeza devemos conhecer o nome uns dos outros. Sou Demetrius de Alexandria, oculista ambulante, como você já sabe, e este, meu amigo e escudeiro, é Esca Mac Cunoval, da tribo dos brigantes.

— Os portadores do escudo de guerra azul. Talvez já tenha ouvido falar da minha tribo, ainda que não de mim — acrescentou Esca, e os dentes brancos faiscaram no rosto bronzeado quando ele ergueu a mão e sorriu.

— Já ouvi falar de sua tribo, um pouco, sim — disse o estranho, pareceu a Marcus que com um leve toque de amargo divertimento na voz, embora não houvesse divertimento no rosto magro, quando piscou para o fogo. — Quanto a mim, chamo-me Guern e sou caçador, como veem. Meu conselho fica mais acima, a um dia de caminhada para oeste, e às vezes venho aqui por causa dos cervos gordos encontrados nas florestas de aveleiras mais além.

O silêncio caiu entre os três, enquanto a luz do dia aumentava à sua volta e os cães rugiam e brigavam pelo pedaço de carne. Então, Marcus, descascando à toa uma varinha, começou, meio entre os dentes, a assoviar a música que tanto o espantara uma hora atrás. Pelo canto do olho, percebeu que Guern reagira e olhava em sua direção. Por alguns momentos, continuou a descascar e assoviar e depois, parecendo cansar-se de repente do passatempo, jogou a varinha no fogo e ergueu os olhos.

— Onde aprendeu essa canção, amigo Guern, o Caçador?

— Onde mais, senão aqui? — respondeu Guern. Por um instante seu rosto assumiu um ar de pura estupidez, mas Marcus achou que, por trás dele, o outro pensava furiosamente. — Quando isso era um forte romano, cantavam-se muitas músicas romanas aqui. Essa, aprendi com um centurião que caçava javalis comigo. Eu era menino, mas tenho boa memória.

— Aprendeu algum latim além da letra da canção? — disparou-lhe Marcus, falando nessa língua.

O caçador ia responder, parou e olhou-o meio enviesado por um instante, sob as sobrancelhas franzidas. Então falou em latim, bem devagar, como que relembrando o idioma meio esquecido pelo passar dos anos.

— De algumas palavras ainda me lembro, tais como as que usam os soldados. — Depois, voltando à língua celta: — Onde aprendeu a música?

— Já pratiquei meu ofício em cidades de fortalezas — disse Marcus —, fortalezas que ainda não foram abandonadas aos javalis, como o Lugar dos Três Montes. Tenho bom ouvido para a música.

Guern inclinou-se à frente com a faca de caça para virar a carne que assava.

— Com certeza você deve estar há pouco tempo nesse ofício que pratica. Não há muitos anos sob essa sua barba.

— Talvez haja mais do que parece — disse Marcus, e acariciou a barba com carinho. Crescera bem nos meses que passara no Norte, embora ainda fosse, bem nitidamente, uma barba jovem. — Além disso, comecei cedo, seguindo as pegadas do meu pai, como os filhos costumam fazer... Falando desse meu ofício, há olhos doentes em sua aldeia?

Guern espetou a carne para testá-la. Parecia estar sopesando alguma coisa; e em instantes, ergueu os olhos como se tivesse se decidido.

— Moro fora da aldeia, vivo sozinho com minha família — disse ele — e não temos olhos doentes para tratar. Ainda assim, se esperarem o fim da minha caçada, serão muito bem-vindos para voltar comigo. Comeremos juntos o sal, e depois eu lhes indicarei o caminho para outra aldeia. Isso pelo lugar que me deram junto ao seu fogo.

Por um instante, Marcus hesitou mas depois, com o instinto ainda forte a lhe dizer que esse homem não era o que parecia ser, respondeu:

— Todos os caminhos são iguais para nós. Iremos, com satisfação.

— Há mais carne em minha caça do que pensei — disse Guern, de repente e meio envergonhado, e ergueu-se, com a faca na mão.

E os três comeram juntos o cervo recém-assado, em boa camaradagem, e no dia seguinte, quando a caçada de Guern acabou, partiram: Marcus e Esca montados e o caçador levando o pônei, em cujas costas estava amarrada a carcaça de um grande veado ruivo, e os cães trotando à frente. E seguiram, chapinhando nas samambaias molhadas pela chuva, sobre a crista coberta de urzes de Eildon e suas três cabeças, rumo a oeste, deixando o forte de arenito vermelho mais uma vez deserto, entregue às criaturas selvagens.

XIII

A LEGIÃO PERDIDA

Quando chegaram ao lar de Guern encontraram um aglomerado lúgubre de cabanas de turfa, altas em meio à charneca escura. Um menininho que levava cabeças de gado de olhar selvagem do bebedouro para o abrigo noturno do cercado saudou seu surgimento com um horror fascinado. Evidentemente, estranhos não faziam parte do esquema do seu mundo e, enquanto furtava-lhes espiadelas constantes, teve o cuidado de manter o grande touro, que controlava com palmas e cutucões negligentes, entre ele e o perigo, enquanto seguiam juntos para o *rath*.

— Eis minha casa — disse Guern, o Caçador, quando pararam diante da cabana maior. — É de vocês pelo tempo que quiserem.

Apearam enquanto o menininho aos gritos e o rebanho de cabeça baixa avançavam na direção do cercado, e, jogando as rédeas sobre um cavalete, viraram-se para o umbral. Uma menininha de talvez dezoito meses, usando apenas uma conta de coral numa tira de couro amarrada ao pescoço para afastar mau-olhado, estava sentada diante da porta, brincando com três dentes-de-leão, um osso e um seixo listrado. Um dos cães cutucou, amistoso, o rosto dela com o focinho ao passar para a escuridão e ela tentou segurar-lhe a cauda que sumia, e caiu.

A porta era tão baixa que Marcus teve de se curvar sob a palha de urze ao passar por cima da figurinha que engatinhava, e seguiu o anfitrião precipitadamente até as sombras iluminadas pelo fogo. A fumaça azul de turfa o pegou pela garganta e fez os olhos arderem, mas já estava acostumado. Uma mulher ergueu-se de trás da lareira central.

— Murna, trouxe para casa o curador de olhos doentes e seu escudeiro — disse Guern. — Receba-os enquanto cuido dos cavalos e dos frutos da caçada.

— São muito bem-vindos — disse a mulher —, embora graças ao Chifrudo não haja olhos doentes aqui.

— Boa sorte à casa, e às mulheres da casa — disse Marcus, educadamente.

Esca seguira o anfitrião para fora, não confiando em mais ninguém para cuidar das éguas, e Marcus sentou-se na pele de cervo que a mulher lhe estendeu no monte de palha do lugar de dormir e observou-a voltar ao que estava cozinhando no caldeirão de bronze sobre o fogo. Quando os olhos se acostumaram à fumaça de turfa e à luz fraca que se filtrava pela porta estreita e pelo buraco da fumaça no teto, viu que ela era muito mais nova do que Guern: uma mulher alta e ossuda, de rosto satisfeito. Sua túnica era de lã grosseira e avermelhada, como somente uma mulher pobre usaria no Sul; mas esta, obviamente, não era uma mulher pobre, ou melhor, o marido não era um homem pobre, pois usava pulseiras de prata, cobre e·vidro egípcio azul, e os cabelos louros-baço estavam presos com varinhas com ponta de âmbar. Acima de tudo, ela era a orgulhosa possuidora de um grande caldeirão de bronze. Marcus estava naquela região há tempo suficiente para saber que um caldeirão de bronze, mais do que tudo, transformava uma mulher em alvo da inveja das vizinhas.

Em seguida, soaram passos do lado de fora e Esca e Guern entraram curvados, seguidos quase ao mesmo tempo pelo pequeno pastor e por um menino ainda menor, ambos muito parecidos com Guern e com rostos já tatuados como ele, à espera do dia em que seriam guerreiros. Observaram os estranhos com cautela por sob o cenho e afastaram-se até a outra parede da cabana, enquanto a mãe trazia cuias de cerâmica preta de algum lugar reservado e servia o guisado fervente aos três homens sentados lado a lado no lugar de dormir. Também serviu-lhes hidromel amarelo nos grandes chifres de boi, depois foi fazer sua refeição do outro lado do fogo, o lado das mulheres, com a menininha no colo. O menino mais novo sentou-se com ela, mas o mais velho, superando a desconfiança, aproximou-se aos poucos para examinar a adaga de Marcus e acabou dividindo seu prato.

Eram uma família pequena e agradável, mas estranhamente isolada numa terra onde a maioria vivia em grupos para maior segurança. Pareceu a Marcus que ali estava outra insinuação de estranheza para somar à canção e à marca de Mitras...

Só na manhã seguinte ele obteve a prova final de suas suspeitas.

Naquela manhã, Guern decidiu barbear-se. Como muitos homens das tribos bretãs, andava mais ou menos barbeado, com exceção do lábio superior, e com certeza precisava de uma raspagem. Assim que anunciou suas intenções, começaram os preparativos, como se fosse para um festival solene. A esposa trouxe um vaso com banha de ganso para amaciar a barba e toda a família se reuniu para assistir a seu amo e senhor na toalete. Assim, em meio a uma plateia extasiada de três crianças e vários cães, sentados na luz matutina diante da porta da cabana, Guern, o Caçador, pôs-se a trabalhar, raspando o queixo com uma navalha de bronze em forma de coração. Observando as crianças, Marcus pensou como havia pouca diferença entre elas em todo o mundo e entre os padrões de relação e comportamento que formam a vida familiar. Lembrava-se do fascínio de observar seu próprio pai nessas ocasiões. Guern fez uma careta para o reflexo no disco de bronze polido que a esposa paciente segurava para ele, inclinou a cabeça para um lado e para o outro e seguiu raspando com uma expressão de aguda agonia, que fez Marcus ter maus pressentimentos sobre o dia em que ele e Esca teriam de livrar-se das barbas.

Guern começara a barbear-se sob o queixo, virando a cabeça bem para cima, e quando o fez Marcus viu que, bem debaixo da ponta da mandíbula, a pele era mais clara que no resto e parecia mais grossa, quase como a cicatriz de uma antiga esfoladura. Era bem tênue, mas ainda visível: a marca feita pela correia de um elmo romano, depois de muitos anos de uso. Marcus vira essa marca com demasiada frequência para se enganar; e suas últimas dúvidas se foram.

Algo o proibiu de jogar na cara de Guern sua antiga vida, ali no âmago da nova vida que construíra. Assim, um pouco depois, enquanto se preparava para seguir a trilha mais uma vez, lembrou ao caçador a promessa de indicar-lhes o caminho para a próxima aldeia. Estava com vontade de seguir para oeste, disse ele, e Guern respondeu, com bastante boa vontade, que como não havia mais aldeias num percurso de dois dias de cavalgada, se queriam mesmo ir para aquele lado, ele os acompanharia durante o primeiro dia e acamparia com eles à noite.

Então, partiram. E no entardecer de longas sombras, muitas milhas para oeste, os três fizeram a refeição da noite na curva abrigada de um afloramento de pedras e, depois, sentaram-se juntos em volta da pequena fogueira. As três montarias, com uma das rédeas amarrada à perna dianteira esquerda, para impedir que se afastassem, pastavam satisfeitas a turfa curta da colina que se espalhava por todos os lados como arroios verdes em meio às magriças. Abaixo deles, os morros ondulavam para noroeste, sumindo aos poucos numa névoa azul de terreno baixo, talvez a sessenta quilômetros de distância, e Marcus seguiu a queda com os olhos, sabendo que, em algum lugar daquele azul, as ruínas da muralha norte de Agrícola cortavam a terra — separando Valência dos campos além, que os romanos chamavam de Caledônia, e os celtas, de Albu, e também que em algum lugar além do azul estava a Águia perdida da legião de seu pai.

No mundo todo parecia não haver som algum além do suspirar seco do vento pela urze e do grasnido agudo de uma águia-real circulando nas espirais azuis do ar superior.

Esca afastara-se um pouco no mato e sentou-se, polindo a lança, enquanto Marcus e Guern ficaram junto ao fogo sozinhos, exceto pela presença do cachorro favorito do caçador, deitado, o focinho nas patas, o flanco encostado na coxa do dono. Então Marcus virou-se para o companheiro.

— Em breve, muito breve agora, nossos caminhos se separarão — disse ele —, mas antes que volte pelo seu caminho e eu siga o meu, há uma pergunta em meu coração que quero lhe fazer.

— Faça, então — disse o outro, brincando com as orelhas do cão.

Marcus disse, devagar:

— Como veio a se tornar Guern, o Caçador, depois de ter servido a Águia?

Houve um súbito cintilar nos olhos do outro; então, por um longo momento, ele ficou imóvel, numa imobilidade enfezada, espiando Marcus sob o cenho, à moda do povo pintado.

— Quem lhe contou tal coisa? — perguntou, finalmente.

— Ninguém. Guio-me por uma canção e pela cicatriz entre suas sobrancelhas. Mas, principalmente, pela marca da correia sob seu queixo.

— Se eu fosse... o que diz — grunhiu Guern —, que necessidade tenho eu de lhe dizer disso? Sou um homem da minha tribo, e, se nem sempre foi assim, não há nenhum dentre meus irmãos de espada que falariam disso a um estranho. Que necessidade, então, tenho de contar?

— Nenhuma neste mundo — disse Marcus —, a não ser que lhe pedi com a máxima cortesia.

Houve outro longo silêncio e, depois, o companheiro disse, com uma mistura estranha de desafio mal-humorado e orgulho há muito esquecido:

— Já fui o Sexto Centurião da Coorte Principal da Hispana. Agora vá e conte ao comandante mais próximo da Muralha. Não vou impedi-lo.

Marcus demorou-se, sentado em silêncio e vasculhando o rosto feroz do homem diante dele. Procurava algum vestígio do que poderia ter restado, por trás do caçador pintado, do centurião romano de doze anos atrás; e achou tê-lo encontrado.

— Nenhuma patrulha o alcançaria e você sabe disso — disse ele. — Mas mesmo que não fosse assim, ainda há uma razão para eu manter a boca fechada.

— E essa razão...?

— É que tenho em minha testa uma marca irmã da marca que você tem na sua — disse Marcus e, com um movimento rápido, soltou a faixa púrpura que mantinha no lugar o talismã de prata, e a tirou. — Veja!

O outro curvou-se levemente para a frente.

— Ora — disse ele, bem devagar. — Nunca antes ouvi falar de alguém do seu ofício que fizesse a oração da noite a Mitras. — Mas, enquanto falava, seu olhar se estreitou com novo propósito, quase tão afiado quanto uma adaga. — Quem é você? O que é você? — perguntou; e de repente suas mãos estavam nos ombros de Marcus, girando-o de frente para o último e ventoso ouro do pôr do sol. Por um longo momento segurou-o assim, ajoelhado sobre ele e fitando-lhe o rosto; enquanto Marcus, com a perna manca torcida sob o corpo, fitava de volta, as sobrancelhas pretas franzidas, a boca com o máximo desdém.

O grande cão sentou-se vigilante ao lado deles e Esca levantou-se em silêncio, manuseando a lança; tanto o homem quanto o cão prontos a matar ao ouvir a ordem.

— Já o vi antes — disse Guern com voz rascante. — Lembro-me do seu rosto. Em nome da Luz, quem é você?

— Talvez seja do rosto do meu pai que você se lembra. Ele era o comandante da sua Coorte.

Lentamente, as mãos de Guern relaxaram e caíram ao lado do corpo.

— Eu já devia saber — disse ele. — Foi o talismã... e a barba. Mas ainda assim, eu devia saber. — Sentou-se, balançando-se um pouco, quase como se sentisse dor, os olhos nunca abandonando o rosto de Marcus. — O que faz, filho de seu pai, aqui em Valêntia? — perguntou, finalmente. — Você não é nenhum grego de Alexandria e acho que não é médico de olhos.

— Não, não sou médico de olhos. Entretanto, os unguentos que levo são bons e alguém muito hábil em seu uso me ensinou a trabalhar com eles. Quando lhe disse que seguira o ofício do meu pai, pelo menos isso era verdade. Segui-o até ficar com a perna assim e receber baixa, há dois anos. Quanto ao que faço, aqui em Valêntia... — e hesitou, por um instante. Sabia que, pelo menos nesse assunto, podia confiar inteiramente em Guern.

Assim, de modo bem resumido, contou-lhe o que fazia em Valêntia, e por quê.

— E quando me ocorreu que você não era como os outros caçadores do povo pintado — terminou —, ocorreu-me também que talvez você tivesse resposta para as minhas perguntas.

— E não poderia ter me perguntado logo no princípio? Porque me senti intrigado por você, sem saber por quê, e porque falava a língua latina que eu não ouvia há doze anos, levei-o à minha casa, e você dormiu sob meu teto e comeu do meu sal com isso oculto em seu coração a meu respeito. Teria sido melhor que me perguntasse logo!

— Muito melhor — concordou Marcus. — Mas tudo o que eu tinha em meu coração a seu respeito era uma tentativa de adivinhar, e sem nenhuma base! Se eu lhe falasse sem antes ter certeza, e descobrisse tarde demais que, afinal de contas, você era exatamente quem parecia ser, não seria a obra de Ahriman, o Obscuro?

— O que quer saber? — disse Guern lentamente, em seguida.

— O que aconteceu com a legião do meu pai? Onde a Águia está agora?

Guern olhou a própria mão sobre a cabeça do grande cão que voltara a deitar-se, tranquilo, a seu lado. Depois voltou a olhar para a frente.

— Posso responder a primeira pergunta, pelo menos em parte — disse ele —, mas é uma longa história, e primeiro devo alimentar o fogo.

Enquanto falava, inclinou-se para a frente e alimentou as chamas que minguavam com a pilha de ramos quebrados e urzes emaranhadas à sua frente. Agiu devagar, deliberadamente, como se adiasse o momento em que teria de começar sua história. Mas mesmo quando as chamas voltaram a saltar, ele se manteve acocorado e em silêncio, fitando a fumaça.

O coração de Marcus começou a disparar e, de repente, ele se sentiu um pouco enjoado.

— Você nunca conheceu a legião do seu pai — começou Guern, finalmente. — Não, e se tivesse conhecido, seria jovem demais para ler os sinais. Jovem demais, por muitos anos.

— Ele mudara sua língua para o latim e, com a mudança, tudo das tribos que havia nele parecia ter sumido. — As sementes da morte estavam na Hispana antes mesmo que marchasse para o Norte naquela última vez. Foram semeadas sessenta anos antes, quando os homens da legião executaram as ordens do procurador de depor a rainha dos icenos. Boudicca, era seu nome, talvez tenha ouvido falar dela? Dizem que ela os amaldiçoou e a toda a legião pelo tratamento que recebeu em suas mãos, o que não foi nada justo, porque cumpriam ordens; se ela queria amaldiçoar alguém, teria de ser o próprio procurador. Mas a mulher que se sente injustiçada raramente se preocupa com onde seu ataque vai cair, desde que tire sangue. Eu não sou daqueles que dá muita confiança a maldições, ou não era, naquela época. Mas, seja como for, a legião foi destroçada no levante que se seguiu. Quando, finalmente, o levante fracassou, a rainha tomou veneno, e talvez sua morte tenha dado potência à maldição.

"A legião voltou a formar-se e completou seu efetivo mais uma vez, mas nunca prosperou. Talvez, se tivesse sido transferida para outro lugar, poderia salvar-se, mas a mesma legião servir ano após ano, geração após geração, entre tribos que a consideram amaldiçoada não é bom para essa legião. Pequenos infortúnios incham-se, surtos de doença são considerados resultado da maldição e não das brumas do pântano;

os espanhóis são um povo rápido em acreditar nessas coisas. Assim, ficou mais difícil encontrar recrutas e o padrão dos conscritos caiu, ano após ano. A princípio foi bem devagar; servi com homens que não eram mais velhos do que eu que se recordavam da Nona quando era apenas um pouco bruta e desmazelada. Mas o final foi terrivelmente rápido e, quando entrei para a legião como centurião, dois anos antes do fim — fui promovido das fileiras da Décima Terceira, que era uma legião orgulhosa —, a superfície parecia bastante sólida, mas o interior estava podre. Totalmente podre."

Guern, o Caçador, cuspiu no fogo.

— A princípio, lutei para combater a podridão em minha própria centúria, e então... a luta passou a ser trabalhosa demais. O último legado foi um homem duro e altivo, sem compreensão, o pior homem para liderar aquela legião; e pouco depois de sua chegada o imperador Trajano retirou soldados demais da Britânia para suas longas campanhas. Nós, que ficamos para cuidar da fronteira, começamos a sentir as tribos fervilharem sob nós como queijo excessivamente maduro. Então Trajano morreu e as tribos se revoltaram. Todo o Norte se inflamou e mal tínhamos nos ajeitado com os brigantes e os icenos quando tivermos ordem de vir a Valêntia dominar os caledônios. Duas coortes nossas serviam na Germânia; já tínhamos sofrido pesadas baixas e, deixando uma coorte para guarnecer Eburacum e ser feita em pedacinhos pelos brigantes se quisessem, isso nos deixava com bem menos de quatro mil homens para marchar para o norte. E quando o legado lançou a sorte do modo costumeiro, as galinhas sagradas se afastaram da comida e não tocaram os grãos que ele lhes lançou. Depois disso, consideramo-nos condenados, o que é um péssimo estado de espírito para a partida de uma legião.

"Era outono e, praticamente desde o princípio, a região das montanhas esteve envolta em brumas, e nas brumas os homens das tribos nos atacavam. Ah, nunca houve combate; eles ficavam em nossos flancos como lobos; faziam incursões súbitas em nossa retaguarda e lançavam suas flechas sobre nós detrás de cada moita de urze encharcada e sumiam na bruma antes que pudéssemos agarrá-los; e os grupos mandados atrás deles nunca voltaram."

"Um legado que também fosse soldado poderia ter-nos salvado; o nosso só vira batalhas nas lutas armadas no Campo de Marte e era orgulhoso demais para dar ouvidos aos oficiais mais experientes. Quando chegamos ao antigo quartel-general de Agrícola na Muralha do Norte, que seria a nossa base, mais de mil dentre nós tinham-se ido, por morte ou deserção. As antigas fortificações estavam desmoronando, o suprimento de água acabara há tempos e todo o Norte já tinha reunido suas forças. Sentavam-se em torno das muralhas e berravam, como lobos uivando para a lua. Suportamos um ataque naquele lugar. Jogamos os mortos pela escarpa até o rio, e quando as tribos recuaram para lamber as feridas, escolhemos um porta-voz que foi ao legado dizer: 'Agora faremos o acordo possível com o povo pintado para que nos deixem marchar de volta por onde viemos, deixando Valência em suas mãos, pois não passa de um nome, e um nome, aliás, com gosto amargo em nossa boca'. E o legado sentou-se em sua cadeira de campanha, que tivemos de carregar para ele desde Eburacum, e nos chamou de nomes vis. Sem dúvida merecíamos, mas isso não ajudou. Então mais da metade de nós se amotinou, dentre eles muitos da minha centúria."

Guern desviou os olhos do fogo para encarar Marcus.

— Não fui um deles. Juro diante do Senhor das Legiões. Toda a minha vergonha ainda não caíra sobre mim, e mantive na coleira, por algum tempo, os homens que me restavam. Então o legado viu aonde seu erro levara e falou com mais suavidade do que nunca com sua legião em revolta, e não foi por medo. Implorou aos amotinados que depusessem as armas que tinham erguido contra a Águia e jurou que não haveria punições sumárias, nem mesmo dos líderes. Jurou que, se cumpríssemos o nosso dever daí em diante, ele faria um relatório justo, das partes boas e das más, quando voltássemos. Como se fôssemos voltar! Mas mesmo que o caminho de volta estivesse aberto, era tarde demais para tais promessas. A partir do momento em que as coortes se amotinaram, era tarde demais. Não haveria retorno para elas, sabendo muito bem qual seria a palavra do Senado.

— Dizimação — disse Marcus baixinho, quando o outro parou.

— Sim, dizimação. É duro tirar a sorte num elmo, sabendo que um em cada dez significa a morte por apedrejamento do homem que o tirar.

"Assim, tudo acabou em luta. Foi quando o legado foi morto. Era um homem corajoso, apesar de tolo. Ficou diante da turba, de mãos vazias, o portador da Águia e seus tribunos imberbes atrás dele. Gritou-lhes que recordassem seu juramento, e chamou-os de covardes das margens do

Tibre. Então um deles o atingiu com o pilo, e não houve mais discursos...

"Os homens das tribos vieram como um enxame por cima das barricadas para ajudar o trabalho sangrento e, ao amanhecer, mal havia duas coortes inteiras vivas no forte. Os restantes não estavam todos mortos; muitos deles desceram os baluartes junto com os nativos. Pelo que sei, devem estar hoje espalhados por toda a Caledônia, vivendo como eu, com uma mulher bretã e filhos para sucedê-los.

"Pouco depois do amanhecer, seu pai reuniu os poucos que sobraram no espaço aberto diante do Pretório e ali, cada homem com o gládio pronto na mão, fizemos uma conferência apressada e decidimos sair do velho forte, que se tornara uma armadilha fatal, e levar a Águia de volta a Eburacum da melhor maneira possível. Não adiantava mais pensar em fazer acordos com as tribos, pois não tinham mais razões para nos temer. Além disso, acho que todos nós pensávamos que, se conseguíssemos voltar, o Senado dificilmente nos consideraria desgraçados. Naquela noite os tolos festejaram — tão baixo tínhamos caído em seu desprezo — e, enquanto bebiam, ganindo para a lua, saímos, todos os que restaram de nós, pela escarpa do Sul, e passamos por eles na escuridão e na bruma — a primeira vez em que a bruma pareceu nossa amiga — e começamos a marcha forçada de volta, seguindo para Trinomontium.

"As tribos encontraram nossos rastros ao amanhecer e nos caçaram como se fosse diversão. Já foi caçado? O dia todo avançávamos com esforço, e os mais feridos, que caíam, morriam. Às vezes os ouvíamos morrerem, na bruma. Aí eu também caí. — Guern esfregou o flanco esquerdo. — Tinha uma ferida onde podia enfiar três dedos, e estava passando mal. Mas poderia ter continuado. Foi o fato de ser caçado... de ser caçado. Aproveitei o crepúsculo, quando os caçadores se afastaram um pouco; esgueirei-me sob uns tojos crescidos e me escondi. Um do povo pintado quase pisou em mim, mas não me acharam, e depois do escurecer, quando a caçada afastou-se para longe, soltei o equipamento e lá o deixei. Pareço um picto, não é? É porque sou do norte da Gália. Então acho que perambulei a noite toda. Não sei, mas ao amanhecer cheguei a uma aldeia e caí na soleira da primeira cabana.

"Eles me pegaram e cuidaram de mim. Murna cuidou de mim. E quando descobriram que eu era um soldado romano, não ligaram muito. Eu não era o primeiro do meu tipo a desertar para as tribos e Murna falou por mim, como uma leoa cujo filhote é ameaçado." Por um instante, uma faísca de riso soou em sua voz, que logo ficou ríspida e pesada de novo. "Algumas noites depois vi a Águia ser levada outra vez para o norte, com grande triunfo de tochas seguindo atrás."

Houve um silêncio longo e tenso. Então Marcus disse, com voz baixa e dura:

— Onde terminou o caminho deles?

— Não sei. Mas nunca chegaram a Trinomontium. Já procurei por lá várias vezes e não achei nenhum vestígio de luta.

— E meu pai?

— Estava com a Águia quando desisti. Não havia cativos com ela quando a levaram de volta para o norte.

— Onde a Águia está agora?

Guern estendeu a mão e tocou a adaga no cinto do outro, olhando-o com firmeza.

— Se quer morrer, eis os meios ao seu dispor. Poupe-se a nova viagem.

— Onde a Águia está agora? — Marcus repetiu a pergunta, como se o outro não tivesse falado.

Por um momento, sustentou com os seus os olhos do caçador e Guern disse:

— Não sei. Mas amanhã, quando houver luz para vermos, vou lhe mostrar a direção possível.

E Marcus percebeu, de repente, que via o rosto do outro à luz do fogo e que tudo além dele esmaecia-se no azul do crepúsculo.

Não dormiu muito naquela noite e ficou deitado, rígido, com a cabeça nos braços. Durante todos aqueles meses, seguira um sonho; de certa forma, percebia agora, seguira-o desde que tinha 8 anos. Fora brilhante e caloroso, e agora se quebrara; sem ele sentia muito frio e, de repente, mais velho do que há algumas horas. Como fora tolo! Tolo e cego! Agarrado à fé teimosa de que, porque fora a legião de seu pai, não poderia haver nada de errado com a Nona, afinal de contas. Agora ele sabia. A legião do pai fora pútrida, uma maçã podre que se desfez ao ser atingida por um calcanhar. E, pelo Deus das Legiões! O que o pai devia ter sofrido!

Entre as ruínas, uma coisa mantinha-se imutável: a Águia ainda tinha de ser encontrada e levada de volta, para que um dia não se tornasse uma ameaça à fronteira. Havia algo confortador nisso. Uma fé ainda a defender.

Na manhã seguinte, depois da primeira refeição e de apagar e cobrir o fogo, Marcus ficou ao lado de sua égua, olhando para noroeste, na linha do dedo apontado de Guern. O vento leve açoitava-lhe o rosto e sua sombra matutina corria colina abaixo como se ansiosa para partir antes dele, e ele ouviu o chamado doce e selvagem da tarambola que parecia ser a voz da grande solidão.

— Lá longe, onde o vale se abre — dizia Guern. — Você conhecerá o vau pelo pinheiro inclinado que cresce a seu lado. Tem de atravessar ali e seguir a margem direita, senão finalmente se verá com todo o grande estuário do Cluta entre você e a Caledônia. Dois dias de marcha, três, no máximo, o levarão à antiga linha do norte.

— E depois? — disse Marcus, sem tirar o olhar estreito da enevoada distância azul.

— Só posso lhe dizer isso: que os homens que levaram a Águia para o Norte eram da tribo dos epidaii, cujo território são os golfos profundos e as montanhas do litoral oeste, que correm a partir do Cluta.

— Pode arriscar algum palpite de onde, nesse território, fica o lugar sagrado deles?

— Nenhum. Pode ser que, se achar o *dun* real, encontre o lugar sagrado não muito distante; mas os epidaii se dividem em muitos clãs, foi o que me disseram, e o clã real pode não ser o guardião do lugar sagrado e das coisas santas da tribo.

— Quer dizer... pode ser algum clã pequeno e sem importância?

— Não sem importância; pode ser tão poderoso quanto o clã real e até mais. Mas pequeno, sim. Não posso ajudá-lo mais.

Ficaram em silêncio um momento até que, atrás dele, soou o leve tilintar de um freio, quando Esca trouxe a outra égua. Então Guern disse, com pressa:

— Não siga essa trilha; leva à boca da morte.

— Tenho de correr esse risco — disse Marcus. E virou a cabeça. — E você, Esca?

— Vou aonde você for — disse Esca, ocupado com uma fivela.

— Por quê? — indagou Guern. — Agora que sabe a verdade? Não voltarão a formar a legião. Por que tem de continuar? Por quê?

— Ainda há a Águia para trazer de volta — disse Marcus.

Outro silêncio e, depois, Guern disse, quase com humildade:

— Você nada disse sobre tudo o que lhe contei; não mais do que se fosse uma história contada numa noite de ócio.

— O que eu deveria dizer?

O outro riu, ríspida e brevemente.

— Só Mitras sabe! Mas meu estômago ficaria mais leve se o dissesse.

— Ontem à noite meu próprio estômago estava enjoado demais para se preocupar com o seu — disse Marcus, cansado. — Agora já passou, mas se eu amaldiçoasse a Hispana com todas as palavras sujas das margens do Tibre que conseguisse pôr na língua, isso de nada serviria ao meu pai nem tornaria mais agradável o nome da legião. — Olhou pela primeira vez o homem ao seu lado. — Quanto a você, nunca fui caçado e o Deus das Legiões me proíbe de ser seu juiz.

O outro disse, desafiador:

— Por que veio? Eu era feliz com minha mulher; ela é uma boa mulher. Sou um grande homem na tribo, embora more fora da aldeia. Muitas vezes quase me esqueço de que não nasci na tribo, até que, mais uma vez, Trinomontium me atrai de volta por algum tempo. E agora ficarei envergonhado até a morte, porque deixei que fosse sozinho para o norte por essa trilha.

— Não precisa suportar nova vergonha — disse Marcus. — Essa trilha, três percorrem melhor do que quatro, e dois melhor do que três. Volte à sua tribo, Guern. Muito obrigado pelo sal e pelo teto e por responder às minhas perguntas.

Ele virou-se para montar e em instantes já descia o rio, com Esca logo atrás.

XIV

A FESTA DAS LANÇAS NOVAS

Certa noite, mais de um mês depois, Marcus e Esca pararam para dar uma pausa aos cavalos cansados na crista de uma escarpa acima do oceano Ocidental. Era um entardecer colorido como o peito de um pombo; um vento leve encrespava a água brilhante, e lá longe, na luminosidade sonhadora, muitas ilhas espalhadas pareciam flutuar levemente, como pássaros marinhos adormecidos. No atracadouro seguro do litoral, havia alguns navios mercantes ancorados, as velas azuis que os tinham trazido de Hibérnia recolhidas como se também dormissem. E para o norte, pairando sobre a cena toda, erguia-se o Cruachan, sombrio, envolto em sombras, coroado de brumas; Cruachan, a bossa do escudo do mundo.

Montanha e ilhas e mar brilhante, tudo já era bem conhecido de Marcus. Há praticamente um mês raramente estivera fora de vista de algum deles, enquanto ia e vinha entre os vales brumosos onde ficavam os campos de caça dos epidaii. Fora um mês de cortar o coração. Com muita frequência, desde que atravessara a fronteira do Norte, parecia-lhe finalmente estar na trilha que buscava, e sempre se enganava. Eram muitos os lugares sagrados ao longo do litoral. Todos os lugares onde o povo antigo, o pequeno povo escuro, deixara seus túmulos compridos, que foram transformados em lugares de adoração aos deuses pelos epidaiis, povo que viera depois. Mas em lugar nenhum Marcus conseguiu ouvir algum boato sobre a Águia perdida. Esse povo não falava de seus deuses nem das coisas que tinham a ver com eles. De repente, naquela noite, olhando o mar brilhante, Marcus sentiu-se melancólico a ponto de desistir.

Foi despertado desse estado de espírito desolado pela voz de Esca a seu lado.

— Veja, temos companhia na estrada. — E seguindo a direção do polegar do amigo, que apontava para trás, virou-se para olhar a trilha de veados pela qual tinham vindo e avistou um grupo de caçadores subindo em sua direção. Fez Vipsânia dar meia-volta e ficou à espera de que chegassem. Cinco homens no total, dois deles carregando a carcaça pendurada de um javali preto; e a eterna matilha de cães lupinos trotando entre eles. Eram bem diferentes dos homens de Valêntia: mais morenos e de compleição mais franzina. Talvez fosse porque o sangue do povo escuro corria neles com mais força do que nas tribos das terras baixas. Por fora, também pareciam menos ferozes que os das terras baixas, mas a longo prazo, pensou Marcus, eram mais perigosos.

— A caçada foi boa — saudou-os, quando se aproximaram a trote.

— A caçada foi boa — concordou o líder, um rapaz com a corrente de ouro torcido de chefe no pescoço. Examinou Marcus, inquisidor, por cortesia sentiu-se impedido de perguntar-lhe a que vinha, mas claramente desejoso de saber o que esse estranho, que não era um dos negociantes dos navios de velas azuis, fazia em seu território.

Quase sem pensar, Marcus lhe fez a pergunta que se tornara um hábito depois de tantas vezes repetida:

— Há alguém em seu *dun* com mal dos olhos?

O homem ficou meio ansioso, meio desconfiado.

— Por acaso pode curar o mal dos olhos?

— Se posso curar o mal dos olhos? Sou Demetrius de Alexandria. O Demetrius de Alexandria — disse Marcus, que há muito tempo aprendera o valor da propaganda. — Diga meu nome ao sul do Cluta, diga-o no próprio *dun* real e os homens lhe contarão que sou realmente o curador de todos os males dos olhos.

— Há vários que conheço no *dun* que sofrem de mal dos olhos — disse o homem. — Nunca antes alguém do seu ofício veio para esses lados. Você os curará?

— Como poderia saber, mesmo eu, antes de vê-los? — Marcus virou a égua na direção do caminho. — Está indo para o *dun*? Então vamos juntos.

E juntos foram, Marcus com o chefe galopando junto à espádua de seu cavalo, depois Esca e o resto do grupo de caçadores, com o javali pendurado no meio e os cães ondulando daqui para lá entre eles. Por algum tempo seguiram a escarpa e depois viraram para o interior, e desceram a galope por uma mata aberta de bétulas rumo a uma grande lagoa, perolada com o anoitecer, entre os morros. Marcus e Esca conheciam essa lagoa; mais de uma vez, tinham tocado a margem do outro lado. Chamava-se Lagoa das Muitas Ilhas devido às ilhotas nela espalhadas, algumas íngremes e rochosas, outras baixas e franjadas de salgueiros, onde as garças faziam ninho.

Já caía o crepúsculo quando chegaram ao *dun* perto do alto do morro, acima da água parada da lagoa; o suave crepúsculo arroxeado do litoral oeste, no qual as portas das cabanas, iluminadas pelo fogo, abriam-se como flores de açafrão com seus leves veios vermelhos. O agrupamento de cabanas que formava o *rath* do chefe ficava na frente do *dun*, numa curva fechada dos baluartes de turfa, e eles viraram em sua direção, enquanto os outros caçadores, depois de organizar a divisão do javali, seguiram para suas casas.

Ao som da chegada, um menino, que Marcus supôs ser irmão do chefe, disparou pela porta iluminada pelo fogo e veio correndo recebê-los.

— Como foi a caçada, Dergdian?

— A caçada foi boa — disse o chefe —, pois, veja, além de um belo javali, trouxe um curador de olhos doentes, e também seu escudeiro. Cuide dos cavalos, Liathan. — Virou-se rapidamente para Marcus, que esfregava a coxa. — Está com rigidez da sela? Cavalgou demais por hoje?

— Não — disse Marcus. — É um antigo ferimento que às vezes ainda me incomoda.

Ele seguiu o anfitrião até a grande cabana de moradia, curvando a cabeça sob a verga baixa. Lá dentro estava muito quente e o eterno fedor de turfa agarrou-se à sua garganta. Dois ou três cães estavam deitados em meio ao calor das samambaias. Uma mulherzinha murcha, evidentemente escrava, curvava-se sobre a lareira elevada, mexendo o guisado do jantar num caldeirão de bronze, e não ergueu os olhos quando entraram. Porém um velho magro, sentado do outro lado do fogo, espiou-os entre os redemoinhos de fumaça de turfa com olhos brilhantes e dominadores. Em seguida, a cortina de pele de gamo lindamente trabalhada, que cobria a entrada do lugar das mulheres, afastou-se e uma moça surgiu na soleira; uma moça alta, morena mesmo para uma mulher dos epidaii, com um vestido verde e reto, preso ao ombro com um disco de ouro vermelho tão largo e maciço quanto a bossa de um escudo. Parecia estar fiando, pois ainda tinha nas mãos o fuso e o carretel.

— Ouvi sua voz — disse ela. — A ceia está pronta, à sua espera.

— Que espere um pouco mais, Fionhula, meu amor — disse Dergdian, o chefe. — Trouxe um curador de olhos doentes; portanto, traga até ele o pequenino.

Os longos olhos escuros da mulher moveram-se depressa, com um tipo de esperança espantada, para o rosto de Marcus, então atrás do chefe. Em silêncio, ela se virou, deixando a cortina cair, e dali a instantes voltava, trazendo nos braços um menininho de uns dois anos. Uma criança morena e agradável, vestida com a costumeira conta de coral, mas quando a luz bateu-lhe no rosto Marcus viu que os olhos estavam tão inchados, vermelhos e incrustados que mal se abriam.

— Eis aqui um para ser curado — disse o chefe.

— Seu? — perguntou Marcus.

— Meu.

— Ficará cego — disse o velho junto ao fogo. — O tempo todo estou dizendo que ele vai ficar cego, e nunca me engano.

Marcus ignorou-o.

— Dê-me o pequenino — ordenou. — Não vou machucálo. — Ele tomou da mãe o menininho com um rápido sorriso tranquilizador e abaixou-se, meio sem jeito, apoiado no joelho bom, ao lado do fogo. A criança gemeu, afastando o rosto do fogo; evidentemente, a luz o incomodava. Então ainda não estava cego. Já era alguma coisa. Com muito cuidado, virou o rosto do menininho de volta para o fogo. — Fique aqui, pequeno, é só um instante. Deixe-me olhar. O que é isso que puseram nos olhos da criança?

— Banha de sapo — disse o velho. — Com minhas próprias mãos a recolhi, embora seja serviço de mulher, pois a esposa do meu neto é uma tola.

— Acha que fez algum bem?

O velho ergueu os ombros magros.

— Talvez não — disse, de má vontade.

— Então por que a usa?

— É o costume. Nossas mulheres sempre usaram banha de sapo em casos assim; mas a esposa do meu neto... — O velho cuspiu com força, para exprimir a opinião que tinha da esposa do neto. — Mas o tempo todo venho dizendo que a criança ficará cega — acrescentou, com a voz satisfeita do verdadeiro profeta.

Marcus ouviu a moça atrás dele prender a respiração em sofrido protesto e sentiu sua própria irritação se acender, mas teve o bom-senso de perceber que, se transformasse o velho demônio em inimigo, poderia perder todas as esperanças de salvar a vista da criança. Então, disse, com toda a calma:

— Veremos. Não há dúvida de que banha de sapo é bom para olhos doentes, mas como não deu certo desta vez, tentarei os meus unguentos; talvez tenham melhor resultado — E antes que o velho pudesse dizer alguma coisa, virou-se para Fionhula. — Traga-me água morna e trapos de linho — disse —, e acenda uma lâmpada. Preciso de luz para trabalhar, não esse brilho trêmulo do fogo. Esca, traga minha caixa de remédios.

Então, enquanto a mãe segurava no colo a criança doente, ele se pôs a trabalhar, banhando, untando e enfaixando, à luz da lâmpada que a escrava, depois de abandonar o guisado, segurava para ele.

Marcus e Esca ficaram muitos dias no *dun* de Dergdian. Antes, Marcus limitava-se meramente a começar o bom trabalho; deixava um potinho de unguento e instruções de como usá-lo e ia embora. Mas dessa vez era diferente. Os olhos da criança eram os piores de todos os que já tratara e havia o avô e sua banha de sapo para levar em conta. Dessa vez, ele teria de ficar. Além disso, poderia ficar ali ou em qualquer outro lugar, já que a probabilidade de encontrar a Águia era a mesma.

Assim, ficou, e foi uma estada cansativa. Os dias se passavam muito devagar, pois tinha muito tempo nas mãos e pareceram arrastar-se ainda mais lentamente, depois de vencida a primeira batalha feroz pela vista do pequenino, quando só lhe restava aguardar.

Na maior parte do tempo, ficava sentado à porta da cabana, observando o trabalho das mulheres, ou moendo bastões de unguentos secos para os potinhos de chumbo que precisavam ser reenchidos, enquanto Esca saía com os caçadores ou juntava-se aos pastores nos íngremes caminhos do gado. À noite, conversava com os homens em volta do fogo; contava e ouvia casos de viagens dos negociantes hibérnios que iam e vinham pelo *dun* (pois havia um comércio constante de ouro e armas, escravos e cães de caça, entre Hibérnia e Caledônia); escutava com paciência o velho Tradui, o avô materno do chefe, contar histórias intermináveis de caçadas de foca, quando ele e o mundo eram jovens e os homens e as focas mais fortes e ferozes do que hoje.

Mas, o tempo todo, por mais que prestassem atenção, nem ele nem Esca ouviram nada que indicasse que o lugar e a coisa que procuravam estivessem por perto. Uma ou duas vezes, durante aqueles dias, Marcus avistou um personagem de capa preta cruzar o *dun*, longe da humanidade quente e apinhada da tribo, parecendo flutuar acima dela como o Cruachan flutuava sobre a terra. Mas havia druidas e lugares sagrados por toda parte, ali, além do alcance de Roma. Não moravam junto ao povo, e sim afastados e sozinhos, na distância brumosa das montanhas, nos vales ocultos e em meio às florestas de bétulas e aveleiras. Sua influência era forte nos *duns* e aldeias, mas ninguém falava deles, assim como não falavam dos deuses nem dos fantasmas perambulantes de seus ancestrais. E ninguém jamais falava de uma Águia capturada. Mas Marcus ainda esperava, até que soube que a vista do pequenino estava salva.

Então, certa noite, voltando com Esca de um mergulho nas águas profundas mais além do *dun*, encontrou o chefe acocorado na porta da cabana, com os cães de caça à sua volta, polindo com carinho uma pesada lança de guerra com um colarinho de penas de águia. Marcus agachou-se a seu lado e observou, recordando vivamente outra lança de guerra cujo colarinho era de penas cinza-azuladas de garça. Esca ficou de pé, com um ombro encostado no portal de sorveira, também observando.

Em seguida, o chefe ergueu os olhos e viu que o fitavam.

— É para a Festa das Lanças Novas — disse ele. — Para a dança dos guerreiros que vem depois.

— A Festa das Lanças Novas — repetiu Marcus. — É quando os meninos se tornam homens, não é? Já ouvi falar dessa festa, mas nunca a vi.

— Pois poderá assistir a ela daqui a três noites, na Noite da Lua Chifruda — disse Dergdian, e voltou ao polimento.

— É uma grande festa. Os meninos da tribo inteira vêm, e com eles seus pais. E quando for o filho do rei, até ele virá a nós, quando chegar a hora de receber suas armas.

— Por quê? — perguntou Marcus, e depois torceu para não ter parecido ansioso demais.

— Somos os guardiões do Lugar Sagrado, nós, o Povo da Foca — disse Dergdian, virando a lança sobre os joelhos. — Somos os guardiões da Vida da Tribo.

Depois de uma longa pausa, Marcus disse, como quem não quer nada:

— Ora! E qualquer um pode assistir a esse mistério das Lanças Novas?

— Não, ao mistério não; isso é entre as Lanças Novas e o Chifrudo, e ninguém, exceto os sacerdotes, pode ver e viver; mas as cerimônias do terreiro são para quem quiser estar lá. Não são ocultas, a não ser para as mulheres.

— Então, com sua permissão, com certeza gostaria de estar lá. Nós, gregos, nascemos fazendo perguntas — disse Marcus.

No dia seguinte, começou uma azáfama de preparativos que lembrou a Marcus sua própria aldeia etrusca na véspera da Saturnália; e à noite, chegou a primeira onda de Lanças Novas: meninos e pais, das orlas mais distantes das terras da tribo, cavalgando belos e pequenos pôneis, usando as roupas mais vivas, muitos deles com os cães trotando ao lado. Que estranho, pensou ele, observando-os, que estranho que gente tão pobre em tantas coisas, caçadores e pastores que não aram a terra e moram em cabanas de lama com total desconforto, enriqueçam com prata e bronze e contas de coral os arreios de seus belíssimos pôneis, e fechem suas capas com broches e fivelas de ouro vermelho de Hibérnia. Havia também um enxame de mercadores e videntes, harpistas e negociantes de cavalos, que acampavam com a tribo nas margens planas da lagoa, até que todo o trecho abaixo do *dun* ficou escuro. Era tudo caloroso, alegre e humano, uma feira em grande escala, e em lugar nenhum havia os sinais de estranheza que Marcus esperara.

Mas haveria estranheza suficiente antes que a Festa das Lanças Novas terminasse.

Tudo começou na segunda noite, quando, de repente, os meninos que receberiam suas armas não estavam mais lá. Marcus não os viu partir; mas, de repente, tinham sumido, e sem eles o *dun* ficou desolado. Os homens cobriram a testa de lama; as mulheres se reuniram, lamuriando-se e balançando-se em luto ritual. Vindos de dentro do *dun* e do acampamento abaixo dos baluartes, os lamentos subiam enquanto a noite caía e, na refeição noturna, havia um lugar vago e um chifre de beber cheio e intocado para cada menino sumido, como se fossem para os fantasmas dos guerreiros mortos na festa de Samhain. E as mulheres entoaram o canto da morte durante as longas horas de escuridão.

Ao amanhecer, os gemidos e lamentos cessaram e, em seu lugar, caiu sobre o *dun* um grande silêncio e uma grande sensação de espera. À noite, a tribo se reuniu no terreno plano junto à lagoa. Os homens juntaram-se em grupos, cada clã reunido num lugar. Clã do Lobo com Clã do Lobo, Salmão com Salmão, Foca com Foca; vestidos de pele ou com capas roxas, açafrão ou escarlate, de arma na mão e com os cães transitando entre eles. As mulheres se separaram dos homens; entre as jovens, muitas com coroas de flores tardias do verão no cabelo: madressilvas, moedeiras amarelas e as brancas campainhas selvagens. E tanto homens quanto mulheres viravam-se constantemente para olhar o céu a sudoeste.

Marcus, de pé com Esca e Liathan, o irmão do chefe, à beira da multidão, viram-se também olhando constantemente para sudoeste, onde o céu ainda estava dourado, embora o sol já tivesse baixado por trás das colinas.

Então, bem de repente, lá estava, a pluma pálida e curvada da lua nova, na fímbria do pôr do sol. Em algum lugar, no lado das mulheres, uma menina a viu no mesmo instante e soltou um grito estranho, assustador e meio musical, imitado pelas outras mulheres e, depois, pelos homens. De algum lugar, nos morros, na direção do mar, uma trompa soou. Não o zurro da trompa de guerra, mas uma nota mais límpida e aguda que parecia combinar perfeitamente com a pluma pálida que pendia remota no céu noturno.

Como se a trompa fosse um chamado, a multidão se rompeu e os homens se moveram na direção de onde viera o som; uma fila longa e sinuosa de guerreiros a se mover em silêncio, sem parar, deixando o *dun* para as mulheres, os muito velhos e os muito jovens. Marcus foi com eles, mantendo-se junto a Liathan, como lhe tinham mandado, muito contente de saber que Esca caminhava a seu lado nessa estranha multidão.

Subiram sem parar até o alto da montanha e foram descendo pelo lado do mar. Atravessaram um vale íngreme e viraram ao longo de uma escarpa. Desceram de novo e, em seguida, enfrentaram uma escalada íngreme e, de repente, estavam à beira de um largo vale elevado, que corria em ângulo com o mar. Este jazia a seus pés, já cheio de sombras sob o céu ainda rendilhado e lavado da luz que parecia jorrar do sol escondido; mas acima dele um grande amontoado de turfa erguia-se abruptamente, ainda pegando um leve brilho do poente na crista coroada de espinhos e na ponta das grandes pedras verticais que o cercavam, como um corpo da guarda. Marcus já vira com bastante frequência os túmulos compridos do povo antigo, mas nenhum atraíra e prendera sua atenção como esse, no alto daquele vale solitário, entre o ouro do poente e a prata da lua nova.

— Lá está o Lugar da Vida! — disse a voz de Liathan em seu ouvido. — A Vida da Tribo.

A multidão de várias cores virara-se para o norte, ondeando pelo vale rumo ao Lugar da Vida. O grande monte de turfa cresceu mais alto à vista deles e então, Marcus se viu de pé em meio ao Povo da Foca, na sombra de uma das grandes pedras eretas. Diante dele, estendia-se o vazio de um terreiro amplo e grosseiramente pavimentado e, além do vazio, na massa íngreme do monte coberto de mato, um portal cujas ombreiras e vergas enormes eram de granito comido pelas eras. Um portal entre um mundo e outro, pensou Marcus com um arrepio de temor, aparentemente fechado apenas por uma cortina de couro enfeitada com bossas de bronze fosco. Estaria a Águia perdida da Hispana em algum lugar além daquela entrada bárbara? Em algum lugar no âmago escuro desse túmulo que era o Lugar da Vida?

Houve um sibilar súbito e o luzir de uma chama quando alguém acendeu uma tocha no braseiro que tinham trazido. O fogo pareceu espalhar-se quase por conta própria de tocha em tocha, e vários jovens guerreiros se adiantaram da multidão que aguardava em silêncio e avançaram para o vasto vazio entre as pedras eretas. Levavam os archotes bem alto acima da cabeça, e a cena toda, que começara a perder nitidez com a luz que se ia, inundava-se de um brilho cintilante de ouro avermelhado que caía bem ferozmente sobre a soleira daquele estranho portal, mostrando as ombreiras esculpidas com as mesmas curvas e espirais que regiravam pelas pedras eretas, faiscando nas bossas de bronze da cortina de couro, de modo que viraram discos de fogo em movimento. As fagulhas rodopiavam subindo no vento leve que cheirava a maresia e, em contraste com seu brilho, as colinas e a crista escura e coroada de espinhos do monte de turfa pareciam afundar no súbito crepúsculo. Uma forma humana surgiu no alto por um instante, entre os espinheiros, e mais uma vez a trompa tocou sua nota aguda e límpida; e antes que os ecos morressem entre as colinas, a cortina de couro de foca foi puxada, os discos de bronze a chocar-se como címbalos.

Uma figura saiu de sob a verga baixa até a luz das tochas. A figura de um homem, totalmente nu a não ser pela pele de uma foca cinzenta, a cabeça da foca puxada sobre a dele. O Clã da Foca saudou sua chegada com um grito rápido e rítmico que subia, descia e subia outra vez, fazendo o sangue pular de volta ao coração. Por um instante o homem — um sacerdote-foca ou uma foca-homem — ficou em pé diante deles, recebendo a aclamação, e depois, com o estranho movimento apressado da foca em terra firme, seguiu para um dos lados do portal; e outra figura surgiu da escuridão, encapuzada com a cabeça raivosa de um lobo. Um atrás do outro vieram, nus como o primeiro, o corpo coberto de desenhos estranhos feitos de guado e garança, com toucados de couro e penas, asas de cisne, couro de lontra com a cauda balançando nas costas, a pele listrada de um texugo brilhando preta e branca à luz das tochas. Um após o outro, empinando, pulando, arrastando-se; homens que não representavam meramente o papel de animais, mas que, de um modo estranho e impossível de entender, eram na verdade, naquele momento, os animais cuja pele usavam.

Prosseguiram, um atrás do outro, até que, para cada clã da tribo, havia um sacerdote-totem participando da dança grotesca — se é que se podia chamar de dança, pois não se parecia com nenhuma dança que Marcus já vira e com nenhuma que desejasse voltar a ver. Formaram uma fila, depois um círculo, saltitando, arrastando os pés, pulando, as peles de animais balançando atrás. Não havia música; na verdade, qualquer tipo de música, por mais estranha e dissonante que fosse, ficaria a mundos de distância dessa dança; mas parecia haver uma batida a pulsar em algum lugar — talvez um tronco oco tocado com a mão aberta — e os dançarinos ajustavam o seu ritmo a ela. E batia cada vez mais depressa, como um coração a disparar, como o coração de um homem febril; e a roda de dançarinos girava cada vez mais depressa, até que, com um grito selvagem, pareceu romper seu próprio giro e explodir para revelar alguém — alguma coisa — que devia ter chegado em seu meio sem ser notado, vindo da escuridão daquele portal do túmulo.

A garganta de Marcus se apertou quando ele olhou o personagem em pé, sozinho, em pleno brilho vermelho das tochas, parecendo queimar com sua própria luz feroz. Uma imagem inesquecível, com a beleza de um pesadelo, nua e soberba, coroada com a expansão orgulhosa de uma galhada que capturava a luz das tochas em cada vértice polido, como se em cada ponta houvesse o toque de uma chama.

Um homem com a galhada de um veado presa à cabeça de tal modo que parecia sair de sua testa — e só. Ainda assim, não era só; mesmo para Marcus, não era só. Todos o saudaram com um grito profundo, que subiu e subiu até parecer que uma matilha de lobos uivava para a lua; e enquanto ele ali ficava de braços erguidos, um poder das trevas parecia fluir dele, como a luz flui de uma lâmpada. "O Chifrudo! O Chifrudo!" Todos caíram de rosto no chão, como um feixe de cevada que cai diante da foice. Sem perceber o que fazia, Marcus caiu de joelhos; ao lado dele, Esca estava agachado, com o braço cobrindo os olhos.

Quando voltaram a se levantar, o deus-sacerdote se afastara para o limiar do Lugar da Vida e ali estava, os braços caídos ao longo do corpo. E explodiu num discurso, do qual Marcus conseguiu entender apenas o suficiente para perceber que dizia à tribo que seus filhos, que tinham morrido como meninos, renasciam agora como guerreiros. A voz subiu num triunfo retumbante e passou pouco a pouco para um tipo de cântico selvagem, ao qual se uniram os nativos. Tochas se ergueram por toda a multidão reunida e as pedras eretas se avermelharam até o alto, e pareciam pulsar e tremer com o ritmo esmagador do cântico.

Quando o cântico triunfal estava em seu ponto máximo, o deus-sacerdote virou-se, chamou e afastou-se da frente do portal; e novamente alguém saiu da escuridão da entrada para o brilho das tochas. Um menino ruivo, de saiote axadrezado, à vista de quem os nativos deram um grito de boas-vindas. Outro se seguiu, e outro, e muitos mais, todos saudados com um grito que parecia elevar-se e explodir numa onda de som contra as pedras eretas, até que cinquenta ou mais Lanças Novas se enfileiraram no grande terreiro. Tinham a aparência um tanto sonâmbula e piscavam os olhos ofuscados no clarão súbito das tochas. O menino ao lado de Marcus não parava de passar a língua nos lábios secos, e Marcus pôde ver o ofegar rápido de seu peito, como se tivesse corrido ou sentisse muito medo. Ficou pensando no que teria acontecido a eles no escuro, recordando sua própria hora e o cheiro de sangue de touro na caverna escurecida de Mitras.

Depois do último menino veio um último sacerdote; não um totem, como os outros. Tinha na cabeça um toucado feito com as plumas lustrosas de uma águia-real e um longo rugido explodiu da multidão quando a cortina caiu com ruído atrás dele, de volta ao seu lugar. Mas para Marcus, nesse instante, tudo pareceu ficar imóvel. Pois o recém-chegado trazia algo que já fora uma Águia Romana.

XV

AVENTURA NO ESCURO

Um homem adiantou-se das fileiras da tribo, despido e pintado como se fosse para a guerra e portando escudo e lança; no mesmo instante um menino avançou. Os dois — eram nitidamente pai e filho — se juntaram no centro do espaço aberto e o menino ali ficou, com orgulho luminoso, para receber o escudo e a lança das mãos do pai. Depois, deu meia-volta, mostrando-se para a tribo, à espera de sua aceitação; virou-se para o lugar onde Cruachan estava oculto pelas trevas; finalmente, virou-se para a lua nova, que, de pluma pálida, fortalecera-se numa foice de prata brilhante no céu azul profundo; e fez a lança bater no escudo em saudação, antes de seguir o pai e ficar, pela primeira vez, entre os guerreiros da tribo.

Outro menino avançou, e mais outro, e outro, mas Marcus só os percebeu como sombras a se mover, pois seus olhos estavam na Águia; os destroços da Águia perdida da Nona Legião. As guirlandas e coroas douradas que a legião conquistara em seus dias de honra tinham sumido da haste púrpura; as garras furiosas ainda se fechavam sobre os relâmpagos cruzados, mas onde as grandes asas de prata deveriam arquear-se com selvagem orgulho havia apenas furos vazios nos flancos de bronze dourado. A Águia perdera as honras, perdera as asas; e sem elas, pareceria a Demetrius de Alexandria tão banal quanto uma galinha doméstica. Mas, para Marcus, ainda era a Águia sob cuja sombra seu pai morrera, a Águia perdida da legião de seu pai.

Ele viu muito pouco do prolongado ritual que se seguiu, até que, finalmente, a Águia foi levada de volta para a escuridão e Marcus se encontrou participando de uma procissão triunfante encabeçada pelas Lanças Novas, de volta ao *dun*; uma cauda de cometa de tochas agitadas, um clamor como o de um exército vitorioso na marcha para casa. Quando desceram a última encosta, foram recebidos pelo aroma de carne assada, pois os fornos escavados no chão tinham sido abertos. Grandes fogueiras ardiam na turfa plana além do *dun*, florindo ferozmente em vermelho e dourado contra a palidez remota e lustrosa da lagoa mais além, e as mulheres se deram as mãos e vieram correndo para reunir-se a seus homens e levá-los para casa.

Só uns poucos homens que não eram da tribo tinham se dado ao trabalho de ir com os guerreiros até o Lugar da Vida. Mas agora a cerimônia acabara e chegara a hora de festejar. Negociantes, adivinhos e harpistas tinham vindo do acampamento, um grupo de caçadores de foca de outra tribo e até a tripulação de dois ou três navios hibérnicos; juntaram-se aos guerreiros epidaii em volta do fogo e banquetearam-se com carne assada, enquanto as mulheres, que não comiam com seus senhores, moviam-se entre eles com grandes jarros de fogoso hidromel mantendo transbordantes os chifres de beber.

Marcus, sentado entre Esca e Liathan na fogueira do chefe, começou a se perguntar se a noite inteira seria passada assim, comendo, bebendo e gritando. Se fosse, enlouqueceria. Queria silêncio; queria pensar; e o clamor alegre parecia golpear por dentro a sua cabeça, expulsando todas as ideias. E também não queria mais hidromel.

Então, de repente, a festa acabou. O barulho e a ampla comilança e bebedeira eram, talvez, apenas um escudo erguido contra a magia poderosa demais que viera antes. Os homens e mulheres começaram a se retirar, deixando um amplo espaço de turfa vazio entre as fogueiras; os cães e as crianças foram recolhidos. Mais uma vez as tochas arderam, lançando sua luz feroz no espaço vazio. Mais uma vez veio aquela sensação de espera. Marcus, vendo-se ao lado do avô do chefe, virou-se para o homem sussurrando:

— E agora?

— Agora, dança — disse o outro, sem olhar em volta. — Veja...

Enquanto ele falava, os archotes em chamas foram erguidos e um bando de jovens guerreiros pulou no círculo iluminado pelo fogo e começou a bater os pés e girar no ritmo veloz de uma dança de guerra. E dessa vez, por mais estranha e bárbara que fosse, Marcus achou que aquela era uma dança que ele entendia. As danças se seguiram, fundindo-se uma à outra, de modo que era difícil dizer onde uma terminava e outra começava. Algumas vezes parecia que o lado dos homens inteiro dançava, e o chão tremia com o bater dos calcanhares. Outras vezes eram apenas alguns poucos que pulavam, rodopiavam e se agachavam, imitando caçadas ou batalhas, enquanto o resto tocava a música apavorante dos bretões antes das batalhas, fazendo soar a borda dos escudos. Somente as mulheres nunca dançavam, pois a Festa das Lanças Novas nada tinha a ver com mulheres.

A lua se pusera há muito tempo e somente a luz feroz do fogo e das tochas iluminava a cena selvagem, os corpos a se contorcer e a brandir as armas, quando finalmente duas filas de guerreiros se formaram na turfa pisoteada e ficaram uma diante da outra. Estavam nus da cintura para cima, como o restante dos homens, com o escudo e a lança emplumada; e Marcus viu que uma fila era formada pelos meninos que tinham se tornado homens naquele dia e a outra pelos pais que os tinham armado.

— É a Dança das Lanças Novas — disse-lhe Esca, quando as duas linhas avançaram com o escudo erguido. — Nós, os brigantes, também a dançamos na noite em que nossos meninos se tornam homens.

Do outro lado, Tradui se inclinou para ele e perguntou:

— Seu povo não faz a Festa das Lanças Novas?

— Fazemos uma festa — disse Marcus —, mas não é como esta. Tudo isso é estranho para mim e hoje vi muitas coisas que me deixaram curioso.

— E...? Que coisas? — O homem, depois de superar a discordância inicial com Marcus a respeito da banha de sapo, mostrara-se aos poucos, com o passar dos dias, mais amistoso. Naquela noite, ainda mais aquecido pela festa e pelo hidromel, estava ansioso para dar informações ao estranho dentro de seus portões. — Posso explicá-las a você, essas coisas que o intrigam; pois você é jovem, e sem dúvida quer saber, e sou velho, e de longe o mais sábio da minha tribo.

Se fosse cuidadoso, percebeu Marcus, haveria a possibilidade de obter as informações de que precisava.

— É verdade — disse ele —, a sabedoria brilha em Tradui, o avô do chefe, e meus ouvidos estão abertos. — E começou, com a mais lisonjeira demonstração de interesse, a perguntar e escutar. Foi um trabalho lento mas, pouco a pouco, sondando o velho com toda a habilidade de que era capaz, ouvindo com paciência muita coisa que para ele não tinha utilidade, obteve os fiapos de conhecimento de que necessitava. Descobriu que os sacerdotes moravam na floresta de bétulas abaixo do Lugar da Vida e que não havia guardas no lugar sagrado, nenhuma vigilância dos sacerdotes.

— Para quê? — disse o velho, quando Marcus demonstrou surpresa. — O Lugar da Vida tem seus próprios guardiões, e quem ousaria mexer no que é do Chifrudo? — Ele se calou de repente, como se surpreendesse a si mesmo no ato de falar de coisas proibidas, e abriu a mão velha, de veias grossas, com os dedos espalhados como chifres.

Mas então voltou a falar. Sob a influência do hidromel, da luz das tochas e das danças, ele também recordava sua própria noite, há muito tempo, em que fora uma Lança Nova e dançara pela primeira vez as danças guerreiras da tribo. Sem nunca tirar os olhos das figuras que rodopiavam, falou de antigas lutas, antigas buscas de gado, de heróis mortos há muito tempo, que haviam sido seus irmãos de espada quando o mundo era jovem e o sol, mais quente. Satisfeito de encontrar um ouvinte atento que ainda não ouvira a história, contou a grande reunião de tribos, há não mais que dez ou doze outonos; e como fora com os outros para o Sul, embora alguns idiotas dissessem que era velho demais para o caminho da guerra, mesmo então, para expulsar um grande exército de Penachos Vermelhos. E como, depois de dá-los aos lobos e corvos, trouxeram consigo o deus-Águia que os Penachos Vermelhos levavam à frente, e o deram aos deuses de seu povo no Lugar da Vida. O curador de olhos doentes deve tê-lo visto naquela noite, ao ser levado e mostrado ao lado dos homens.

Marcus ficou bem ereto, as mãos cruzadas em volta dos joelhos erguidos, e observou as fagulhas das tochas rodopiantes voarem para o alto.

— Vi, sim — disse ele. — Já vi esses deuses-Águia antes e fiquei intrigado ao vê-lo aqui. Nós, gregos, fomos sempre curiosos; também temos poucos motivos para gostar de Roma. Fale mais de como tomaram esse deus-Águia dos Penachos Vermelhos, gostaria de ouvir essa história.

Era a história que já ouvira de Guern, o Caçador, mas contada pelo lado oposto; e no ponto em que história de Guern terminara, essa continuava.

Do mesmo modo que contaria uma antiga caçada que fora boa, o velho guerreiro descreveu como ele e seus irmãos de espada tinham caçado os últimos remanescentes da Nona Legião, cercando-os como uma matilha cerca a presa. O velho contou sem sombra de piedade ou compreensão pela agonia da presa; mas com admiração feroz, que lhe iluminava o rosto e soava em cada palavra.

— Na época eu já era velho, e foi minha última luta, mas *que* luta! Ai! Digna de ser a última luta de Tradui, o Guerreiro! Muitas noites, quando o fogo baixa, e até as batalhas de minha juventude ficam tênues e frias, mantive-me aquecido pensando naquela luta! Nós os encurralamos finalmente na terra alagada, um dia ao norte do lugar que chamam de Três Montes, e eles se viraram como um javali encurralado. Estávamos inflamados pelo triunfo fácil, pois até aquele dia tudo fora facílimo. Esfarelavam-se ao ser tocados, mas naquele dia não foi assim. Aqueles outros tinham sido as lascas do sílex, e esses eram o núcleo; um núcleo pequeno, tão pequeno... Viraram-se para fora por todos os lados, com o deus alado erguido em seu meio; e quando rompíamos a muralha de seus escudos, outro passava pelo irmão caído e pronto: a muralha de escudos ficava tão inteira quanto antes. Conseguimos finalmente derrubá-los; mas eles levaram consigo uma boa escolta de guerreiros nossos. Fomos derrubando-os até que sobrou apenas um nó, tantos quanto os dedos das minhas duas mãos, e seu deus alado ainda no meio. Eu, Tradui, matei, atirando minha última lança, o sacerdote no comando, que portava o mastro; mas outro o tomou dele quando caiu, e o ergueu, de modo que o deus alado não tombou, e reuniu mais uma vez os poucos que sobravam. Era um chefe em meio aos outros, tinha o penacho mais alto, e sua capa era da cor escarlate dos guerreiros. Quisera ter sido eu a matá-lo, mas outro chegou antes de mim...

"Bem, foi o fim. Não haveria mais Penachos Vermelhos indo e vindo pelos nossos campos de caça. Deixamo-los para os corvos e lobos, e também para o pântano. A terra alagada engole depressa os vestígios do combate. Sim, e nós, os epidaii, trouxemos conosco o deus alado; e ele é nosso por direito, porque foram os guerreiros do nosso povo as primeiras lanças na matança. Mas depois houve muita chuva, os rios transbordaram, e num vau o guerreiro que levava o deus foi arrastado. Embora reencontrássemos o deus (três vidas ele nos cobrou para achá-lo), as asas, que não eram presas a seu corpo, mas encaixadas, foram-se embora, assim como as coroas brilhantes que pendiam do mastro, de modo que, quando o trouxemos para o Lugar da Vida, estava como o viu hoje à noite. Ainda assim, nós o oferecemos como tributo ao Chifrudo, e com certeza o Chifrudo ficou satisfeito, pois não foram boas nossas guerras desde então, e não engordaram os veados em nossas caçadas? E lhe digo outra coisa sobre o deus-Águia: é nosso agora, nosso, dos epidaii. Mas se chegar o dia em que voltaremos a nos levantar contra os Penachos Vermelhos, quando o Crantara cruzar Albu, chamando as tribos à guerra, o deus-Águia será como lança nas mãos de todas as tribos de Albu, e não somente dos epidaii.

Os olhos brilhantes finalmente se voltaram, inquisidores, para o rosto de Marcus.

— Era parecido com você, aquele chefe dos Penachos Vermelhos, era, sim. E você ainda diz que é grego. Não é estranho?

— Há muitos de sangue grego entre os Penachos Vermelhos — disse Marcus.

— Então, pode ser. — O velho começou a mexer nas dobras do ombro da capa axadrezada que usava. — Eram guerreiros de verdade; e lhes deixamos suas armas, como se faz com os guerreiros... Mas daquele chefe tomei isso pela virtude dele, como se tira a presa do javali que é mais feroz e valente que os outros de sua raça; e desde então o uso. — Agora ele encontrara o que queria e tirou do pescoço uma tira de couro. — Não cabe em minha mão — acrescentou, quase irritado. — Talvez os Penachos Vermelhos tivessem mãos mais estreitas do que nós. Pegue e olhe.

Um anel pendia na ponta da tira de couro, faiscando de leve com fogo à luz das tochas. Marcus pegou-o e baixou a cabeça para examiná-lo. Era um pesado anel de sinete; e na esmeralda imperfeita que formava o engaste, estava gravado o emblema do golfinho de sua família. Segurou-o por um longo momento, segurou-o com muita delicadeza, como se fosse uma coisa viva, observando a luz das tochas brincar no âmago verde da pedra. Então, com um agradecimento negligente, devolveu-o à mão ansiosa do velho e voltou a atenção para os dançarinos. Mas os rodopios ferozes da dança estavam indistintos em sua vista, pois de repente, há doze anos ou mais, ele ergueu os olhos para um homem risonho e moreno que parecia assomar acima dele. Havia pombos regirando atrás da cabeça curvada do homem e, quando elevou a mão para esfregar a testa, o sol que embainhava de fogo as asas dos pombos bateu na esmeralda imperfeita do anel de sinete que usava.

Então, com descobertas demais para um dia só, Marcus estava cansado até o fundo da alma.

* * *

Na manhã seguinte, sentado ao ar livre, no alto de um morro onde não podiam ser ouvidos, Marcus explicou seus planos a Esca com o máximo cuidado.

Já dissera ao chefe que no dia seguinte precisava partir de volta para o Sul; e o chefe, e na verdade todo o *dun*, ficaram tristes de deixá-lo partir. Que ficasse até a primavera; talvez houvesse mais olhos doentes para serem tratados.

Mas Marcus ficara firme, dizendo que gostaria de voltar ao Sul antes que o inverno chegasse, e agora, com a grande reunião da Festa das Lanças Novas a se desfazer e cada um partindo em seu caminho, com certeza era a hora certa de ir embora também. A cordialidade dos homens da tribo não lhe provocou nenhuma sensação de culpa pelo que ia fazer. Tinham-no recebido e abrigado, a ele e a Esca, e em troca Esca caçara e pastoreara com eles, e Marcus cuidara dos olhos doentes com todo o talento que possuía. Assim, não havia dívidas de nenhum dos lados; nenhum espaço para culpa. Quanto à questão da Águia, eles eram o inimigo, um inimigo digno de seu aço. Gostava deles e respeitava-os; que ficassem com a Águia se fossem capazes.

Aquele último dia transcorreu muito tranquilamente. Depois de fazer planos e providenciar os preparativos necessários, Marcus e Esca sentaram-se ao sol, aparentemente sem fazer nada específico a não ser observar o voo delicado dos maçaricos-das-rochas acima das águas paradas da lagoa. Ao anoitecer, banharam-se; não os mergulhos e brincadeiras de sempre, por prazer, mas uma limpeza ritual, preparando-se para o que a noite traria. Marcus fez suas orações do pôr do sol a Mitras, Esca as fez a Lugh, a Lança Brilhante; mas ambos eram deuses do Sol, deuses da Luz, e seus seguidores conheciam as mesmas armas contra as trevas. Assim, purificaram-se para a luta, e comeram o mínimo possível na refeição noturna, para que o estômago cheio não lhes embotasse o espírito.

Quando chegou a hora de dormir, deitaram-se, como de costume, com Tradui, os cães e Liathan na cabana grande no lugar mais perto da porta, como era também seu hábito, pois sempre acharam que chegaria a hora em que gostariam de sair em silêncio à noite. Bem depois que os outros já tinham

adormecido, Marcus continuou a observar as brasas vermelhas do fogo, com todos os nervos do corpo tensos como a
corda de um arco puxada ao máximo. A seu lado, ouvia Esca
respirando regular e tranquilamente, como sempre fazia ao
dormir. Mas era Esca, com o instinto do caçador para a passagem da noite, que sabia quando era meia-noite, a hora em que
os sacerdotes fariam a oferenda noturna e o Lugar da Vida ficaria novamente deserto; e avisou Marcus com um toque.

Levantaram-se em silêncio e escapuliram da cabana. Os
cães não deram o alarme, pois estavam acostumados a idas e
vindas noturnas. Marcus deixou a cortina de couro da porta
cair em silêncio atrás dele e partiram para a entrada próxima. Não tiveram dificuldade para sair porque, com o *dun*
cheio de hóspedes e tantos membros da tribo acampados do
lado de fora, os espinheiros que costumavam bloquear a entrada à noite não tinham sido colocados. Contavam com isso.

Afastando-se das fogueiras, dos homens adormecidos e
das coisas familiares desse mundo, partiram morro acima, e
a noite os envolveu. Era uma noite muito pacata, com uma
leve neblina de trovoada cobrindo as estrelas, e uma ou duas
vezes, enquanto caminhavam, um piscar de relâmpago de verão dançou pelo céu. A lua já se pusera há tempos e, na escuridão e na quietude taciturna, as montanhas pareciam estar mais
perto do que durante o dia; e, quando desceram para o vale
do Lugar da Vida, o negrume subiu em volta deles como água.

Esca guiara-os de cabeça até o vale atrás do Lugar da Vida,
onde a turfa seca ao sol não faria barulho ao passarem nem
deixaria rastros depois. Mas em certo ponto as urzes desciam
até quase o pé das pedras eretas, e ele curvou-se, arrancou
delas um ramo comprido e prendeu-o na correia da cintura.

Chegaram à parte mais baixa do templo e lá ficaram pelo que pareceu ser muito tempo, à escuta de algum som; mas o silêncio era como lã em seus ouvidos; nem um pio de pássaro, até o mar estava silencioso naquela noite. Nenhum som no mundo, a não ser o bater apressado de seus corações. Passaram pelas pedras verticais e pararam no terreiro pavimentado.

A massa preta do túmulo se elevava acima deles, a crista de espinheiros erguida contra as estrelas veladas. As ombreiras e a verga enormes de granito eram de uma leve palidez contra a turfa circundante, e incharam-se diante deles quando caminharam em sua direção. Estavam na soleira.

Marcus disse, baixinho mas com bastante clareza, "Em nome da Luz", e, tateando a borda da cortina de pele de foca, ergueu-a. Com isso os discos de bronze chocaram-se e tilintaram levemente. Mergulhou sob a verga baixa, com Esca atrás, e a cortina voltou ao seu lugar. As trevas negras pareciam apertar-se contra seus olhos, contra seu corpo inteiro, e, com a escuridão, o ar do lugar — que não era exatamente ruim, mas horrivelmente pessoal. Durante milhares de anos, esse lugar fora o centro da adoração das trevas, e era como se lhe tivessem dado uma personalidade viva e própria. Marcus sentiu que, a qualquer momento, o ouviria respirar, lenta e firmemente, como um animal à espera. Por um instante, o pânico subiu em sua garganta e, quando se forçou a relaxar, percebeu um farfalhar e um leve brilho quando Esca tirou de sob a capa o pequeno braseiro e a pederneira que tinham trazido. No instante seguinte, uma língua de fogo minúscula saltou, reduziu-se a uma fagulha e ergueu-se de novo quando o chumaço na bola de cera pegou fogo. O rosto baixo de Esca surgiu de repente na escuridão, enquanto cuidava da pequena chama. Quando ela se firmou, Marcus viu que estavam numa passagem cujas paredes, assoalho e teto eram grandes lajes de pedra. Até onde ia não era possível adivinhar, pois a luzinha não conseguia encontrar seu fim. Ele estendeu a mão para a luz. Esca entregou-a e Marcus, segurando-a no alto, foi em frente, abrindo o caminho. A passagem era estreita demais para os dois andarem lado a lado.

Cem passos adiante, com a escuridão a abrir-se de má vontade diante deles, amontoando-se faminta atrás, chegaram ao limiar do que devia ter sido, antigamente, a câmara mortuária. Ali viram, bem perto, à sua frente, no piso levemente erguido da entrada, uma taça de âmbar, rasa e lindamente trabalhada, cheia até a borda com algo de brilho escuro, vermelho e grudento à luz da pequena lâmpada. Sangue de veado, talvez, ou de um galo preto. Mais além, tudo era sombra, mas quando Marcus avançou com a luz e passou pela oferenda da meia-noite, as sombras recuaram e ele viu que estavam numa ampla câmara circular, cujas paredes de pedra subiam além da luz da vela e pareciam unir-se bem lá no alto num tipo de cúpula. Dois nichos, um de cada lado da câmara, estavam vazios, mas havia um terceiro na parede do outro lado, oposta à entrada. Nele, também longe demais para que alguma fagulha de luz iluminasse suas penas douradas, havia algo meio torto e mais escuro encostado às pedras; com toda a certeza, era a Águia da Nona Legião.

Fora isso, o lugar estava vazio, o que parecia aumentar cem vezes a ameaça. Marcus não sabia o que esperara encontrar ali, mas não esperara não encontrar nada — absolutamente nada, a não ser que, no centro exato do chão, havia um grande anel que parecia ser de jadeíta branca, a um ou dois pés de distância, e uma cabeça de machado do mesmo material arrumada de forma maravilhosa de modo que um canto da lâmina sobrepunha-se bem de leve ao anel.

E era só.

A mão de Esca pousou-lhe no braço e a voz do amigo murmurou-lhe com urgência junto ao ouvido:

— É magia forte! Não toque!

Marcus balançou a cabeça. Não ia tocar em nada.

Contornaram a instalação e chegaram ao nicho da outra parede. Sim, era mesmo a Águia.

— Pegue a luz — sussurrou Marcus.

Ele a ergueu do seu lugar, percebendo, ao fazê-lo, que a última mão romana a tocar o mastro manchado e gasto fora a de seu pai. Um vínculo potente e estranho cruzou os anos, e ele o segurou como um talismã, e começou a soltar a Águia de seu mastro.

— Segure a luz assim... um pouco mais alto. Está bom, segure aí.

Esca obedeceu, firmando o mastro com a mão livre para que Marcus pudesse usar as duas mãos para trabalhar. Seria mais fácil se tivessem deitado tudo no chão e ajoelhado por cima, mas os dois sentiam que tinham de ficar de pé, que ajoelhar os deixaria em desvantagem diante do Desconhecido. A luz caiu sobre a cabeça dos quatro delgados pinos de bronze que passavam pelas garras da Águia, prendendo-a ao mastro através dos raios cruzados. Deveriam sair com facilidade, mas tinham-se corroído dentro dos furos e, depois de tentar por alguns momentos movê-los com os dedos, Marcus puxou a adaga e começou a usá-la como alavanca. Cederam, embora devagar. Isso levaria algum tempo, logo ali, naquele lugar horrível, com aquela sensação de que algo estava pronto para atacar a qualquer momento. O primeiro pino saiu; ele o enfiou no cinto e começou a trabalhar no segundo. O pânico começou mais uma vez a lhe subir do estômago num lamento, e mais uma vez ele se forçou a respirar fundo. Não adiantava ter pressa; se começasse a se apressar, nunca tiraria aqueles pinos. Por um instante, entreteve na mente a ideia de levar o estandarte inteiro para fora, encontrar algum esconderijo em meio à urze e fazer o serviço ao ar livre. Mas o serviço teria de ser feito, pois o estandarte como um todo era grande demais para esconderem no lugar que tinham em mente. O tempo era limitado e não seria possível trabalhar depressa sem luz, embora ela, em qualquer lugar lá fora, pudesse traí-los, por mais cuidado que tivessem ao cobri-la. Não, aquele era o único lugar onde estariam em segurança, sem interrupções (pois, a menos que algo desse errado, os sacerdotes só voltariam na meia-noite seguinte) — quer dizer, sem interrupções humanas.

Marcus começou a sentir que não conseguia respirar.

— Calma — disse a si mesmo. — Respire com calma; não se apresse. — O segundo pino saiu e ele o enfiou no cinto, junto com o outro, e quando Esca girou o mastro, começou a trabalhar no terceiro. Este saiu mais facilmente, e mal começara a trabalhar no quarto e último pino quando lhe pareceu que não conseguia ver com tanta clareza quanto há alguns instantes. Ergueu os olhos e viu o rosto de Esca brilhando de suor na luz vertical da candeia; mas não parecia que a candeia dava menos luz do que antes? Enquanto olhava, a chama minúscula começou a afundar e a escuridão veio avançando.

Podia ser apenas o ar viciado ou algum defeito no pavio — ou não. Disse, com urgência:

— Pense na Luz! Esca, *pense na Luz*! — E, enquanto falava, a chama afundou numa fagulha azul. A seu lado, ouviu a respiração de Esca assoviar pelas narinas dilatadas; seu próprio coração começara a disparar e ele sentiu não só os muitos dedos das trevas, mas também as paredes e o teto fechando-se sobre ele, sufocando-o como se uma mão suave e fria pressionasse seu nariz e sua boca. Teve a convicção súbita e horrenda de que não havia mais uma passagem reta e uma cortina de couro entre eles e o mundo exterior; que era somente a montanha de terra amontoada bem alta acima deles, sem saída. Sem saída! A escuridão esticou-se para tocá-lo suavemente. Ele se firmou bem reto contra as pedras frias, concentrando a força de vontade para forçar as paredes a recuar e combater a sensação ruim de sufocação. Fazia o que mandara Esca fazer; pensava na Luz com toda a força que havia nele, de modo que, em sua mente, o lugar ficou cheio dela: luz forte e clara fluindo por todos os recessos. De repente, recordou a onda de luz do pôr do sol em sua alcova, em Calleva, naquela noite em que Esca, Filhote e Cótia foram até ele quando estava em desespero. Chamou-a agora, como água dourada, como um toque de trombeta, a Luz de Mitras. Lançou-a contra a escuridão, forçando-a para trás... para trás... para trás.

Por quanto tempo ficou assim, nunca soube, até que viu a fagulha azul fortalecer-se aos poucos, diminuir um pouco e depois erguer-se de repente numa pequena chama clara. Talvez fosse só uma falha no pavio... Marcus percebeu que estava respirando em haustos trêmulos e que o suor lhe escorria pelo rosto e pelo peito. Olhou Esca, que lhe devolveu o olhar; ambos em silêncio. Então recomeçou a trabalhar no quarto pino. Foi o mais difícil de todos, mas finalmente cedeu; e a Águia e os raios soltaram-se em suas mãos. Ele os ergueu com uma inspiração longa e abalada e embainhou a adaga. Agora que estava feito, queria jogar longe o mastro e sair correndo para o ar livre, mas controlou-se, tomou de Esca o mastro e o devolveu ao lugar no nicho; deitou os raios e os quatro pinos de bronze no chão, a seu lado; e finalmente virou-se para sair, levando a Águia debaixo do braço.

Esca tirara do cinto o ramo de urze e, ainda levando a candeia, seguiu-o, movendo-se de costas para varrer quaisquer rastros reconhecíveis que pudessem ter deixado no pó. Marcus sabia que seus rastros eram facílimos de reconhecer, porque, por mais que tentasse evitar, puxava um pouco da perna direita.

O caminho até o outro lado da câmara mortuária pareceu muito longo e a todo instante Esca dava uma olhadela apressada para o anel e a lâmina do machado, como se fossem uma serpente prestes a atacar. Mas finalmente chegaram à passagem de entrada e começaram a segui-la, com Esca ainda apagando os rastros. Marcus movia-se de lado pela parede, guardando suas costas e as do amigo. A figura agachada de Esca cobria quase toda a luz da candeia que levava, a não ser onde caía nas lajes empoeiradas e no ramo tremulante de urze, e a sombra de Marcus engolia o caminho, de modo que cada passo que dava era à beira da escuridão. A passagem parecia muito mais comprida do que quando a seguiram para entrar; tão comprida que cresceu em Marcus o pesadelo de que haveria duas passagens e que teriam escolhido a errada, ou que a passagem única, depois que entraram, deixara de ter fim.

Mas o fim ainda estava lá. De repente, a sombra gigantesca de Esca atingiu a cortina de pele de foca e eles a alcançaram.

— Prepare-se para apagar a luz — disse Marcus.

Esca olhou em volta sem dizer nada. A mão de Marcus estava na cortina quando mergulharam na escuridão. Ele a puxou devagar, com infinito cuidado, olhos e ouvidos atentos ao menor sinal de perigo, e os dois passaram por sob a verga. Deixou a cortina cair de volta atrás de si e ficou com a mão no ombro de Esca, inspirando em grandes haustos o ar limpo da noite, com seu aroma de murta-do-pântano e o gosto salgado do mar, e fitando as estrelas veladas. Pareceu-lhe que estavam há muitas horas no escuro; mas as estrelas só tinham se movido um pouquinho em sua trajetória desde que as vira da última vez. Os relâmpagos de verão ainda piscavam pelos morros. Percebeu que Esca tremia da cabeça aos pés, como um cavalo que fareja fogo, e apertou a mão no ombro do amigo.

— Saímos — disse. — Passamos. Acabou. Firme, lobo velho.

Esca respondeu-lhe com um sopro de riso trêmulo.

— É que quero vomitar.

— Eu também — disse Marcus. — Mas agora não temos tempo. Aqui não é lugar para esperarmos até sermos descobertos pelos sacerdotes. Venha.

Em instantes, depois de cruzar de novo os morros e fazer um grande meio círculo em volta do *dun* e do acampamento, saíram da floresta íngreme e chegaram à margem desolada da lagoa, num ponto em que uma restinga de turfa áspera com grandes pedras entrelaçadas de amieiros projetava-se da praia de cascalho cinzento. Pouco acima da praia, pararam e Esca despiu-se rapidamente.

— Agora, me dê a Águia.

Ele a tomou, segurando-a com reverência, embora a Águia nada tivesse a ver com ele, e um instante depois Marcus ficou sozinho. Manteve-se de pé, com uma das mãos apoiadas num galho baixo de sorveira, e observou a mancha pálida que era o corpo de Esca se esgueirar sob as moitas de amieiros e sair na ponta de terra lá embaixo. Houve um suave barulho de água, como se fosse um peixe saltando, e depois, silêncio; somente a água batendo na margem solitária. Depois, o murmúrio leve de um trovão muito longe, e um pássaro noturno gritou assustador no silêncio pesado. Por um tempo que pareceu bem longo, esperou, forçando os olhos na escuridão; e, de repente, uma mancha pálida moveu-se de novo na restinga e, dali a instantes, Esca estava outra vez a seu lado, torcendo a água do cabelo.

— E...? — murmurou Marcus.

— Coube no lugar sob a margem como uma noz em sua casca — disse Esca. — Podem procurar até o lago secar e nunca achá-la; mas eu saberei o lugar quando voltar.

O próximo perigo seria sua ausência ter sido notada; mas, quando voltaram ao *dun* e passaram sem ser vistos pela entrada, tudo estava tranquilo. E chegaram bem na hora. O céu ainda estava negro — mais do que quando tinham partido, pois a nuvem se engrossara, cobrindo as estrelas. Mas o cheiro da primavera do dia estava no ar, inconfundível como aquele outro cheiro de trovão. Esgueiraram-se pela porta da cabana. Na escuridão, somente as brasas do fogo brilhavam como joias vermelhas, e nada se movia. Então, um cachorro grunhiu, meio adormecido, de olhos esverdeados no escuro, e houve um movimento súbito e um murmúrio indagador e igualmente sonolento de Liathan, deixado mais perto da porta.

— Sou eu — disse Marcus. — Vipsânia está inquieta; é o trovão no ar. Isso sempre a perturba.

Deitou-se. Esca também deitou-se, enrolado perto do fogo, para não ter de explicar o cabelo molhado pela manhã. O silêncio caiu de novo sobre a cabana adormecida.

XVI

O BROCHE-ANEL

Algumas horas depois, Marcus e Esca saíram do *dun* e partiram, cavalgando por um mundo que estava recém-lavado e com cores tão ricas quanto um cacho de uvas roxas, depois da tempestade que finalmente caíra ao amanhecer. A princípio seguiram para o Sul, contornando a margem da lagoa até embaixo, e depois para nordeste, por um caminho de pastores pelas montanhas que os levou, ao anoitecer, até a margem de outra lagoa, um longo braço de mar dessa vez, barulhento com os gritos dos pássaros marinhos. Naquela noite, dormiram numa aldeia que não passava de um aglomerado de cabanas de turfa agarradas à margem estreita entre as montanhas e a água cinzenta e, na manhã seguinte, partiram de novo para a cabeça da lagoa, onde havia uma aldeia pela qual já tinham passado.

Durante o dia todo, cavalgaram com tranquilidade, parando várias vezes para descansar os cavalos. Marcus estava ansioso para sair dessa terra de braços de mar, pela qual era preciso ziguezaguear como uma narceja, na qual era tão fácil prender-se e embaraçar-se, mas não adiantava afastar-se demais do Lugar da Vida antes da jogada seguinte. A perda da

Águia teria sido descoberta à meia-noite, quando o sacerdote fosse renovar a oferenda, e as suspeitas, embora se espalhassem por todos que não eram da tribo e que tinham se reunido para a Festa das Lanças Novas, com certeza recairiam com mais força sobre ele e Esca. Assim, a tribo teria se levantado atrás deles já há bastante tempo. Sabendo o caminho que tinham tomado, Marcus calculava que os perseguidores os alcançariam pouco depois do meio-dia, caso cruzassem a lagoa de barco e conseguissem pôneis na margem mais próxima, como sem dúvida fariam. Mas se esquecera de levar em conta a dificuldade dos poucos desfiladeiros das montanhas e já era bem mais tarde do que esperara quando, finalmente, seus ouvidos perceberam a batucada leve dos cascos sem ferradura ainda bem afastados. Olhando para trás, viu uma meada desfeita de seis ou sete cavaleiros descendo a toda um vale íngreme na direção deles. Soltou um suspiro quase de alívio, pois esperar por eles fora causa de muito nervosismo.

— Lá vêm eles, finalmente — disse a Esca; depois, quando um grito distante ecoou pela encosta do morro: — Veja como uivam os cães.

Esca riu baixinho, os olhos brilhantes com a empolgação do perigo.

— Vamos! Vamos! — encorajou-os baixinho. — Continuamos ou paramos para esperá-los?

— Paramos para esperá-los — decidiu Marcus. — Saberão que já os vimos.

Fizeram as éguas dar meia-volta e ficaram à espera, enquanto o emaranhado de cavaleiros enlouquecidos voava em sua direção, os pôneis com o passo tão seguro quanto cabras em meio às pedras do vale íngreme.

— Por Mitras! Que cavalaria formariam! — disse Marcus, observando-os.

Vipsânia estava inquieta; remexia-se e dava passos para o lado, bufando pelo focinho, as orelhas em pé para a frente, e ele lhe deu tapinhas tranquilizadores no pescoço. Os nativos já tinham alcançado o terreno plano e fizeram uma longa curva em torno da lagoa. Momentos depois, alcançaram os dois que os aguardavam e, puxando as rédeas dos pôneis a todo galope, apearam.

Marcus olhou-os de cima quando o cercaram, sete guerreiros da tribo, Dergdian e os irmãos entre eles. Fitou os rostos mal-encarados, as lanças de guerra que levavam e mostrou-se perplexo e curioso.

— Dergdian? Liathan? O que querem de mim, com tanta pressa?

— Você sabe muito bem o que queremos — disse Dergdian. O rosto dele parecia de pedra, e a mão segurava com força a haste da lança.

— Temo não saber — disse Marcus, com irritação crescente na voz, fingindo não notar que dois deles, deixando as próprias montarias à espera, tinham ido até a cabeça de Vipsânia e Mina. — Você vai ter de me contar.

— Sim, vamos contar — interrompeu um caçador mais velho. — Viemos buscar o deus alado; e sangue também, para lavar o insulto que lançou sobre nós e sobre os deuses da nossa tribo.

Os outros começaram um clamor de ameaça, aproximando-se dos dois, que àquela altura também já tinham apeado. Marcus encarou-os com um franzir de perplexidade entre as sobrancelhas negras.

— O deus alado? — repetiu. — O deus-Águia que vimos na Festa das Lanças Novas? Ora, vocês... — Ele finalmente pareceu entender. — Quer dizer que o perderam?

— Queremos dizer que foi roubado e viemos tirá-lo daqueles que nos roubaram — disse Dergdian com muita suavidade que foi para Marcus como um dedo frio passando, de leve, pela sua coluna.

Ele encarou o rosto do outro, os olhos arregalando-se devagar.

— E quer dizer que fui eu quem o roubou? — disse ele e depois fitou a todos. — Para que, em nome do Trovejador, eu quereria uma Águia romana sem asas?

— Você deve ter suas razões — disse o chefe, com a mesma voz suave.

— Não consigo imaginar nenhuma.

Os nativos estavam ficando impacientes; escutaram-se gritos de "Mate-o! mate-o!". E se aproximaram mais de Marcus; rostos ferozes, escurecidos pela raiva, aproximaram-se de sua face e brandiram uma lança diante de seus olhos.

— Matem os ladrões! Já falamos demais!

Assustada com o grupo enfurecido, Vipsânia se agitava para os lados, mostrando o branco dos olhos, e Mina guinchou, empinando-se ao tentar soltar-se do homem que a segurava, e foi forçada a descer por um golpe entre as orelhas.

Marcus elevou a voz acima do tumulto.

— É costume do povo da foca perseguir e matar os que foram seus hóspedes? Bem fazem os romanos, que chamam de bárbaros os homens do Norte.

A gritaria reduziu-se a um murmúrio enfezado e ameaçador e ele continuou com voz mais baixa.

— Se têm tanta certeza assim de que roubamos o deus dos Penachos Vermelhos, basta revistarem nossa bagagem e com certeza o encontrarão. Podem procurar.

O murmúrio ficou mais feroz e Liathan já se virara para a égua de Esca, estendendo a mão para o fecho do embrulho. Marcus, de má vontade, pôs-se de lado e lá ficou, observando. A mão de Esca se apertou por um instante na haste da lança, como se desejasse usá-la; depois, deu de ombros e foi para o lado de Marcus. Juntos, viram suas poucas posses serem espalhadas no capim: duas capas, uma panela, algumas tiras de carne defumada de veado jogadas longe com pressa e falta de educação. A tampa da caixa de bronze dos remédios foi aberta e um dos caçadores começou a vasculhá-la como um cãozinho procura um rato. Marcus disse baixinho ao chefe, que estava em pé a seu lado, de braços cruzados, também observando:

— Aposto que seus cães seriam menos rudes com as ferramentas do meu ofício. Pode ser que ainda haja olhos doentes em Albu, embora os do seu filhinho estejam bem.

Dergdian corou com o lembrete e lançou-lhe uma olhadela de esguelha, com vergonha quase mal-humorada; depois disse bruscamente ao homem que vasculhava os unguentos:

— Calma, seu idiota, não há necessidade de quebrar os bastões de remédio.

O homem grunhiu, mas manejou as coisas com mais cuidado a partir de então. Enquanto isso, os outros tinham desdobrado e sacudido as peles de ovelha e quase arrancado o broche-anel de bronze de uma capa violeta com o manuseio violento.

— Satisfeitos agora? — perguntou Marcus, quando tudo foi virado pelo avesso e os nativos ali ficaram, perplexos e de mãos vazias, fitando o caos que tinham criado. — Ou querem nos revistar até a pele? — Ergueu os braços e os olhos dos outros fitaram-nos, a ele e a Esca. Era perfeitamente óbvio que não podiam ter escondido no corpo nada que tivesse um décimo do tamanho e do peso da Águia.

O chefe sacudiu a cabeça.

— Parece que teremos de lançar nossa rede mais longe.

Marcus conhecia todos os nativos, pelo menos de vista; pareciam perplexos, tristonhos, um pouco envergonhados, e acharam difícil fitar-lhe os olhos. Com um gesto do chefe, começaram a reunir os objetos espalhados e embrulhá-los, com a capa rasgada e o broche-anel pendurado, no pano que antes os envolvia. Liathan curvou-se sobre a caixa de remédios estripada, ergueu os olhos para Marcus e depois afastou-os de novo.

Tinham pecado contra suas próprias leis de hospitalidade. Perseguiram dois homens que haviam sido seus hóspedes e, no fim das contas, não encontraram o deus alado.

— Voltem conosco — disse o chefe. — Voltem conosco, para que nossa casa não se envergonhe.

Marcus fez que não com a cabeça.

— Queremos chegar ao Sul antes que o ano termine. Vá e lance mais longe sua rede, para pegar esse seu deus alado sem asas. Nós nos lembraremos, Esca e eu, que fomos seus hóspedes. — Sorriu. — O resto, já esquecemos. Boas caçadas para vocês pelas trilhas neste inverno.

Quando os nativos assoviaram para chamar os pôneis, que tinham ficado o tempo todo parados ali, perto com as rédeas sobre a cabeça, e, montando, partiram por onde tinham vindo, Marcus ficou imóvel. Observava as manchas que sumiam ao subir o vale, com estranho arrependimento, enquanto a mão, mecanicamente, tranquilizava e acariciava a égua zangada.

— Gostaria que a Águia ainda estivesse no lugar de onde a tiramos? — perguntou Esca.

Marcus ainda observava as manchinhas cada vez menores, já quase fora de vista.

— Não — respondeu. — Se ainda estivesse no lugar de onde a tiramos, ainda seria um perigo para a fronteira, um perigo para outras legiões. Além disso, é a Águia de meu pai, e não deles. Que fiquem com ela, se puderem. Só que meu coração preferiria não ter envergonhado dessa maneira Dergdian e seus irmãos de espada.

Examinaram a bagagem, apertaram as barrigueiras dos cavalos e foram em frente.

Então, a lagoa começou a se estreitar e as montanhas a se aproximar, erguendo-se quase diretamente da beira d'água; e, finalmente, avistaram a aldeia, o aglomerado distante de cabanas de turfa no alto do lago, com gado pastando no vale íngreme lá atrás, e a fumaça azul e reta das fogueiras das cozinhas a se elevar pálida contra os marrons e roxos sombrios das montanhas que se erguiam acima deles.

— Já é hora de adoecer com febre — disse Esca e, sem mais delongas, começou a balançar de um lado para o outro, os olhos semicerrados. — Minha cabeça — gemeu. — Minha cabeça está em fogo.

Marcus estendeu a mão e tomou-lhe as rédeas.

— Deite-se um pouco mais para a frente e balance um pouco menos; não se esqueça, foi a febre e não o hidromel que acendeu o fogo — ordenou, começando a levar junto do seu o cavalo do outro.

A costumeira multidão de homens e mulheres, crianças e meninos se reuniu para recebê-los quando entraram na aldeia e, por toda parte, as pessoas gritavam-lhes saudações, felizes, com seu jeito reservado, de vê-los de volta. Com Esca caído sobre o pescoço de Mina, a seu lado, Marcus foi até o velho chefe, saudou-o com a devida cortesia e explicou que seu ajudante estava doente e precisava descansar alguns dias, dois ou três no máximo. Era uma doença antiga, que voltava de vez em quando, e que não duraria, caso recebesse o tratamento adequado.

O chefe respondeu que eram bem-vindos para dividir sua fogueira, como tinham feito quando passaram por ali na ida. Ao ouvir isso, Marcus balançou a cabeça.

— Dê-nos um lugar só para nós; não importa que seja desconfortável, desde que nos proteja do mau tempo. Mas que seja o mais longe possível de suas moradas. Essa doença do meu ajudante é causada por demônios em suas entranhas, e para expulsá-los preciso usar magia forte. — Ele parou e olhou em volta os rostos curiosos. — Nada disso causará mal à aldeia, mas não pode ser presenciado com segurança por quem não tiver os sinais de proteção. É por isso que temos de nos abrigar longe das outras moradias.

Eles se entreolharam.

— É sempre perigoso espiar coisas proibidas — disse uma mulher, aceitando a história sem surpresa. Não havia como recusar-lhes abrigo; Marcus conhecia as leis das tribos. Eles discutiram rapidamente o assunto entre si e, finalmente, decidiram que o estábulo de Conn, que não estava em uso, seria o melhor lugar.

O estábulo de Conn era uma cabana de turfa como as outras, exatamente igual às moradas, só que não tão escavada abaixo do nível do solo e sem lareira no meio do chão de terra batida. Ficava bem distante do círculo principal, com a porta num ângulo que permitiria entrar e sair sem ser muito visível para quem estivesse entre as cabanas. Até aí, tudo bem.

Os aldeões, sentindo, talvez, que era melhor tratar bem quem podia expulsar demônios, fizeram o máximo pelos dois estranhos que voltavam; e, até o crepúsculo, as éguas tinham sido abrigadas, samambaias frescas empilhadas na cabana para que dormissem, com um velho tapete de couro pendurado na porta; e as mulheres trouxeram carne de javali assada para Marcus e leite de ovelha morno para Esca, deitado na pilha de plantas, gemendo e balbuciando de forma bem realista.

Mais tarde, com a pele de gamo fechando a porta e os aldeões agrupados junto a suas lareiras com o rosto e os pensamentos cuidadosamente voltados para longe do abrigo lá fora e da magia que estaria acontecendo por lá, Marcus e Esca entreolharam-se à luz fraca do pavio flutuante de capim numa vasilha de óleo de foca rançoso. Esca comera a maior parte da carne, pois precisaria mais dela; agora, com algumas tiras de carne de veado defumada no meio de uma capa enrolada, preparou-se para partir.

No último instante, Marcus disse, selvagemente:

— Ah, maldita seja essa minha perna! Eu é que deveria voltar, e não você.

O outro balançou a cabeça.

— Essa sua perna não faz a mínima diferença. Se fosse tão boa quanto a minha, ainda seria melhor, mais rápido e mais seguro que eu fosse. Você não conseguiria sair deste lugar e voltar a ele no escuro sem acordar os cães; eu consigo. Você não encontraria seu caminho por desfiladeiros que só atravessamos uma vez. É trabalho para um caçador, que tenha nascido e sido criado como caçador, não para um soldado que aprendeu um pouco a andar pela floresta. — Ele estendeu a mão para a pequena lâmpada fedorenta pendurada na viga do telhado e apagou-a.

Marcus afastou uma dobra do couro e espiou a escuridão suave das montanhas. Mais longe, à direita, um vislumbre de ouro solitário brilhava pela fissura da cortina de couro de uma porta distante. A lua estava atrás das montanhas e as águas do lago eram de uma escuridão um pouco menor, sem fagulha nem brilho.

— Tudo tranquilo — disse ele. — Tem certeza de que consegue encontrar o caminho?

— Tenho.

— Boa caçada, então, Esca.

Uma sombra escura passou por ele e sumiu na noite. E Marcus ficou sozinho.

Ele ficou algum tempo em pé na entrada da cabana, os ouvidos atentos a qualquer som que quebrasse o silêncio das montanhas; mas só escutou o sussurro da água que caía onde o riacho veloz borbotava na lagoa e, muito tempo depois, o balido de um veado macho. Quando teve certeza de que Esca conseguira escapulir, deixou cair o tapete. Não reacendeu a lâmpada, e ficou muito tempo na pilha de samambaias, no breu das trevas, com os braços sobre os joelhos, pensando.

Seu único conforto era a certeza de que, se Esca tivesse dificuldades, logo, logo ele também as teria.

Durante três noites e dois dias Marcus ficou de guarda na cabana vazia. Duas vezes por dia, uma das mulheres, com o rosto virado para o outro lado, trazia carne assada e leite fresco de ovelha, às vezes arenques, uma vez um favo de mel selvagem, e deixava tudo sobre uma pedra plana a pequena distância, e Marcus os recolhia e mais tarde devolvia as vasilhas. Depois do primeiro dia, ficaram apenas mulheres e crianças na aldeia; evidentemente, os homens foram atender a algum chamado do *dun*. Pensou em fazer barulhos para serem ouvidos pela aldeia, mas decidiu que o silêncio provavelmente seria mais eficaz. Assim, exceto por alguns murmúrios e gemidos quando achava que havia alguém perto o bastante para ouvir, só um pouquinho para que pensassem que havia duas pessoas na cabana, ficou em silêncio. Dormia quando conseguia, mas não ousava dormir muito, de medo que surgissem problemas repentinos quando não estivesse atento. A maior parte do tempo, de dia ou à noite, passou sentado na cabana, junto à porta, observando por uma fresta do couro as águas cinzentas da lagoa e a encosta íngreme e cheia de rochedos das montanhas, que se elevavam tão alto acima dele que era preciso virar bem a cabeça para trás para ver a crista denteada onde farrapos de neblina percorriam os picos e os altos desfiladeiros.

O outono chegara às montanhas quase do dia para a noite, pensou. Alguns dias atrás, o verão ainda se demorava, embora a urze já tivesse florido e os frutinhos flamejantes da sorveira estivessem sumidos há tempos. Mas agora era a época da queda das folhas; podia-se sentir o cheiro no vento, as árvores do vale se desnudaram, e o clamoroso riachinho ficou dourado com as folhas amarelas das bétulas.

Um pouco depois que a lua se pôs na terceira noite, sem aviso, uma mão passou pelo couro da entrada e, ao retesar-se na escuridão fechada, Marcus ouviu um leve fantasma de assovio: o assovio interrompido, de duas notas, que sempre usara para chamar Filhote. Uma onda súbita de alívio o percorreu e ele repetiu o assovio. O couro foi afastado e uma forma negra passou por ele.

— Tudo bem? — sussurrou Esca.

— Tudo bem — respondeu Marcus, batendo a pederneira para acender a lâmpada. — E com você? Como foi a caçada?

— A caçada foi boa — disse Esca, quando a chama pequenina saltou e se firmou, e curvou-se, pousando algo bem embrulhado na capa.

Marcus olhou o embrulho.

— Houve algum problema?

— Não, só que derrubei um pouco da margem quando saí com a Águia. Devia estar podre, acho, mas não há nada num desmoronamento de beira de lago que faça alguém parar para pensar. — Sentou-se, cansado. — Há algo para comer?

Marcus se acostumara a guardar cada refeição que lhe traziam e só comê-la quando chegava a seguinte, de modo a sempre ter comida à mão, guardada dentro da panela velha. Trouxe-a e sentou-se, com a mão descansando sobre o embrulho que tanto significava para ele, enquanto observava o outro comer e ouvia a história dos últimos três dias, contada aos poucos, em meio à mastigação.

Esca cruzara as montanhas sem muita dificuldade, mas quando chegou à Lagoa das Muitas Ilhas a aurora estava próxima e ele teve de passar o dia todo deitado na densa mata de aveleiras. Duas vezes, durante o dia, grupos de guerreiros tinham passado perto do seu esconderijo, levando barcos de couro, indo visivelmente para o *dun*, como ele, seguindo pelo caminho mais curto: cruzando a lagoa. Também portavam lanças de guerra. Assim que escureceu, partiu de novo para cruzar o lago a nado. Eram quase dois quilômetros até o lugar que escolhera, e essa travessia também não foi muito difícil. Ele conseguiu avançar, rumo à outra margem, até chegar à ponta de terra que marcava o lugar onde tinham escondido a Águia; encontrou-a e subiu em terra novamente, fazendo a margem desmoronar um pouco, e embrulhou-a na capa molhada que trouxera presa aos ombros. Então voltou por onde viera, o mais depressa possível, pois o *dun* se agitava como uma colmeia incomodada. Era certo que a tribo se reunia. Fora tudo muito fácil, quase fácil demais.

A voz de Esca foi ficando confusa perto do final da história. Estava esgotadíssimo e, assim que acabou de comer, esticou-se na pilha de samambaias e caiu no sono como um cão cansado depois de um dia de caçada.

No dia seguinte, antes que o sol se erguesse acima das montanhas, puseram-se a caminho de novo pois, embora no momento não fossem alvo de mais suspeitas, não era hora de demorar-se. A aldeia não demonstrou sinais de surpresa com a súbita recuperação de Esca; era presumível que, quando os demônios saíssem de suas entranhas, ele ficasse bom de novo. Deram aos viajantes mais da eterna carne defumada e um menino — um rapazinho moreno e selvagem, jovem demais para a reunião de guerreiros e, por isso, de mau humor —

para guiá-los pelo estágio seguinte da viagem, desejaram-lhes boa caçada e deixaram-nos partir.

Tiveram uma viagem extenuante; não havia margem do lago para seguir, somente um trecho íngreme para o norte, rumo ao coração das montanhas. E depois para leste, enquanto era possível seguir o curso, passaram por desfiladeiros estreitos entre precipícios profundos de pedra preta coberta de urzes, contornando grandes picos da montanha, atravessando escarpas nuas, à beira do que parecia ser o teto do mundo. Então, finalmente a terra levou-os de volta ao sul, na longa extensão em declive que terminava bem longe, nos charcos do Cluta. Ali o menino se separou deles, recusando-se a passar a noite em seu acampamento, e partiu de volta por onde viera, tão incansável quanto um gamo das montanhas entre os vales onde nascera.

Observaram-no ir embora tranquilo, sem pressa, no passo longo e saltitante do montanhista. Ele caminharia assim a noite toda e chegaria em casa antes do amanhecer sem ficar muito cansado. Marcus e Esca eram ambos homens dos morros, mas nunca conseguiriam fazer o mesmo, não entre aqueles penhascos e desfiladeiros. Deram as costas ao último vislumbre do Cruachan e partiram para o Sul, buscando terreno mais abrigado, pois mais uma vez havia tempestade no ar; não trovões, dessa vez, mas vento e chuva. Isso não influenciava em nada; apenas as brumas de outono importavam e, pelo menos, o vento as manteria longe. Antes disso, somente uma vez o clima significara tanto para Marcus: na manhã do ataque a Isca Dumnoniorum, quando a garoa impediu que o sinal de fumaça subisse.

No último rubor da tarde, chegaram às ruínas de uma torre, uma daquelas estranhas torres de pedra construídas por um povo esquecido, empoleirada, como o ninho de um falcão, bem na beira do mundo. Acamparam ali, na companhia de um esqueleto de lobo limpo pelos corvos.

Achando melhor não acender fogo, simplesmente amarraram as éguas, colheram samambaias para fazer os leitos e, depois de encher a panela com a água de um riacho da montanha, que descia saltitando por sua própria garganta estreita ali perto, sentaram-se encostados nas pedras esfarelentas da entrada para comer os pedaços rijos de carne-seca.

Marcus esticou-se, grato. Fora uma marcha extenuante; durante quase todo o dia tiveram de se esforçar e escalar, levando a pé Vipsânia e Mina. Sua perna manca doía horrivelmente, apesar da pronta ajuda que recebera de Esca. Era bom descansar.

A seus pés, a terra estendia-se para o Sul, serras e serras azuladas até a distância, onde, mil pés abaixo e talvez a dois dias de marcha, a antiga fronteira separava Valêntia da floresta selvagem. Bem abaixo deles, em meio a filas escuras de pinheiros, o braço norte de um grande lago refletia as chamas do pôr do sol; e Marcus recebeu-o como a um amigo conhecido, pois ele e Esca tinham seguido suas margens a caminho do Norte, há quase duas luas. Agora seria uma viagem reta, pensou, não teria mais que virar de um lado para o outro entre braços de mar e montanhas envoltas em brumas; ainda assim, tinha a estranha sensação supersticiosa de que tudo fora fácil demais — um estranho agouro de problemas futuros. E o pôr do sol parecia refletir seu estado de espírito. Um pôr do sol esplêndido; todo o céu a oeste em fogo e, bem lá em cima, rasgadas, nuvens apressadas pelo vento captavam a luz e transformavam-se em grandes asas de ouro, que mudavam para um escarlate ardente enquanto Marcus as observava. A luz ficava cada vez mais forte, até que o oeste virou uma fornalha cercada de nuvens roxas, e o mundo todo parecia brilhar. A encosta ereta da montanha do outro lado da lagoa ardia, púrpura como vinho derramado. Todo o pôr do sol era uma única grande ameaça de tempestade iminente; chuva, vento e talvez algo mais. De repente, pareceu a Marcus que o púrpura daquela crista distante da montanha não era vinho, mas sangue.

Sacudiu os ombros com impaciência, chamando-se de tolo. Estava cansado, assim como Esca e os cavalos, e havia uma tempestade a caminho. E só. Era bom que tivessem encontrado abrigo para passar a noite; com sorte, a tempestade cairia antes do amanhecer. Então lembrou-se de que ainda não olhara a Águia. Parecera melhor não fazê-lo na aldeia de onde tinham partido pela manhã, mas agora... Estava a seu lado e, num impulso rápido, pegou o embrulho e começou a desenrolá-lo. As dobras escuras da capa, enquanto as virava, assumiram uma cor mais brilhante com o pôr do sol, aquecendo-se do violeta para o roxo-púrpura imperial. A última dobra caiu e ele segurou a Águia nas mãos: fria, pesada, desgastada, ardendo num ouro-rubro com o sol poente.

— Euge! — disse baixinho, usando a palavra que teria dito para elogiar uma vitória na arena, e ergueu os olhos para Esca. — Foi uma boa caçada, irmão.

Mas de repente os olhos arregalados de Esca fixaram-se num canto da capa, caído em sua direção, e ele não respondeu; e Marcus, seguindo a direção do olhar, viu o pano daquele canto rasgado e esfarrapado.

— O broche-anel! — disse Esca. — O broche-anel!

Ainda segurando a Águia no colo, Marcus vasculhou apressadamente as dobras por todos os lados, mas sabia que era inútil. O broche estivera naquele canto. Com vivacidade cortante e súbita, agora que era tarde demais, recordou a cena à margem da lagoa, o rosto ameaçador dos nativos reunidos em volta, a bagagem derrubada no capim áspero, a capa com o broche pendurado e quase arrancado do tecido pelo manuseio furioso. Tolo que era, sumira completamente de sua lembrança; e parecia que de Esca também.

— Pode ter caído a qualquer momento, até mesmo quando você estava dentro d'água — disse.

— Não — respondeu Esca, devagar. — Ouvi quando bateu nos seixos, quando larguei a capa antes que mergulhasse para buscar a Águia. — Ele esfregou as costas da mão na testa, recordando-se. — Quando peguei a capa, ela se prendeu um instante numa raiz de amieiro; você sabe como os amieiros crescem bem na beira d'água. Agora me lembro, mas na hora mal percebi.

Ele baixou a mão e ficaram parados, encarando-se. O broche-anel era barato, de bronze, mas o desenho era incomum e os nativos deviam ter visto várias vezes Demetrius de Alexandria a usá-lo. Além disso, a julgar pelo estado do canto rasgado, provavelmente havia um retalho de pano violeta preso nele, para ajudá-los a recordar.

Marcus foi o primeiro a romper o silêncio.

— Se o descobrirem, saberão que um de nós voltou depois que revistaram nossa bagagem e só haveria uma razão para isso — Enquanto falava, começou a embrulhar metodicamente a Águia mais uma vez.

— Quando falarem com os guerreiros da aldeia de onde partimos hoje de manhã, saberão que fui eu que voltei — disse Esca apressado, e parou. — Não, não adianta, pois saberão que foi com seu conhecimento... Ouça, Marcus. Continue sozinho. Se pegar Vipsânia e partir agora, terá alguma chance. Eu cruzarei o caminho deles. Contarei a eles que brigamos pela posse da Águia; que lutamos lá embaixo, e que você se foi no lago, levando a Águia.

— E Vipsânia? — disse Marcus, as mãos ainda ocupadas com as dobras da capa. — E o que farão com você depois que lhes contar essa história?

— Vão me matar — disse Esca, simplesmente.

— Desculpe, mas acho que esse seu plano não presta — disse Marcus.

— Temos de levar em conta a Águia — insistiu Esca.

Marcus fez um gesto rápido de impaciência.

— A Águia não servirá de nada quando chegarmos em casa. Sei disso muito bem. Desde que não volte a cair nas mãos dos nativos para ser uma arma contra Roma, terá tanto valor num pântano da Caledônia quanto num monte de lixo romano. Se o pior vier a acontecer, encontraremos meios de nos livrar dela antes que nos alcancem.

— Parece estranho que você já não tivesse jogado no lago algo de tão pouco valor. Por que se preocupar em levá-la para o Sul?

Marcus já desdobrava as pernas; mas parou um instante, o olhar fixo no de Esca.

— Por causa de uma ideia — disse ele. Levantou-se com dificuldade. — Estamos nisso juntos e vamos sair disso juntos, ou não sairemos. Pode levar dias antes que o maldito broche seja encontrado, mas, ainda assim, quanto mais cedo chegarmos a Valência, melhor.

Esca também se levantou, sem nada dizer. Não havia mais nada a ser dito, disso ele sabia.

Marcus ergueu os olhos para as nuvens selvagens; nuvens apressadas, como pássaros empurrados pelo vento.

— Quanto tempo temos antes da tempestade?

O outro pareceu farejar o tempo.

— O bastante para chegar às margens do lago, pelo menos; haverá algum abrigo contra o vento lá nos pinheirais. Podemos avançar mais alguns quilômetros agora à noite.

XVII

A CAÇADA LOUCA

Duas manhãs depois, Marcus estava deitado numa concavidade dos morros da planície e olhou para baixo, pelas frondes divididas das samambaias. Os pântanos cinzentos e fulvos jaziam abaixo dele, erguendo-se até as alturas azuis de Valêntia, ao sul, e em sua planura volteava a prata do Cluta, espalhando-se para oeste em seu estuário: com Are-Cluta, antes cidade de fronteira e ainda lugar de reunião e feira para todas as tribos vizinhas, agachada dentro de baluartes de turfa na margem norte. Havia barcos de couro no rio, parecendo, àquela distância, minúsculas baratas-d'água; um ou dois barcos maiores com velas azuis enfunadas, ancorados abaixo do *dun*, de onde a fumaça dos fogos de muitas cozinhas se elevava para o céu alto e cinzento; um céu clemente depois do cansaço da ventania outonal, pensou Marcus, deitado a recordar-se dos últimos dois dias como se fosse um sonho louco.

A tempestade caíra sobre eles perto da meia-noite, o vento oeste enlouquecido a varrê-los montanha abaixo como uma coisa selvagem que quisesse destruí-los, a açoitar as águas da lagoa numa correria de ondas brancas, trazendo consigo a chuva amarga e sibilante para encharcá-los cada vez mais.

Tinham passado a maior parte da noite agachados com as duas éguas assustadas sob uma rocha íngreme e pendente, envoltos num torvelinho guinchante de vento, chuva e trevas. Quase ao amanhecer, a tempestade amainara um pouco e voltaram a avançar até bem depois do meio-dia, quando encontraram um oco abrigado sob as raízes de um pinheiro derrubado, amarraram as éguas e se esgueiraram debaixo da massa levantada de raízes arrancadas e dormiram. Quando acordaram, a noite já ia alta e a chuva caía suave diante do vento enfraquecido que soluçava e rugia pelos pinheiros, mas não os surrava mais como uma fera. Comeram o que restava da carne defumada e voltaram a avançar pela tempestade que morria, até que, na calma cansada da aurora, com os bosques molhados de carvalho despertando com a música dos tentilhões, pintarroxos e cambaxirras, pararam finalmente, ali nos morros baixos depois do Cluta.

Assim que a luz aumentou, Esca desceu até Are-Cluta para vender as éguas. A separação foi dura para todos, pois tinham passado a gostar uns dos outros, Marcus e Vipsânia, Esca e Mina, nos meses que passaram juntos; e as éguas perceberam perfeitamente bem que era o adeus. Uma pena que não pudessem ficar com elas, mas com a antiga marca de cavalaria na espádua eram facílimas de reconhecer, e não havia nada a fazer senão trocá-las por outros animais. Mas, pelo menos, certamente teriam bons donos, pois os nativos amavam seus cavalos e cães, e se os exigiam muito, não era mais do que exigiam a si mesmos, e tratavam-nos como membros da família.

Tudo ficaria bem com Vipsânia e Mina, disse Marcus com firmeza para si mesmo. Esticou-se. Era bom ficar ali deitado na turfa macia da borda da mata, sentir a túnica secar no corpo e descansar a perna dolorida, sabendo que, por mais depressa que a caçada se aproximasse deles, já tinham passado do último ponto em que seu caminho poderia ser cortado por homens descendo por todos os lados pelos vales que ligavam os lagos no labirinto brumoso atrás deles. Mas como Esca se sairia, lá embaixo no *dun*? Era sempre Esca que tinha de cumprir as tarefas extras, correr os riscos extras. Tinha de ser assim, porque Esca, que era bretão, podia passar sem chamar a atenção, enquanto Marcus, com a pele azeitonada, a morenice de um tipo bem diferente da dos homens das tribos, seria imediatamente suspeito. Sabia disso, mas ficava enfurecido ainda assim; todo o seu alívio começou a se esvair e, conforme a manhã se arrastava, foi ficando mais e mais inquieto. Começou a sentir náuseas de ansiedade. O que estaria acontecendo lá embaixo? Por que Esca demorava tanto? A história da Águia chegara a Are-Cluta antes deles?

Era quase meio-dia quando Esca apareceu de repente, no vale abaixo, cavalgando um pônei desgrenhado, cor de rato, e puxando outro. O alívio inundou Marcus e, quando o amigo ergueu os olhos na direção do esconderijo, abriu um pouco mais as frondes de samambaia e mostrou a mão. Esca respondeu ao sinal e, em seguida, depois de se unir a Marcus na pequena concavidade, apeou da criatura desgrenhada que cavalgava com um ar de dever bem e fielmente cumprido.

— Chama esses objetos com cara de musgo de pôneis? — indagou Marcus com interesse, rolando o corpo e sentando-se.

Esca estava ocupado com o pacote que tirara de um deles. Por um instante seu sorriso lento e grave ergueu-lhe os cantos da boca.

— O homem que os vendeu jurou que vinham dos estábulos do Grande Rei de Eriu.

— Por acaso acreditou nele?

— Eu, não — disse Esca. Enrolara as rédeas de ambos os animais num galho baixo e sentara-se ao lado de Marcus com o embrulho. — Eu disse ao homem a quem vendi os nossos que vinham dos estábulos da Rainha Cartimandua. Ele também não acreditou em mim.

— Eram animaizinhos excelentes, seja lá de que estábulos tenham vindo. Encontrou-lhes um bom dono?

— Sim, e o mesmo dono para as duas; uma raposa, mas com boas mãos. Disse a ele que eu e meu irmão íamos embarcar para Eriu. Era uma razão bastante boa para vender as éguas e, se alguém lhe perguntar alguma coisa, pode servir de pista falsa. Regateamos muito tempo, porque as éguas estavam muito entristecidas. Tive de lhe contar uma longa história sobre lobos para explicar, e é claro que ele jurou que elas não tinham fôlego, o que obviamente era mentira. Mas finalmente consegui vendê-las por um belo tapete de pele de foca e duas lanças de guerra ornadas de esmalte, um caldeirão de bronze e um leitãozinho de leite. Ah, e três lindas pulseiras de âmbar.

Marcus jogou a cabeça para trás com uma gargalhada.

— O que fez com o leitãozinho de leite?

— Era um porquinho preto, muito estridente — disse Esca, pensativo. Vendi-o a uma mulher, em troca disso. — Ele se ocupava com o pacote enquanto falava e então sacudiu uma capa com capuz, de pano esfarrapado, que parecia já ter sido de xadrez azul e vermelho, mas agora estava manchada de gordura e desbotada, num tom universal de lama.

— Até uma pequena coisa ajuda a mudar a aparência de um grupo todo, pelo menos de longe... E também carne-seca. Aqui está. Depois voltei ao mercado de cavalos e comprei esses dois, com os arreios, em troca das lanças de guerra e todas as outras coisas. O vendedor fez um ótimo negócio; que o azar o acompanhe! Mas não pude evitar.

— Não estamos em condições de negar um mau negócio — concordou Marcus, de boca cheia. Neste momento, ambos estavam comendo. — Eu adoraria ver você com o leitãozinho — acrescentou, pensativo.

Nenhum deles perdeu mais tempo com palavras. Comeram depressa, e não muito, já que não sabiam quanto tempo a comida teria que durar; e ao meio-dia já tinham embalado os poucos pertences no pano amarelo, jogado as peles de ovelha no dorso das pequenas montarias desgrenhadas, apertado as cilhas e voltado ao caminho outra vez.

Marcus usava a capa pela qual Esca trocara o leitãozinho preto, o capuz bem puxado sobre a testa, pois deixara de lado o talismã em forma de mão, identificável demais para ter serventia; e, sob as dobras engorduradas e fedorentas, levava a Águia perdida. Fizera uma tipoia para ela com tiras rasgadas da capa em que estivera embrulhada, para ter ambas as mãos livres, mas ao cavalgar abrigava-a debaixo do braço que segurava a rédea.

* * *

Fizeram um amplo meio círculo em torno de Are-Cluta e chegaram de volta ao rio onde ele se curvava para sudeste, rumo ao coração de Valência. A viagem de volta era muito diferente da viagem de ida. Antes, tinham perambulado abertamente de aldeia em aldeia, com uma refeição e um lugar junto ao fogo de alguém no fim do dia. Agora eram fugitivos, escondendo-se em vales distantes durante o dia, seguindo para o Sul durante a noite e, em algum lugar atrás deles, a caçada continuava. Durante três dias não perceberam vestígios disso, mas sabiam-no no fundo do coração, e avançavam impiedosamente, sempre atentos aos sons atrás deles. Iam com boa velocidade, porque os pôneis, embora nada bonitos, eram excelentes animais, criados nas montanhas, rijos como látegos e com patas firmes como cabras, e eram capazes de cavalgar quase o tempo todo. Eles sabiam que logo teriam de abandonar os pôneis e seguir pelas urzes a pé. Enquanto isso, avançavam com pressa desesperada, para que estivessem o máximo possível para o Sul antes que chegasse a hora.

A quarta noite encontrou-os outra vez a caminho, depois de passarem o dia deitados numa moita de espinheiros. Uma noite turva, a fechar-se sob o céu baixo e cinzento. Na baixada às suas costas, o crepúsculo já chegara, mas ali, nas altas charnecas, a luz do dia ainda se demorava, refletida por muitos laguinhos de prata em meio às urzes marrons.

— Mais três dias — disse Marcus. — Mais três dias, pelas minhas contas, e chegaremos à Muralha!

Esca olhou em volta para responder e, de repente, ergueu a cabeça rapidamente como se tivesse ouvido alguma coisa. Um instante depois, Marcus também ouviu, bem leve e muito longe: um cão latindo.

Tinham chegado à crista de uma longa escarpa na charneca e, olhando para trás, viram um grupo de manchinhas pretas percorrendo uma escarpa mais baixa, atrás deles; bem distantes, mas não o suficiente para não serem reconhecidos: homens a cavalo e muitos cães. E naquele instante, outro cão latiu também.

— Falei cedo demais — disse Marcus, e sua voz soou estranha a seus próprios ouvidos.

— Eles nos avistaram. — Esca soltou um riso agudo na garganta. — A caçada começou a toda. Corra, irmão caça! — E enquanto falava, a pequena montaria saltou à frente, bufando, com a cutucada do seu calcanhar.

No mesmo instante, Marcus forçou o pônei a um galope alucinado. Os animais estavam bem descansados, mas os dois fugitivos sabiam que, em terreno aberto, era apenas questão de tempo até serem alcançados pelos nativos, mais bem montados, e derrubados, como por uma matilha de lobos, pelos cães que ladravam. E num só movimento, desviaram-se um pouco em sua trajetória, seguindo para o terreno mais alto à frente; terreno acidentado, ao que parecia, em que talvez conseguissem se afastar dos perseguidores.

— Se conseguirmos nos manter à frente até escurecer — gritou Esca sobre o tamborilar dos cascos e o vento de seu avanço —, temos uma chance nos vales lá longe.

Marcus não respondeu, e continuou a cavalgar como nunca. As urzes escuras vergavam-se para trás sob o martelar dos cascos do pônei, os pelos longos e ásperos da crina espalhados sobre seu pulso e o vento a lhe cantar nos ouvidos. Por um breve instante, subiu nele a exultação da velocidade, o surto e o esplendor que já pensara que nunca mais conheceria. O instante passou, rápido como o voo veloz de um martim-pescador. Cavalgava para salvar a vida, com os caçadores escuros aos gritos atrás dele, utilizando todo o seu talento para

escapar dos buracos escondidos, das elevações, dos empeci-
lhos, dos emaranhados em meio à urze que poderiam causar
um desastre, sabendo muito bem que não poderia se agarrar
com força com o joelho direito e que, se o pônei tropeçasse
naquele galope disparado, ele voaria por sobre sua cabeça.
Sempre em frente, precipitavam-se, bordejando morro acima um lago cercado de juncos, desviando-se de um charco
luminosamente verde à luz que se esvaía; subindo e descendo, sobre ondas bronzeadas de urze moribunda, espantando
revoadas de batuíras, um maçarico perdido no capim; e sempre, atrás deles, os caçadores se aproximando. Marcus conseguia ouvir os cães ladrando acima do leve trovão dos cascos
dos pôneis, cada vez mais perto, mas não havia tempo para
olhar para trás.

Sempre em frente. Agora os pôneis estavam se cansando.
Marcus conseguia sentir os flancos da pequena montaria ofe-
garem, e saía espuma de seu focinho, voando contra ele. Inclinou-se bem sobre seu pescoço para tranquilizá-lo; conversou
com ele, cantou e gritou, acariciou-lhe o pescoço suado e bateu-lhe os calcanhares, instando-o por todos os meios ao seu
alcance, embora na verdade o pobre animal já tivesse ganhado
asas de terror e estivesse no máximo da velocidade, sabendo
tão bem quanto o cavaleiro o significado daqueles sons lá atrás.

A terra subia à frente deles e a luz diminuía a cada momento; os pequenos vales e as matas de aveleira estavam bem
próximos, mas os caçadores também. Furtando uma olhadela
por sobre o ombro, Marcus avistou um borrão voador de
cavaleiros e cães correndo baixo, esmaecidos sem nitidez pelo
crepúsculo, cortando a turfa aberta, o cão da frente a menos
de uma flechada de distância.

Quase sem fôlego, e com o clamor da caçada crescendo nos ouvidos, eles lutaram desesperados sobre a crista de outra escarpa e viram, abaixo deles, pelo resto de luz, o risco pálido da água corrente. Bem de leve, um cheiro inesperado chegou a eles, um aroma doce e pesado como almíscar, e Esca soltou um som que ficava a meio caminho entre um riso e um soluço.

— Descendo até o rio antes que cheguem à crista, ainda teremos chance.

Não entendendo muito bem, mas satisfeito de confiar no maior conhecimento que o outro tinha da floresta, Marcus bateu com mais intensidade os calcanhares nos flancos ofegantes do pônei, instando-o a um último esforço. Tremendo e suando, com a espuma que lhe voava do focinho agora tingida de sangue, ele mergulhou à frente numa última explosão frenética de velocidade. Pescoço a pescoço, eles se precipitaram pelas altas samambaias, o cheiro de almíscar ficando mais forte o tempo todo, descendo e descendo rumo à concavidade acidentada ao lado do rio, de onde duas formas com galhadas em luta separaram-se com sua aproximação e lá se foram correndo pelo vale. Esca já estava praticamente apeado do pônei e, na concavidade fedendo a almíscar onde há apenas um instante dois grandes veados lutavam pelo comando da manada, Marcus meio que caiu, meio que jogou-se da montaria. O braço do amigo estava em volta dele pouco antes que tocasse o chão.

— Na água, rápido! — arquejou Esca quando, bufando de terror, os dois pôneis mergulharam, sem cavaleiro, no crepúsculo.

Os dois mergulharam nas moitas de amieiros e rolaram de cabeça pela margem, Esca ainda com o braço em volta de Marcus para ajudá-lo, e caíram nas águas velozes e gélidas assim que a primeira onda de caçadores chegou à elevação atrás deles. Agachados sob a margem íngreme, ouviram os pôneis seguirem rio abaixo numa disparada apavorada, ouviram os caçadores se desviarem na direção deles, a parada, os latidos e o pisotear e o jorro súbito de vozes; e se agacharam ainda mais, a água chegando-lhes quase às narinas.

Pareceu uma eternidade o tempo em que ficaram assim agachados, ouvindo o torvelinho logo acima da cabeça e rezando para que o crepúsculo ocultasse os rastros da descida rápida pelas moitas de amieiros, e que os cães, tendo se disposto a seguir cavalos, não se preocupassem em farejar e seguir o cheiro de homens. Mas, na verdade, só deviam ter sido alguns momentos antes que um grito triunfante lhes dissesse que os movimentos dos pôneis em disparada tinham sido alcançados. Os cães já estavam longe, ladrando com o rastro quente de veados, de pôneis ou de ambos. Houve um novo jorro de gritos e pisadas, o relincho agudo e zangado de um cavalo e, com a velocidade confusa de um pesadelo que se dissolve, homens, cães e cavalos sumiram aos gritos atrás das sombras disparadas.

Um pouco mais abaixo, o vale fazia uma curva, e os caçadores, por um instante, ficaram em plena vista dos dois agachados sob a margem, a fitá-los com olhos franzidos: uma caçada às sombras, varrendo o vale encharcado pelo anoitecer, o clamor enlouquecido de sua passagem enfraquecendo com cada batida dos cascos velozes; rapidamente vindos, passados e idos, como se fosse a Caçada Selvagem dos caçadores de almas.

A escuridão os engoliu; o último grito prolongado de um cão veio pelo vento da noite, e foi só. Nenhum som agora, além do grito de um maçarico em algum lugar e a disparada de seus corações.

Esca ergueu-se rapidamente.

— Irão como o vento por algum tempo — disse ele. — Aliviados do nosso peso e apavorados como estão, mas logo serão alcançados, e aí os caçadores voltarão à nossa procura, e quanto mais cedo sairmos daqui, melhor.

Marcus verificou se a Águia ainda estava segura em sua tipoia.

— Fico com pena daqueles pôneis — disse ele.

— Nenhum mal lhes acontecerá, a menos que percam o fôlego. Aqueles eram cães de caça, treinados para perseguir e encurralar, sem matar se a ordem não for dada. Conosco, acho que dariam a ordem, mas desperdiçar um cavalo à toa não combina com esses caçadores, a menos que sua tribo seja diferente de todas as outras tribos da Britânia. — Esca tateava sob a margem enquanto falava, e puxou a lança com um grunhido de satisfação. — É melhor ir pelo rio por algum tempo para apagar os rastros — disse ele, e estendeu a mão firme a Marcus.

Por um tempo que pareceu interminável, lutaram rio acima, em alguns momentos vadeando com água até os joelhos pelos baixios cambiantes, em outros mergulhados até a cintura no fluxo profundo e rápido quando o riacho se estreitava. Cada metro do caminho era uma luta contra o impulso da água, contra o fundo instável, contra o tempo, com cada nervo atento ao latido distante de algum cachorro que, a qualquer momento, pudesse elevar-se acima do barulho suave da corrente.

Já estava bem escuro, pois a lua estava escondida pelas nuvens baixas; e os morros se fecharam em torno deles, elevando-se num negrume por todos os lados. O rio começou a levá-los longe demais para leste; de qualquer maneira, não ousariam ficar tempo demais nele. Finalmente, quando um vale estreito se abriu para o sul, lutaram para sair da corrente, gelados até os ossos, e gratos de se livrar da água friíssima. Sacudiram-se como cães, torceram das roupas o máximo de água que puderam e partiram outra vez.

Ao chegar a uma elevação íngreme, entraram por outro vale, coberto de aveleiras e sorveiras-bravas, pelo qual outro arroio descia entre pedras escarpadas e cascatas de água branca. Na verdade, parecia que o som de água corrente nunca sumia nesses morros. E, aos tropeços, finalmente, numa concavidade irregular criada por um deslizamento de terra levada pela chuva, caíram e lá ficaram, sentados e aconchegados para se aquecer, recuperar o fôlego e avaliar a situação.

A pouca comida que tinham fora-se com os pôneis e, de agora em diante, teriam de marchar de barriga vazia, porque certamente não poderiam parar para arranjar comida pelo caminho. Ainda estavam a pelo menos dois dias inteiros de marcha da estação mais próxima da Muralha, e teriam de cobrir essa distância a pé, por terreno desconhecido, com a caçada louca atrás deles. Levando tudo em conta, a probabilidade não parecia muito boa.

Marcus sentou-se para esfregar a perna, que doía intoleravelmente, fitando a água branca pela mancha escura das aveleiras. A sensação de ser caçado pesava-lhe, e sabia que também pesava sobre Esca. O próprio terreno parecia ter se tornado hostil e ameaçador, como se não só os homens, mas a terra inteira se erguesse para caçá-los, os próprios morros escuros aproximando-se para matar. Ainda assim, a floresta fora sua amiga uma vez naquela noite, disse ele consigo, pondo dois veados em luta em seu caminho bem no momento em que mais precisavam.

Ficaram ali sentados em silêncio mais algum tempo, descansando um pouco antes de prosseguir de novo; mas não ousaram descansar demais, pois tinham de estar muito mais longe do lugar onde tinham entrado na água, e em esconderijo muito mais seguro, antes do amanhecer. Marcus suspirou, e estava mesmo puxando as pernas sob o corpo para levantar-se quando percebeu que, de repente, Esca ficara tenso a seu lado, e que, acima do barulho molhado e suave do riacho, alguém, ou algo, movia-se mais abaixo, no vale. Marcus agachou-se onde estava, paralisado, a cabeça virada para escutar melhor, e aos poucos os sons se aproximaram: uma confusão esquisita de sons que poderia ser um homem ou vários, um grande farfalhar pelas moitas de aveleiras. Veio subindo lentamente o vale na direção deles, enquanto ficavam agachados, imóveis, no esconderijo, mais perto e mais alto até que pareceu estar bem em cima deles; e Marcus, espiando pela cortina pendente de sorveiras e aveleiras, percebeu uma mancha clara e outra escura. Dentre todas as coisas conhecidas e inesperadas, um homem levando uma vaca.

Além disso, o homem assoviava baixinho, entre os dentes, enquanto subia pela margem; tão baixinho que só quando estava a poucos metros conseguiram ouvir a música. Uma música inesquecível.

> "Ah, quando me uni às Águias,
> (ai, ai, quanto tempo faz)
> Beijei uma moça em Clusium
> E me fui sem olhar pra trás."

Marcus estendeu o braço e afastou os galhos pendentes de sorveira.

— É um prazer revê-lo, Guern, o Caçador — disse ele, em sua própria língua.

XVIII

AS ÁGUAS DO LETE

Houve uma pausa repentina; a vaca branca, espantada com a voz inesperada, inquieta e bufando, os chifres abaixados; o homem, que parara com um grunhido, espiando pelos galhos de sorveira. Então o grunhido baixo do velho cão, que Marcus não notara a princípio, subiu de repente para um rosnar cantado e foi calado por um chute de calcanhar do caçador.

— Um prazer revê-lo, Demetrius de Alexandria.

Não havia tempo a perder com surpresas e explicações. Marcus disse, depressa:

— Guern, precisamos da sua ajuda.

— Ah, sei disso muito bem. Vocês trouxeram a Águia e os epidaii estão atrás de vocês — disse Guern. — A notícia chegou ao pôr do sol, e pelo menos os dumnonii e minha tribo juntarão as lanças com eles. — Ele se aproximou um passo. — O que querem que eu faça?

— Queremos comida e uma pista falsa, se puder arranjar.

— Comida é fácil, mas vocês precisarão de mais do que uma pista falsa para chegarem inteiros à Muralha. Agora todas as passagens para o sul estão bem guardadas e só há um caminho que conheço que provavelmente estará aberto.

— Diga-nos como encontrá-lo.

— Dizer não basta. Sem guia, esse caminho é morte certa. É por isso que os homens das tribos não se preocuparão em guardá-lo.

— E você conhece esse caminho? — Esca falava pela primeira vez.

— Sim, conheço o caminho. Eu... eu os levarei por ele.

— E se for pego conosco? — perguntou Marcus. — E se derem por sua falta e começarem a querer saber onde está?

— Não sentirão minha falta, pois haverá muitos na caçada nos próximos dias. Se alguém nos encontrar, sempre posso esfaquear um de vocês e reivindicar a honra de ser a Primeira Lança entre os caçadores.

— Uma ideia agradável — disse Marcus. — Vamos com você agora?

— É bom. É melhor fazermos a primeira parte do caminho agora — decidiu Guern. — Teremos de levar a vaca, coitada. Vai se perder para sempre.

Marcus riu e levantou-se, prendendo a respiração quando a perna, muito exigida, doeu debaixo ele.

— Pelo menos o fato de ela ter se perdido nos foi muito útil esta noite. Me dê o ombro, Esca, esse lugar é... meio... íngreme.

Havia muitos vales íngremes e escarpas na charneca entre eles e o lugar da luta dos veados, e estava quase amanhecendo quando Guern finalmente levou-os por uma velha pedreira de arenito onde não trabalhava ninguém desde que as Águias tinham voado de Valêntia. Ele os enfiou na caverna ou galeria meio desmoronada que parecia ter servido algumas vezes de covil de porcos selvagens e, mandando-os ficar quietos até que voltasse, partiu com a vaca, que parecia muito assustada.

— Vamos ver se isso lhe ensina a não fugir de novo, oh, filha de Ahriman! — ouviram-no dizer enquanto a puxava pelos chifres pela encosta escarpada.

Deixados a sós, Marcus e Esca puxaram a cortina pendente de sarças e roseiras-caninas sobre a abertura do buraco e deitaram-se da forma mais confortável possível.

— Se o teto não cair e os porcos não voltarem para questionar nossa presença, parece que teremos um dia tranquilo — disse Marcus, descansando a cabeça no braço.

Nada disso aconteceu e o dia se arrastou bem devagar, enquanto Marcus e Esca dormiam intermitentemente, tentando esquecer o vazio no estômago. Além dos arbustos da entrada, a luz ficou dourada e depois esmaeceu-se. Já passara do anoitecer quando Guern, o Caçador, retornou, trazendo consigo, além das inevitáveis tiras de carne dura e defumada, um corte de veado recém-assado.

— Comam a carne fresca agora — disse ele —, e depressa.

Fizeram o que ele dizia, e Guern se manteve de pé, encostado numa lança, na boca da caverna, com o grande cão deitado a seus pés, e antes que estivesse totalmente escuro lá fora estavam de novo a caminho. A princípio avançaram devagar, porque a perna de Marcus estava rígida depois do descanso do dia, mas o caminho era mais fácil do que na noite anterior, quase todo em declive, e pouco a pouco a rigidez foi passando e ele conseguiu avançar melhor. Silenciosos como sombras, seguiram Guern por caminhos que só o caçador e os veados conheciam, sem trocar nenhuma palavra. Mas Marcus ficou curioso com o passar das horas, pois até então não havia grande diferença entre essa e a outra marcha que tinham feito entre as colinas, nenhum sinal desse caminho não guardado e que, sem guia, seria morte certa.

Então, quando desceram um declive suave, o ar pareceu mudar e, com ele, a sensação do chão sob os pés; e, de repente, ele entendeu. O pântano! O pântano, presumivelmente com algum caminho oculto a ser trilhado pelos que conheciam o segredo. Chegaram à sua borda quase tão de repente quanto a borda de um lago e o estranho cheiro de raízes ocupou tudo em volta deles. Guern ia de um lado para o outro, como um cão que fareja um rastro. De repente parou, e seu cão com ele.

— Aqui. Está aqui — disse ele, falando entredentes pela primeira vez desde a partida. — De agora em diante, temos de ir um atrás do outro. Sigam-me exatamente e não parem durante mais que uma batida de coração; mesmo no caminho secreto, o chão é mole. Façam o que eu disser e atravessarão em segurança; desobedeçam-me e afundarão. — Era simples assim.

— Entendido — murmurou Marcus em resposta. Não era hora nem lugar para conversa fiada; só Mitras sabia se os batedores das tribos estavam por perto.

Com o cão bem junto dele, Guern virou-se para o pântano. Marcus ocupou seu lugar atrás dele e Esca fechou a retaguarda. O chão deixava uma sensação esponjosa sob os pés e sugava-os de leve a cada passo, que parecia dado bem a tempo de evitar que afundassem; e só tinham avançado um pouco quando Marcus notou que uma leve bruma começava a erguer-se. A princípio, supôs que não era nada além da respiração do charco, mas logo percebeu que era mais do que isso. Cada vez mais alta subia, retorcendo-se em leves faixas de gaze que se juntavam lá em cima. Erguendo os olhos, ainda conseguia ver a lua brilhando, mas de leve, em meio às guirlandas de bruma num céu cintilante. A bruma; o tempo que, mais que todos, tinham razão de temer! E vindo agora! Não havia como voltar, mas como seria possível a um homem, naquela escuridão, encontrar o caminho que seguiam? E se o perdessem? Mas não era bom pensar nisso.

O nevoeiro engrossava sem parar. Logo caminhavam quase às cegas, seu mundo formado por alguns palmos de turfa encharcada e touceiras de bolas-de-algodão, e o brilho ocasional da água, dissolvendo-se num nada de bruma cintilante; e não havia sinal de caminho. Mas Guern nunca parecia se perder, caminhando de leve e sempre em frente, mudando de curso de vez em quando, e os outros dois seguiam. O cheiro úmido de raízes ficava sempre mais forte e mais frio; a lua baixava e a bruma perdia-se na escuridão; e Guern, o Caçador, ainda seguia caminhando. Sempre em frente. Fazia muito silêncio; somente um abetouro roncava, em algum lugar à direita, e vinham do pântano pequenos ruídos sugados e cruéis.

Há muito tempo Marcus superara as primeiras dúvidas desagradáveis sobre a capacidade de Guern de encontrar o caminho secreto na bruma, mas agora começava a se perguntar quanto tempo aguentaria esse passo leve e invariável. Então, de repente, pareceu-lhe que o chão ficava mais firme sob os pés. Mais alguns passos e ele teve certeza. Estavam saindo do charco. A bruma tinha um cheiro diferente, gelada como sempre, porém mais leve e mais doce. Logo o caminho secreto estava atrás deles, como um sonho ruim.

Nisso a aurora se aproximava e a bruma saía outra vez da escuridão, não mais brilhante, mas de um cinzento fosco como as cinzas de uma fogueira há muito apagada. Na luz crescente, longe do último bolsão de pântano, pararam com gratidão num capinzal, junto a uma moita de antigos espinheiros, e viraram-se para encarar-se, com o cão deitado a seus pés.

— Trouxe-os até onde podia — disse Guern. — Cada um em seu próprio campo de caça, e de agora em diante a terra me é estranha.

— Você nos trouxe a salvo da guarda de nossos inimigos, e podemos nos cuidar agora — disse Marcus rapidamente.

Em dúvida, Guern balançou a cabeça desgrenhada.

— Podem estar percorrendo esses morros também, pelo que sei. Portanto, viajem à noite e deitem-se durante o dia; e, caso não se percam na bruma nem caiam nas mãos dos nativos, chegarão à Muralha em algum momento da segunda noite a partir de agora. — Ele hesitou, tentou falar e hesitou outra vez. Finalmente, disse, com um tipo de humildade meio zangada: — Antes que nossos caminhos se separem, está em meu coração que gostaria de ver a Águia mais uma vez. Já foi a minha Águia.

Como resposta, Marcus tirou o embrulho bem fechado da tipoia e, abrindo as dobras, desnudou a Águia perdida.

Estava escura e sem lustro na obscuridade cinzenta da aurora; um mero pedaço de metal desgastado no formato de um pássaro.

— Perdeu as asas — disse ele.

Guern estendeu a mão ansiosa como se fosse pegá-la, depois refreou-se e deixou as mãos penderem ao lado do corpo. O gesto traidor rasgou rudemente algo bem fundo no peito de Marcus e, de repente, ele poderia ter uivado como um cão. Por um longo momento, segurou a Águia, enquanto o outro ficava de pé, com a cabeça rigidamente pendida, olhando-a calado. Depois, quando Guern recuou, dobrou o pano escuro mais uma vez sobre ela e devolveu-a ao lugar sob a capa.

— Então — disse Guern —, vi a Águia mais uma vez. Talvez, a partir de hoje, eu não veja mais rostos romanos nem ouça mais minha língua ser falada... É hora de seguirem seu caminho.

— Venha conosco — disse Marcus, num impulso súbito.

A cabeça desgrenhada de Guern se ergueu, e ele fitou Marcus por sob as sobrancelhas. Por um instante, chegou a parecer que pensava na ideia. Em seguida, balançou a cabeça.

— Minha recepção pode ser calorosa demais. Não tenho vontade de morrer por apedrejamento.

— O trabalho de hoje pode mudar isso. Devemos-lhe nossas vidas e, se levarmos a Águia de volta ao seu lugar, será por obra sua.

Guern balançou a cabeça outra vez.

— Sou um dos selgoves. Tenho como esposa uma mulher da tribo, e ela é uma boa esposa. Tenho filhos nascidos na tribo e minha vida é aqui. Se já fui... outra coisa, e se minha vida já foi em outro lugar, tudo isso jaz em outro mundo e os homens que nele conheci me esqueceram. Não há caminho de volta pelas águas do Lete.

— Então... boa caçada em suas trilhas — disse Marcus após um silêncio. — Deseje-nos sorte entre aqui e a Muralha.

— Desejo-lhes sorte; em meu coração gostaria de ir com vocês. Se conseguirem passar, saberei e ficarei feliz.

— E você terá parte importante nisso, se conseguirmos — disse Marcus —, e nenhum de nós esquecerá. Que a Luz do Sol esteja com você, centurião.

Olharam para trás depois de darem alguns passos e viram-no de pé onde o tinham deixado, já meio indistinto na neblina, delineado contra a bruma que subia mais além. Um nativo seminu e descabelado, com um cão selvagem junto aos joelhos; mas o movimento amplo e bem treinado do braço quando o ergueu em saudação e despedida era totalmente romano. Eram os desfiles e a voz picotada das trombetas, a disciplina de ferro e o orgulho. Naquele instante, Marcus achou que via, não o caçador bárbaro, mas o jovem centurião, orgulhoso em seu primeiro comando, antes mesmo que a sombra da legião condenada caísse sobre ele. Foi esse centurião que saudou de volta.

Então a bruma em movimento caiu entre eles.

Quando se viraram, Marcus surpreendeu-se esperando que Guern voltasse são e salvo para a vida nova que construíra para si, que não tivesse de pagar pela lealdade que tivera para com eles. Bem, a bruma lhe daria cobertura no caminho de casa.

Quase como se tivesse ouvido os pensamentos calados do amigo e os respondesse, Esca disse:

— Ele saberá se sairmos disso com vida, mas nunca saberemos dele.

— Gostaria que tivesse escolhido vir conosco — disse Marcus. Mas ainda ao falar, soube que Guern, o Caçador, estava certo. Não havia caminho de volta pelas águas do Lete.

Em duas auroras, Marcus e Esca ainda estavam muito longe da Muralha. A bruma que os recebera no caminho secreto os perseguira desde então; uma bruma irregular e traiçoeira, que às vezes não passava de um leve borrão nas colinas mais distantes e em outras os envolvia, cobrindo todos os marcos do terreno num cinzento difuso em que o próprio chão parecia dissolver-se. Teriam se perdido muitas e muitas vezes se não fosse o senso de direção do caçador que tornava Esca capaz de farejar o Sul como o morador da cidade fareja alho. E mesmo com isso para ajudá-los, só conseguiam avançar com lentidão enlouquecedora, cobrindo a distância possível quando o nevoeiro afinava e deitando-se onde quer que estivessem quando ficava fechado demais para avançarem. Uma ou duas vezes chegaram bem perto do desastre; muitas vezes tiveram de voltar atrás para contornar algum abismo que a bruma escondera deles, e Marcus, que como sempre deixava a Esca escolher o caminho, sofria com sua própria angústia. A perna manca, que o levara bastante bem pelas marchas forçadas e corridas cansativas no caminho do Sul, começava a faltar-lhe, e a faltar-lhe bastante. Ele aguentava com teimosia, mas cada vez tinha menos agilidade e, quando tropeçava, a pontada de dor o fazia cerrar os dentes.

Aquela madrugada lhes trouxe o primeiro aviso de que o inimigo, como dissera Guern, realmente vasculhava também aqueles morros, quando a bruma caprichosa se afastou para mostrar-lhes os contornos de um homem montado, evidentemente de vigia, no alto de uma crista a não mais que um tiro de flecha. Por sorte, não olhava na direção deles; deitaram-se em meio à urze e passaram alguns maus momentos vendo-o cavalgar lentamente pela escarpa até que a bruma se fechou de novo.

Passaram parte daquele dia deitados ao abrigo de um grande rochedo, mas partiram de novo enquanto ainda restavam várias horas de luz do dia. Enquanto a bruma pendesse em volta deles, teriam de abandonar o plano de só viajar à noite, e avançavam quando e como podiam.

— Quanto ainda temos de avançar, pelas suas contas? — perguntou Marcus, parado e tentando esfregar a perna para expulsar-lhe a rigidez.

Esca apertou o cinto de couro cru, que ficara largo demais para ele, pegou a lança e ajeitou, o melhor que podia, o capim amassado onde tinham se deitado.

— É difícil avaliar — disse. — Nessa obscuridade tem sido uma viagem lenta, mas acho que não nos tirou muito do rumo. Pelo declive da terra, eu diria doze ou quatorze das suas milhas romanas. Pronto; se algum caçador se aproximar deste lugar, verá que estivemos aqui, mas a alguns passos de distância nada aparecerá.

Partiram mais uma vez na longa marcha para o Sul.

Perto do anoitecer, um vento fraco começou a soprar; e diante dele, o nevoeiro, que fora espesso o dia todo, esfarrapou-se como a capa de um mendigo.

— Se o vento aumentar, finalmente nos livraremos desse caldo das bruxas — disse Marcus, quando pararam na curva de um vale estreito para verificar a direção.

Esca ergueu a cabeça e farejou, como um animal que de repente se assusta.

— Enquanto isso, está em meu coração que seria bom encontrarmos uma toca de raposa para ficar até o crepúsculo.

Mas deixaram para procurar a toca de raposa tarde demais. As palavras mal saíram de sua boca e o nevoeiro pareceu enrolar-se sobre si mesmo. Espalhou-se para os lados como fumaça soprada; a urze castanha e as samambaias douradas do outro lado do arroio aqueceram-se de repente com a partida da bruma e, no instante seguinte, um grito alto, **prol**ongado e estranhamente triunfante subiu agudo do lado mais distante do vale e um personagem de saiote açafrão disparou do esconderijo e correu agachado rumo à crista do morro. A lança de Esca o seguiu, mas estava longe demais para o arremesso. Em seis batidas apressadas do coração, chegou à linha do céu e sumiu de vista, gritando seu chamado enquanto corria.

— Para baixo — disse Esca bruscamente. — Para a mata.

Deram meia-volta na trilha, rumo à língua mais próxima da mata de bétulas que se espalhava como uma mancha pela bruma esfarrapada, mas enquanto o faziam o grito de alerta subiu em resposta entre as árvores douradas. Não havia como fugir por ali; e, quando se viraram de novo, atrás deles, no alto do vale, o mesmo grito subiu, agudo como o chamado de um pássaro. Para eles, só havia um caminho livre, e o tomaram: direto morro acima, à direita, e o que aguardava na crista do morro só o Deus das Legiões sabia.

Marcus nunca soube direito como chegaram à crista e, enquanto hesitavam um instante na escarpa nua, o grito —

mudara de tipo agora, era um grito de caça — subiu de novo atrás deles e foi respondido e trocado na bruma lá embaixo, aproximando-se. Deviam ter caído dentro de um grande bando de caçadores. Para o sul, ao longo da escarpa, uma massa escura de tojeiras parecia oferecer alguma cobertura, e mergulharam nela como animais caçados que se jogam ao chão, e começaram a avançar para o seu meio.

Depois disso, tudo foi uma confusão indistinta de névoa e ramos serrilhados de tojo, e um caos de ilhas escuras a regirar em ondas castanhas de samambaias e mirtilos; de deitar-se rigidamente entre as raízes de tojo, afiadas como navalhas, com um fedor sufocante de raposa na garganta e o horror da presa caçada no coração apressado, enquanto a morte, com muitas lanças de guerra enfeitadas de penas de garça, perseguia-os pelo labirinto escuro. Havia homens em toda a volta, a cavalo, a pé, avançando sem ligar para a pele arranhada pelos galhos espinhosos, latindo e pulando alto sobre pernas rígidas, como cães de caça que buscam a presa no capim alto. Uma vez, uma lança em sondagem caiu feito uma cobra a menos de um palmo do ombro de Marcus. Então, de repente, eles perceberam que, contra todas as possibilidades aparentes, os caçadores não os tinham encontrado. Passaram por eles e não estavam mais em toda volta, mas atrás deles!

Começaram outra vez a avançar, com cautela lenta e angustiante. Não podiam saber para onde iam, a não ser que era para longe do inimigo lá atrás. Um túnel escuro entre os tojos, evidentemente muito usado, abriu-se para eles, e ali se esgueiraram, com Esca à frente. O fedor de raposa ficou mais forte do que nunca. O túnel se curvava, levando-os levemente para baixo, e não havia nada a fazer senão segui-lo, nenhuma fuga possível pelas densas tojeiras que formavam as paredes e o teto. O túnel terminava de repente, na borda da mata, e diante deles um esporão de turfa rochosa e cheia de moitas afastava-se em ângulo da escarpa principal. Foiçadas de névoa, vindas do vale profundo, ainda passavam por ali à frente do vento que aumentara, mas na ponta mais distante lá em cima, a uma flechada de distância, algo que poderia ser um círculo de pedras assomava em meio ao cinza. Não parecia promissor, mas não podiam ficar onde estavam, pois parecia-lhes que os sons da caçada se aproximavam outra vez e não tinham como voltar atrás.

Assim, saíram correndo em plena vista, protegendo-se como podiam atrás de pedras e moitas, em busca do caminho para descer. Mas parecia não haver caminho para descer. A encosta de noroeste teria sido bastante fácil, mas quando estavam agachados entre as moitas à sua beira chegou-lhes o tilintar dos arreios de um pônei e o movimento de homens à espera. Aquele caminho estava seguramente guardado. A escarpa de sudeste caía praticamente na vertical nas guirlandas de bruma em movimento, e dela subia a sensação indefinível e o cheiro de águas profundas. Ali poderia haver uma via de fuga para a Águia, mas com certeza não para Marcus. Impelidos pelo som da caçada que vinha pelos tojos atrás deles como cães atrás de um cheiro perdido, deram alguns passos e pararam, ofegantes e desesperados, olhando de um lado para o outro, forçando os olhos para encontrar um meio de fugir. Mas Marcus estava quase acabado, e Esca mantinha o braço em torno dele. Não podiam avançar mais, nem se o caminho estivesse livre; estavam encurralados e sabiam disso. A construção que tinham avistado através do nevoeiro estava agora bastante nítida; não era um círculo de pedras, e sim uma antiga torre de sinalização romana. Reuniram as forças e partiram para lá.

Era um esconderijo muito óbvio, tão óbvio que mal oferecia alguma possibilidade de segurança, ou pelo menos de descanso, porque os caçadores talvez já o tivessem vasculhado. Na pior das hipóteses, lhes daria a oportunidade de oferecer algum tipo de luta; e havia sempre a noite que se aproximava.

A entrada estreita, agora sem porta, abria-se negra na parede, e passaram por ela aos tropeços, chegando a um pequeno pátio em que há muito o capim cobrira os seixos do pavimento. Outro portal vazio estava diante deles e Marcus seguiu para lá. Agora estavam na sala dos guardas. As folhas secas farfalhavam de lá para cá no chão e a luz leitosa que se filtrava pela fresta de uma janela alta mostrava-lhes o início de uma escadaria na parede.

— Lá para cima — ofegou.

Os degraus eram de pedra, ainda em bom estado, embora escorregadios com a umidade, e subiram aos tropeços, o som de seus pés parecendo altíssimo no silêncio da concha de pedra em que uma pequena guarnição romana vivera e trabalhara, vigiando os morros da fronteira, nos poucos anos em que a província de Valêntia era mais do que um nome.

Mergulharam por uma porta baixa sob a plataforma de sinalização e saíram no telhado plano da torre, para a luz do dia tão translúcida quanto uma pedra-da-lua, depois da escuridão lá embaixo. E nisso Marcus quase foi cegado por um bater de grandes asas pretas que lhe passaram pelo rosto, e um corvo assustado subiu, soltando seu grito rascante e áspero de alarme, e seguiu voando para o norte grasnando e batendo as asas lentas com indignação.

— Droga! Isso anunciará claramente onde estamos para todos os interessados — pensou Marcus, mas de repente estava cansado demais para se importar. Totalmente esgotado, arrastou-se até o outro lado do telhado e olhou lá para baixo por uma fresta. Sob ele, o terreno caía em vertical a partir do pé da torre e, entre os últimos farrapos finos da bruma, percebeu a escuridão das águas profundas bem abaixo, um lago parado e sombrio pensando em seus próprios segredos, entre o espigão e a escarpa principal. Sim, haveria um caminho de fuga para a Águia.

No lado que dava para a terra, Esca estava agachado atrás de um lugar quebrado no parapeito, de onde várias pedras grandes tinham caído, deixando uma falha.

— Ainda estão procurando nas tojeiras — murmurou quando Marcus se uniu a ele. — É bom para nós que não haja cães junto desse grupo. Se não chegarem antes do crepúsculo, ainda podemos escapar deles.

— Virão antes do crepúsculo — murmurou Marcus em resposta. — O corvo cuidou bem disso. Escute... — Um som subiu até eles vindo de baixo, do lado norte do espigão, um surto de empolgação confuso e informe, atenuado pela bruma e pela distância, que lhes revelou, com toda a clareza, que o homem à espera entendera a mensagem do corvo. Marcus abaixou-se com dificuldade, apoiado no joelho bom, ao lado do outro, acomodou-se numa posição mais fácil e esticou-se de lado, apoiado num dos braços, a cabeça baixa. Em alguns instantes, ergueu os olhos. — Acho que devo sentir-me culpado por você, Esca. Para mim, havia a Águia. Mas o que você teria a ganhar com tudo isso?

Esca sorriu para ele, um sorriso lento e grave. Marcus notou que o amigo tinha um arranhão em ziguezague na testa, onde uma raiz de tojo o ferira, mas sob ele os olhos pareciam tranquilíssimos.

— Mais uma vez, fui um homem livre entre os livres. Dividi a caçada com meu irmão, e foi uma boa caçada.

Marcus sorriu de volta.

— Foi uma boa caçada — concordou. O tamborilar macio de cascos sem ferradura na turfa veio batucando da bruma lá embaixo; os caçadores invisíveis da tojeira voltavam rumo ao espigão aberto, batendo as plantas ao avançar, para garantir que a presa não escapulisse mais uma vez. Logo estariam ali, mas os cavaleiros lá de baixo chegariam primeiro. — Uma boa caçada, e agora acho que acabou. — Ele perguntou-se se alguma notícia daquele final algum dia flutuaria até o sul, cruzaria a Muralha, chegaria ao legado Claudius e, por ele, ao tio Áquila; se chegaria a Cótia no jardim sob os baluartes protetores de Calleva. Gostaria que soubessem... Fora uma boa caçada, da qual ele e Esca participaram juntos. Assim, soube que, apesar de todas as aparências externas, valera a pena.

Havia nele uma grande tranquilidade. Os restos do nevoeiro foram soprados para longe enquanto o vento refrescava; algo que era quase luz do sol passou rapidamente pela antiga torre de sinalização e ele notou, pela primeira vez, que uma touceira de campainhas tinha se enraizado numa fresta do parapeito caído perto dele e, com a floração atrasada devido ao lugar onde crescera, ainda tinha uma frágil flor erguida numa haste curvada, fina como uma linha. Ela balançou com o sopro do vento e recuperou seu lugar com um movimento minúsculo e desafiador. Marcus achou que era a coisa mais azul que já vira.

Lá, na borda do espigão, surgiram três cavaleiros enlouquecidos, seguindo para a entrada.

XIX

O PRESENTE DE TRADUI

Quando apearam dos pôneis, no pátio lá embaixo, Marcus e Esca recuaram do parapeito.

— Até agora, só três — cochichou Marcus. — Não use a faca, a menos que seja necessário. Podem nos ser mais úteis vivos do que mortos.

Esca fez que sim e devolveu ao cinto a faca de caça. A vida e a urgência de agir tomaram conta deles outra vez. Encostados à parede, dos dois lados do alto da escada, aguardaram, escutando seus perseguidores vasculharem o depósito e a sala dos guardas.

— Tolos! — soprou Marcus, quando um grito lhes revelou que a escada fora avistada; então, veio o barulho dos pés que parou no patamar abaixo e depois se aproximou, investindo para cima.

Marcus era bom com os punhos, e bastante prático com o cesto. No inverno passado, tinha feito de Esca quase um lutador; juntos, por mais cansados que estivessem, eram uma dupla perigosa. Os dois primeiros nativos a mergulhar pelo portal baixo caíram sem nenhum som, como bois peados; o terceiro, que foi menos surpreendido, ofereceu mais resistência. Esca jogou-se contra ele e os dois rolaram juntos vários degraus, numa massa descontrolada de pernas e braços. Houve uma luta curta e desesperada antes que Esca voltasse para cima e, vacilando o tempo todo, içasse um homem inconsciente pelo umbral.

— Jovens tolos — disse ele, curvando-se para pegar uma lança caída. — Um filhote de cachorro prestaria mais atenção.

Dois nativos — eram todos muito jovens — estavam deitados, completamente atordoados, onde tinham caído; mas um deles ainda se mexia e Marcus curvou-se a seu lado.

— É Liathan — disse. — Eu cuido dele. Amarre e amordace os outros dois.

O jovem guerreiro gemeu e abriu os olhos para ver Marcus de joelhos sobre ele, com a adaga junto à sua garganta, enquanto ali perto Esca amarrava e amordaçava rapidamente os dois homens inconscientes com tiras rasgadas da capa de um deles.

— Isso foi um erro — disse Marcus. — Vocês deveriam ter ficado com o resto dos caçadores e não virem até aqui sozinhos.

Liathan ficou deitado, olhando-o. Os olhos negros estavam duros de ódio; o sangue pingava do canto da boca.

— Talvez tenhamos visto o corvo, e quiséssemos ser a Primeira Lança, antes que uma tribo das terras baixas reivindicasse para si o deus-Águia — disse, entre os dentes cerrados.

— Entendo. Foi muito corajoso, mas extremamente estúpido.

— Talvez, mas embora tenhamos caído, logo haverá outros por aqui. — Havia um brilho de triunfo selvagem nos olhos negros.

— Que assim seja — assentiu Marcus. — Quando esses outros vierem, você lhes dirá que não estamos aqui, que devemos mesmo ter escapulido na bruma; e os mandará de volta por onde vieram, por sobre a escarpa principal lá longe, rumo ao pôr do sol.

Liathan sorriu.

— Por que eu faria isso? — Por um instante, cheio de desprezo, deu uma olhada no punhal na mão de Marcus. — Por causa disso?

— Não — disse Marcus. — Porque, quando o primeiro dos seus amigos puser o pé na escada, mandarei a Águia, ei-la, no lago que jaz lá embaixo. Ainda estamos muito longe da Muralha e vocês terão mais oportunidades —- vocês ou outros caçadores — antes que cheguemos lá; mas se morrermos aqui, vocês perderão toda a possibilidade de retomar o deus dos Penachos Vermelhos.

Por um longo momento Liathan ficou parado, fitando o rosto de Marcus; e, naquele momento silencioso, veio um leve barulho de cascos e um grito ao longe. Esca ergueu-se depressa e foi, meio agachado, até o parapeito quebrado.

— A caçada terminou — disse baixinho. — Terminaram de vasculhar o tojal. Ai! Como uma matilha de lobos, aproximam-se.

Marcus afastou o punhal, mas os olhos nunca abandonaram o rosto do jovem nativo.

— Escolha — disse ele, bem baixinho. Levantou-se e foi de costas até o parapeito do outro lado, desembrulhando a Águia enquanto isso. Liathan também se levantara e ficou em pé, balançando um pouco, passando os olhos de Marcus a

Esca e deste de volta a Marcus. Este o viu engolir em seco e lamber o corte no lábio. Ouviu os sons da caçada que se aproximava, agora bem perto, os homens gritando como cães excitados; e do vazio às suas costas, apenas o grito choroso de um pássaro do pântano, no silêncio assombrado pelo vento. Marcus deixou a última dobra de pano violeta descobrir a Águia e ergueu-a. A luz do anoitecer, espalhando-se enquanto o nevoeiro se afinava, caiu sobre a cabeça selvagem e dourada.

Liathan fez um estranho gesto de derrota. Virou-se e andou, bastante trêmulo, até o parapeito quebrado, e inclinouse por cima dele. O primeiro caçador estava quase na entrada e um grito vindo de debaixo das paredes saudou seu surgimento. Liathan gritou-lhes:

— Eles não estão aqui! Devem ter escapulido pelo outro lado nesse maldito nevoeiro. — Apontou, com um gesto desordenado, e sua voz se interrompeu, como o grito de um pássaro na tempestade. — Tentem as florestas de lá; provavelmente correram para aquele lado.

Uma confusão de vozes ferozes respondeu-lhe e um pônei soltou um relincho agudo. Ele se afastou do parapeito como se fosse descer correndo para seguir o que dizia e, quando os caçadores deram meia-volta, virou-se novamente para Marcus.

— Fiz direito, não fiz?

Marcus assentiu. Por uma das fissuras, observava a caçada retornar pelo espigão e entrar na cobertura de tojos da escarpa principal, homens montados e homens a pé, uns chamando os outros, reunindo-se a mais outros no caminho;

dissolvendo-se nos últimos farrapos de bruma. Levou o olhar de volta ao jovem nativo.

— Foi mesmo benfeito — disse ele —, mas mantenha a cabeça baixa, para que nenhum retardatário olhe para trás e ache estranho ainda vê-lo aqui.

Liathan, obediente, baixou a cabeça — e saltou. Saltou como um gato selvagem. Mas Marcus, alertado por algum brilho dos olhos dele um instante antes, jogou-se para o lado, quase caindo, com a Águia embaixo do corpo, e quando o fez, Esca lançou-se sobre o nativo das terras altas e o jogou no chão.

— Seu tolo — disse Marcus um instante depois, levantando-se com dificuldade e olhando Liathan, que esperneava sob os joelhos de Esca. — Seu jovem tolo. Nós somos dois, e você um só.

Marcus foi até os dois homens amarrados e, depois de verificar que estavam bem, rasgou mais algumas tiras da capa que estava ao lado de um deles e retornou a Esca. Juntos, amarraram os pés e as mãos do jovem guerreiro, que parara de lutar e estava deitado, rígido, o rosto virado para o outro lado.

— Podemos deixar a mordaça para daqui a pouco — disse Marcus quando terminou. Pegou a Águia e começou a embrulhá-la mais uma vez. — Esca, desça lá e veja se os pôneis estão bem. Precisaremos deles.

Quando Esca se foi, Marcus levantou-se com dificuldade e virou-se para o parapeito que dava para o sul. O lago da montanha estava límpido e escuro agora, abaixo da queda íngreme do espigão. As colinas estavam quase limpas da névoa, embora as brumas ainda envolvessem de branco o vale; e a noite caía bem depressa. E em algum lugar ao sul, além daqueles morros, não muito longe agora, com certeza estava a Muralha.

— Por que veio até nós, dizendo-se curador de olhos doentes, para nos roubar o deus alado?

Marcus virou-se em resposta à voz furiosa atrás dele.

— Em primeiro lugar, sou tão ruim assim como curador de olhos doentes? Pelo menos o filho do seu irmão não ficará cego. — Encostou o ombro cansado no parapeito e ali ficou a pensar, fitando o cativo. — Em segundo lugar, vim pegar de volta, e não roubar, porque ele nunca foi de vocês; vim *pegar de volta* o deus alado, porque era a Águia da Legião do meu pai. — Instintivamente, sabia que, no caso de Liathan, assim como no caso de Cótia, era essa a parte que fazia sentido; sabia também que era melhor, para a paz das fronteiras, que tudo se reduzisse a uma briga particular entre ele e as tribos.

Uma faisquinha estranha brilhou nos olhos escuros de Liathan.

— Então meu avô estava certo — disse ele.

— É mesmo? Diga-me em que ele acertou.

— Quando os sacerdotes descobriram que o deus alado sumira — disse Liathan, cheio de desafio na voz —, meu avô jurou que tinha sido você que o pegara. Disse que você tinha o rosto daquele chefe dos Penachos Vermelhos que ele viu ser morto sob as asas do deus, e que devia estar cego e caduco por não ter reconhecido que você era filho dele. Mas quando o seguimos e revistamos sua bagagem e nada encontramos, dissemos entre nós que o avô estava velho e cheio de manias. Aí Gault, o Pescador, encontrou o seu broche-anel junto à margem desmoronada da lagoa num buraco sob a linha d'água. Mais tarde, ouvimos uma estranha história no *rath*, onde seu irmão de espada ficou doente, e soubemos. E o avô disse: "Eu estava certo, afinal de contas, eu nunca erro", e mandou me chamar, pois meu irmão fora atacado por uma foca e estava fraco demais por causa dos ferimentos para ir à Reunião. Ele mandou me chamar e disse: "Pode ser que seja você a encontrá-lo, pois há um elo do destino entre a linha dele e a nossa. Se assim for, mate-o se puder, pois ele lançou a vergonha sobre os deuses da tribo; mas também lhe dê o anel de seu pai, pois ele é filho de seu pai, e não só no sangue."

Houve um instante de completo silêncio. Depois, Marcus disse:

— Está com ele aí?

— Numa correia, em meu pescoço — disse Liathan de má vontade. — Pode pegá-lo, já que minhas mãos estão amarradas.

Marcus ajoelhou-se, apoiado no joelho bom, e enfiou a mão com cuidado sob as dobras do ombro da capa do rapaz. Mas não havia nenhum truque; encontrou o anel, que estava nas costas, e, puxando-o, cortou a correia e o colocou no dedo nu. A luz começava a sumir e a grande pedra que se enchera de fogo verde quando a vira pela última vez estava friamente escura, como as folhas do carvalho, iluminada somente pelo leve reflexo do céu na superfície.

— Se a sorte da guerra tivesse sido diferente e Esca e eu tivéssemos caído sob suas lanças, você teria pouca oportunidade de me dar o anel de meu pai. Como, então, cumpriria o pedido de seu avô? — perguntou, curioso.

— Você teria o anel para levar consigo, como o homem que leva para sempre as armas e o cachorro predileto.

— Entendo — disse Marcus. Do anel, passou os olhos de volta para Liathan, com um meio sorriso repentino. — Quando voltar a sua casa, diga a Tradui que agradeço-lhe o presente do anel de meu pai.

Os passos de Esca soaram na escada e um momento depois ele mergulhou na luz da noite.

— Tudo está bem com os pôneis — disse. — Também dei uma olhada em volta e vi que nosso caminho é pelo vale a oeste. Por lá há uma cobertura das bétulas quase desde o princípio e, além disso, os caçadores seguiram rumo ao nascer do sol.

Marcus ergueu os olhos para o céu.

— A luz vai sumir em meia hora, mas muita coisa pode acontecer nesse tempo, e acredito que devemos partir agora.

Esca assentiu e estendeu-lhe a mão firme para ajudá-lo a levantar-se. Ao fazê-lo, viu a esmeralda imperfeita e deu-lhe um olhar rápido e curioso.

— É — disse Marcus. — Liathan me trouxe o anel de meu pai, como presente do avô. — Ele virou-se para olhar o nativo. — Usaremos dois pôneis seus, Liathan, para nos levar até a Muralha, mas os deixaremos soltos quando chegarmos, e com boa sorte você os encontrará de novo, mais tarde. Espero que sim, porque você me trouxe o anel de meu pai... Cuide da mordaça, Esca.

Esca o fez.

Encarando os olhos furiosos acima da mordaça, Marcus disse:

— Desculpe-me, mas não podemos correr o risco de você começar a gritar assim que nos formos, caso haja alguém ao alcance da voz. Com certeza seus irmãos de espada não demorarão a voltar e encontrá-los, mas para tornar tudo mais seguro, cuidarei para que a notícia de onde estão chegue aos nativos, quando *nós* chegarmos à Muralha. É o máximo que posso fazer.

Foram até o alto da escada. Esca parou para recolher as armas dos nativos no lugar onde as empilhara e jogou-as — todas, menos uma lança, que tomou para substituir a sua — por sobre o parapeito, no lago lá embaixo. Marcus ouviu-as cair na água num balbucio de leves respingos, enquanto se curvava sobre os dois outros cativos, ambos conscientes e com muito ódio dessa vez, para garantir que ainda não tinham conseguido afrouxar os liames. Então, mergulharam pelo portal para a escuridão que descia.

A tensão da fuga forçara Marcus ao máximo e o descanso na torre de sinalização, embora curto, fora suficiente para que a antiga ferida começasse a enrijecer. Tinha de se forçar a cada passo, e parecia haver muito mais passos escada abaixo do que houvera escada acima. Mas finalmente chegaram ao fim dos degraus e saíram no pequeno pátio, onde havia três pôneis com as rédeas sobre a cabeça.

Escolheram dois, um preto e um pardo, que pareciam mais descansados, prendendo as rédeas do terceiro sobre um tronco caído para que não os seguisse, e levaram-nos pelo portal estreito.

— A última etapa — disse Marcus, passando a mão, numa carícia, pelo pescoço do pônei preto. — Chegaremos rápido a uma das estações da Muralha amanhã de manhã.

Esca ajudou-o a montar antes de pular para o dorso do pardo. Por alguns minutos, Marcus fez o possível para controlar a montaria, pois o animalzinho feroz apresentou objeções insistentes ao cavaleiro desconhecido, bufando e pulando como um cavalo selvagem, até que, parecendo cansar-se de repente da luta, respondeu à sua mão e partiu a meio-galope, sacudindo a cabeça e cuspindo espuma sobre o peito e os joelhos.

Esca seguiu ao lado no pônei pardo, e os dois contornaram a escarpa íngreme do espigão e seguiram ladeira abaixo, rumo à floresta lá embaixo.

— Lugh seja louvado por ainda estarem bem descansados, pois temos uma dura cavalgada à nossa espera.

— É — disse Marcus, com o rosto fechado, entredentes. A briga violenta com a montaria gastara quase toda a resistência que lhe restava.

A luz sumia depressa quando entraram na longa curva do vale para o sul. O vento aumentava pelas bétulas e aveleiras da floresta e, lá no alto, o céu entre as nuvens que corriam acendia-se, amarelo como um lampião.

* * *

Muito tempo depois, a sentinela do baluarte norte de Borcovicus achou que, numa pausa do vento dilacerante, ouvira um barulho de cascos de cavalo, em algum lugar distante lá embaixo. Parou de andar para olhar, bem longe onde o riacho saía do seu vale selvagem, uns cem pés abaixo das muralhas da fortaleza, mas uma nuvem apressada e debruada de prata passou na frente da lua e o vale virou um vazio negro abaixo dele, e o vento voltou a soprar, levando embora todos os sons. Maldito vento! Havia sempre vento, a não ser quando havia nevoeiro, ali na parte mais alta da Muralha. Nada para escutar o dia todo e a noite toda, a não ser o vento e os gritos dos abibes. Bastava isso para fazer um homem ouvir coisa pior que cascos de cavalo dentro da cabeça. A sentinela cuspiu de nojo no abismo escuro e continuou a sua marcha regular.

Ainda um pouco mais tarde, o guarda de serviço no portão Norte surpreendeu-se com batidas muito imperiosas nas tábuas e o grito de "Abra em nome de César!" Era assim que o portador de despachos anunciava sua chegada, caso houvesse outro portão; mas os poucos que vinham do Norte — negociantes de cavalos, caçadores e coisas assim — não batiam no portão como se fossem o legado em pessoa exigindo entrar em nome do imperador. Poderia ser algum tipo de truque. Deixando o guarda do portão virado para fora e de prontidão, o óptio subiu retinindo até a vigia acima do portão.

Agora a lua estava livre de nuvens e, sob sua luz refletida, o óptio conseguiu com dificuldade perceber dois personagens diretamente abaixo dele, nas sombras do arco. A encosta íngreme da colina jazia nas sombras, mas havia luz suficiente para mostrar que estava vazia de homens, até a faixa branca do riacho. Então não era um truque.

— Quem exige entrar em nome de César?

Um dos personagens olhou para cima, o rosto uma mancha pálida na escuridão.

— Dois que têm assuntos urgentes a tratar com o comandante e que adorariam manter a pele intacta, se possível. Abra, amigo.

O óptio hesitou um instante; depois virou-se e desceu os poucos degraus.

— Abram — ordenou.

Os homens pularam para obedecer-lhe; a grande porta de carvalho se abriu suavemente para fora nas dobradiças de ferro e, na abertura, bem iluminada agora pela luz amarela da sala dos guardas, surgiram dois personagens selvagens e barbados, que poderiam ter nascido do vento de outono. Um deles apoiava-se pesadamente no ombro do outro, que parecia segurá-lo com o braço em torno da cintura; e quando avançaram aos tropeços, o óptio, que começara, rispidamente, com "Agora, o quê...", fez a gentileza de apoiá-lo do outro lado, dizendo:

— Tiveram problemas, hem?

Mas o outro riu de repente, os dentes brancos surgindo no emaranhado escuro da barba; e soltando-se do braço de apoio do amigo, lançou-se contra a parede da sala de guarda e ali se apoiou, respirando fundo e rápido pelas narinas dilatadas. Vestido com trapos imundos, magro como a fome, arranhado e manchado de sangue como se tivesse passado por muitos espinheiros, era o objeto mais desprezível que o óptio via há muito tempo.

Quando o portão se fechou atrás dele, essa aparição disse, com o tom frio e seco de um centurião de coorte:

— Óptio, preciso falar imediatamente com o oficial-comandante.

— Hein? — disse o óptio, e piscou.

Nisso, depois de uma estranha confusão de vários rostos, de vozes bruscas de soldados e passos a retinir e longos caminhos ondulantes entre prédios cujos cantos nunca pareciam estar onde se esperava, Marcus viu-se de pé no umbral de um cômodo iluminado por uma lâmpada. Apareceu de repente, dourada, surgida das trevas frias, uma salinha de paredes brancas, quase totalmente ocupada por uma velha escrivaninha e um baú para os registros. Piscou com uma sensação estranha e sonhadora de irrealidade. Um homem robusto, com meia farda, ergueu-se da cadeira de campanha e virou-se, inquisidor, para a porta.

— Ei, o quê... — começou, mais ou menos como fizera o óptio.

Quando a porta se fechou atrás de si, Marcus fitou o personagem atarracado e conhecido, o rosto quadrado com pelos escuros saindo do nariz, e não se surpreendeu. Voltara a um mundo conhecido e parecia natural nele encontrar velhos amigos.

— Boa-noite, Drusilus — disse. — Parabéns pela promoção.

O rosto do centurião espantou-se e a cabeça se ergueu, um pouco rígida.

— Não me reconhece, Drusilus? — disse Marcus, quase a implorar. — Sou...

Mas a luz já se fizera para o antigo centurião, e a perplexidade do rosto moreno e quadrado transformou-se no mais puro espanto e depois se acendeu num prazer incrédulo.

— Centurião Áquila! — disse ele. — Sim, senhor, eu o reconheço. Eu o reconheceria no próprio Tártaro, agora que pude olhá-lo bem! — Ele contornou rapidamente a mesa. — Em nome do Trovão, o que o trouxe aqui?

Marcus pousou seu embrulho na mesa, com todo o cuidado.

— Trouxemos de volta a Águia da Hispana — disse ele, com voz bastante arrastada, e em silêncio caiu para a frente por cima dela.

XX

DISCURSO FINAL

Num certo anoitecer no final de outubro, Marcus e Esca subiram a cavalo o último trecho da estrada de Calleva. Depois de saber, em Eburacum, que o legado Claudius ainda não voltara, seguiram para o Sul, para esperá-lo em Calleva, sabendo que não o perderiam pelo caminho.

Tinham-se livrado das barbas e estavam razoavelmente limpos de novo, e Marcus cortara o cabelo curto, à moda romana. Mas, vestindo ainda as roupas em farrapos da aventura, ainda magros, de olhos fundos e pouco respeitáveis, precisaram mais de uma vez da permissão emitida por Drusilus para salvá-los da desagradável acusação de terem roubado os cavalos do exército que montavam.

Estavam cansados, cansados até os ossos, e sem nenhum brilho de triunfo para aquecer o frio plúmbeo do cansaço; e avançavam com as rédeas frouxas no pescoço dos cavalos, em silêncio, a não ser pelas batidas dos cascos na estrada pavimentada e dos guinchos do couro molhado. Mas, depois de muitos meses na distância selvagem do Norte, Marcus sentia que esse campo mais suave e amistoso estendia-lhe os braços, e foi com a sensação de voltar para casa que ergueu o rosto para a leve garoa cinzenta e viu lá longe, além das milhas onduladas de floresta malhada, os contornos conhecidos e repentinamente amados das planícies do Sul.

Entraram em Calleva pelo portão Norte, deixaram os cavalos na Vinha Dourada, para serem devolvidos ao campo de treinamento no dia seguinte, e seguiram a pé para a casa de Áquila. Na rua estreita, quando nela entraram, os choupos já estavam despidos e o caminho era escorregadio, devido às folhas murchas e molhadas. A luz do dia sumia depressa e as janelas da torre de vigia de tio Áquila estavam cheias da clara luz amarelo-limão da lâmpada, que de algum modo parecia dar-lhes boas-vindas.

A porta estava no ferrolho, puxaram-no para abrir e entraram. Havia um ar de movimento incomum na casa, como se alguém tivesse acabado de chegar ou fosse chegar a qualquer momento. Quando saíram do estreito vestíbulo de entrada, o velho Stéfanos cruzava o átrio rumo à sala de jantar. Deu-lhes uma olhada, soltou um balido espantado e quase deixou cair a lâmpada que levava.

— Tudo bem, Stéfanos — disse Marcus, tirando a capa molhada e jogando-a num banco próximo. — Só brotamos da Vinha Dourada, não das entranhas do Hades. Meu tio está no escritório?

A boca do velho escravo abriu-se para responder, mas ninguém chegou a ouvir o que disse, pois sua voz foi coberta por um latido frenético que surgiu naquele instante. Houve um barulho louco de patas pela colunata e uma grande forma listrada pulou por sobre a soleira e veio zarpando pelo chão, escorregando na superfície lisa, as orelhas eretas e o rabo peludo voando. Filhote, deitado em triste abandono na colunata, ouvira a voz de Marcus e viera encontrá-lo.

— Filhote! — gritou Marcus, e sentou-se apressadamente em cima da capa, bem na hora de salvar-se de ser derrubado como um coelho apedrejado quando Filhote jogou-se, com um salto voador, sobre seu peito.

Os dois escorregaram do banco com um barulho retumbante. Marcus estava com os braços em volta do pescoço do jovem lobo e Filhote caído sobre ele, ganindo e latindo, lambendo-lhe o rosto de orelha a orelha com alegria frenética. Enquanto isso, a notícia da chegada deles já explodira na casa e Marcipor veio arrastando os pés, com digna pressa, até uma porta, enquanto Sástica corria por outra, ainda agarrando uma grande colher de ferro; e sabe-se lá como, entre os ataques de alegria de Filhote, Marcus virava-se de um para o outro, saudando e sendo saudado.

— Não se livrou de nós, viu, Marcipor? Sástica, vê-la é como ver as flores na primavera! Quantas noites sonhei com seus bolos de mel...

— Ah, achei ter ouvido sua voz, Marcus... entre outras.

Houve um silêncio súbito; e tio Áquila estava no pé da escada da torre de vigia, com o velho e cinzento Prócion a seu lado e, atrás dele, a figura morena e austera de Claudius Hieronimianus.

Marcus levantou-se devagar, uma das mãos ainda na grande cabeça selvagem colada à sua coxa.

— Parece que calculamos bem nossa chegada — disse ele. Começou a avançar ao mesmo tempo que o tio foi encontrá-lo, e no instante seguinte reuniram-se no meio do átrio, e Marcus agarrava nas suas ambas as mãos do velho.

— Tio Áquila! Ah, como é bom vê-lo de novo! Como vai tudo, senhor?

— É bastante estranho, mas vai melhor ao vê-lo em casa são e salvo mais uma vez, mesmo que disfarçado de rato do Tibre — disse tio Áquila. Seu olhar foi até Esca e voltou. — Disfarçados de dois ratos do Tibre. — Então, depois de um instante de pausa, bem baixinho: — Notícias?

— Trouxe-a de volta — disse Marcus, também baixinho. E, naquele momento, isso foi tudo sobre o assunto da Águia perdida. Os quatro estavam sozinhos no átrio, pois os escravos tinham escapulido para cumprir seus afazeres quando o dono da casa surgiu; e tio Áquila reuniu atrás dele os dois rapazes com um gesto imperioso, para segui-lo até onde o legado, que se afastara quando se reencontraram, aquecia-se em silêncio no braseiro. Na confusão geral, Filhote deu a volta um instante para enfiar o focinho na mão de Esca, como saudação, e voltou para Marcus outra vez. Prócion não cumprimentou ninguém, era cão de um homem só, a ponto de raramente mostrar que percebia a existência dos outros.

— Ele conseguiu! — anunciava tio Áquila, num tipo de resmungo triunfante. — Ele conseguiu, por Júpiter! Nunca achou que ele conseguiria, não é, meu caro Claudius?

— Eu... não tenho certeza — disse o legado, os estranhos olhos negros descansando pensativos sobre Marcus. — Não, eu não... não tenho certeza, meu caro Áquila.

Marcus o saudou e depois trouxe Esca da fímbria do grupo para a frente.

— Senhor, permita-me que traga à sua lembrança o meu amigo Esca Mac Cunoval.

— Já me lembro muito bem dele — disse Claudius, com um rápido sorriso para o bretão.

Esca curvou a cabeça diante dele.

— O senhor foi testemunha no documento da minha manumissão, segundo creio, senhor — disse, com uma voz monótona que fez Marcus olhá-lo ansioso, ao perceber, de repente, que não houvera uma recepção de verdade para Esca na casa em que fora escravo.

— Isso mesmo. Mas em geral me lembro dos homens por outras coisas, e não por documentos que eu possa ter assinado como testemunha — disse o legado, com gentileza.

Uma exclamação de tio Áquila interrompeu a pequena conversa e, olhando em volta, Marcus viu o outro fitando sua mão esquerda, que, inconscientemente, curvara por cima do embrulho precioso que ainda levava na tipoia.

— Esse anel — disse tio Áquila. — Deixe eu ver.

Marcus tirou o pesado anel de sinete e lhe entregou.

— Com certeza o senhor o reconhece?

O tio examinou-o por alguns instantes, o rosto ilegível. Depois, devolveu-o.

— Reconheço — disse ele. — Por Júpiter, reconheço, sim. Como encontrou o anel de seu pai?

Mas com a voz de Sástica a se erguer ali perto e algum dos escravos provavelmente prestes a surgir a qualquer momento pelo átrio cuidando dos preparativos do jantar, Marcus não teve vontade de começar a contar a história. Enfiando o anel de volta no dedo, disse:

— Tio Áquila, podemos deixar isso, e o resto, para lugar e hora mais adequados? É uma longa história e essa sala tem muitas portas.

Seus olhos se encontraram e, depois de uma pausa, tio Áquila disse:

— Tudo bem. Ambos os assuntos já esperaram bastante e uma hora a mais fará pouca diferença. Concorda, Claudius?

O egípcio assentiu.

— Com toda a certeza, concordo. Na torre de vigia, depois de comermos, estaremos a salvo de interrupções. Então Marcus poderá fazer o relatório completo. — De repente, seu rosto se abriu num sorriso de mil rugas e, com uma rápida mudança de modos que pareceu puxar uma cortina de seda sobre todo o assunto da Águia perdida, ocultando-o modestamente dos olhos até que chegasse a hora de exibi-lo outra vez, virou-se para Marcus. — Parece que sempre visito esta casa em boa hora. Da última vez, foi Filhote que voltou, e desta vez é você, mas o reencontro continua o mesmo.

Marcus baixou os olhos para Filhote, encostado nele, a cabeça erguida e olhos semicerrados de êxtase.

— Estamos contentes de estar juntos, Filhote e eu — disse.

— Assim parece. É quase inacreditável que um lobo possa ser um amigo tão fiel. Ele foi muito mais difícil que um cão, quando pequeno?

— Acho que era mais teimoso, e, com certeza, de manejo mais feroz. Mas foi Esca e não eu quem o criou. Ele é o especialista.

— Ah, claro! — O legado virou-se para Esca. — Vem dos brigantes, não é? Mais de uma vez vi os irmãos de Filhote correndo junto das matilhas de sua tribo, e fiquei me perguntando como...

Mas Marcus não escutava mais. Curvara-se rapidamente e passava a mão investigadora sobre o jovem lobo, ao perceber de repente algo que ainda não notara, no primeiro entusiasmo da volta para casa.

— Tio Áquila, o que fizeram com Filhote? Ele está que é só pele e osso.

— *Nós* não fizemos nada com Filhote — disse tio Áquila com um tom de profundo enfado. — Para se divertir, Filhote resolveu partir seu próprio coração teimoso. Depois que você foi embora, recusou-se a comer, a não ser da mão de Cótia, e depois que ela se foi, preferiu passar fome. Esse animal estava morrendo de propósito em nosso meio, com a casa toda zumbindo em volta dele como varejeiras em torno de um peixe morto.

A mão carinhosa de Marcus verificava o pescoço de Filhote e algo frio pareceu contorcer-se dentro dele.

— Cótia — disse ele. — Para onde ela foi? — Mal pensara nela, apenas duas vezes em todos os meses em que estivera longe; mas o tio pareceu levar um tempo longuíssimo antes de responder.

— Só até Aquae Sulis, para passar o inverno. A tia Valária descobriu a necessidade das águas minerais e levou a família toda há alguns dias.

Marcus soltou o fôlego que estava prendendo. Começou a brincar com as orelhas de Filhote, passando-as várias vezes entre os dedos.

— Ela deixou algum recado para mim?

— Ela me procurou com bela paixão ardente, na véspera de ser levada embora, para devolver seu bracelete.

— Você lhe contou sobre... sobre ficar com ele?

— Não. Algumas coisas é melhor calar até que haja necessidade de dizê-las. Disse-lhe que, como você o deixara sob a responsabilidade dela, eu achava melhor que ela o guardasse até voltar, na primavera, para entregá-lo em mãos. Também prometi dizer-lhe que ela o guardaria direitinho durante o inverno. — Ele estendeu a mão grande, de veias azuis, para o calor do braseiro e sorriu. — Ela é uma raposa, aquela pequena, mas uma raposa fiel.

— É — disse Marcus. — É... senhor, com sua licença, vou levar Filhote para alimentá-lo agora.

Esca, que estivera respondendo às perguntas do legado sobre a domesticação de filhotes de lobo, disse depressa:

— Eu o levo.

— Talvez se nós dois o levarmos, possamos lavar um pouco do pó da estrada enquanto isso. Temos tempo para isso, tio Áquila?

— Tempo de sobra — disse o tio. — Sem dúvida o jantar vai atrasar, só Júpiter sabe até que hora, enquanto Sástica vasculha as prateleiras da despensa em sua homenagem.

Tio Áquila estava certíssimo. Em homenagem a Marcus, Sástica vasculhara as prateleiras da despensa com total liberdade; e o triste é que foi quase um desperdício. Para Marcus, em todo caso, aquele jantar foi completamente irreal. Estava tão cansado que a luz suave das lâmpadas de óleo de palmeira pareciam uma nuvem dourada, e não sentiu o gosto de nada que comeu e mal notou o punhado de flores de açafrão de outono, molhadas pela chuva, que Sástica, orgulhosa de conhecer os costumes romanos, espalhara sobre a mesa. Parecia estranho, depois de tantas refeições feitas ao ar livre ou de cócoras ao lado de fogos de turfa, comer de novo numa mesa civilizada, ver o rosto bem barbeado dos outros homens e as túnicas de lã branca e macia que usavam — Esca pegara emprestado uma das suas — e ouvir as vozes baixas e secas do tio e do legado quando falavam entre si. Muito esquisito, como coisa de outro mundo; um mundo familiar que de repente ficava desconhecido. Quase esquecera o que fazer com o guardanapo. Só Esca, que visivelmente achava estranho e desconfortável comer apoiado no cotovelo esquerdo, parecia real naquela irrealidade estranha e frágil.

Foi uma refeição pouco à vontade, feita sem demora e quase em silêncio, pois a mente dos quatro concentrava-se num só assunto, cuidadosamente encoberto por trás de sua cortina de seda, que tornava inviável a tentativa de falar de outra coisa. Uma estranha refeição de boas-vindas, com a sombra da Águia perdida a pender sobre ela. E Marcus ficou agradecido quando, finalmente, tio Áquila pousou a taça, depois da última oblação, e disse:

— Que tal subirmos para o escritório agora?

Seguindo os dois homens mais velhos e mais uma vez levando a Águia, Marcus subira quatro ou cinco dos degraus da torre de vigia quando percebeu que Esca não vinha atrás; e, virando a cabeça, viu-o ainda no pé da escada.

— Acho que não vou — disse Esca.

— Não vem? Mas você tem de vir.

Esca fez que não com a cabeça.

— A conversa é entre você, seu tio e o legado.

Seguido, como sempre, por Filhote, Marcus voltou a descer os poucos degraus.

— A conversa é entre nós quatro. O que deu na sua cabeça, Esca?

— Acho que não devo entrar no santuário particular do seu tio — disse Esca, teimoso. — Já fui escravo nesta casa.

— Você não é mais escravo.

— Não, agora sou seu liberto. É estranho. Nunca pensei nisso até hoje à noite.

Marcus também nunca pensara nisso, mas sabia que era verdade. É possível dar a liberdade a um escravo, mas nada poderia desfazer o fato de ter sido escravo; e entre ele, um liberto, e qualquer homem livre que nunca deixara de sê-lo, ainda haveria uma diferença. Onde quer que se impusesse o modo de vida romano, essa diferença existiria. Era *por isso* que não importara, durante todos aqueles meses em que estiveram fora; era *por isso* que importava agora. De repente, sentiu-se desconcertado e indefeso.

— Você não se sentia assim antes de irmos para o Norte. O que mudou agora?

— Ah, mas foi no início. Eu não tivera tempo de entender. Só sabia que estava livre, como um cão que se solta da guia; e íamos fugir disso tudo pela manhã. Agora, voltamos.

Sim, tinham voltado, e isso tinha de ser enfrentado, e de uma vez por todas. Num impulso súbito, Marcus estendeu a mão livre e segurou o ombro do amigo, sem muita gentileza.

— Escute aqui — disse ele. — Vai passar o resto da vida como se tivesse sido açoitado e não conseguisse esquecer? Porque se for, sinto muito. Não gosta de ser livre? Pois eu não gosto de ser manco. Logo, somos dois, e a única coisa que podemos fazer, eu e você, é aprender a não dar peso demais às cicatrizes. — Deu uma sacudidela amistosa no ombro e soltou a mão. — Venha comigo agora, Esca.

Por um momento, Esca não respondeu. Então, lentamente, sua cabeça se ergueu e os olhos mostraram o ar dançarino que sempre tinham em ação.

— Estou indo — disse.

Quando apareceram na torre de vigia de tio Áquila, os dois homens mais velhos estavam de pé junto ao braseiro de ferro lavrado que brilhava, rubro, em seu nicho, do outro lado da sala. Viraram a cabeça para olhar Marcus e Esca quando entraram, mas ninguém falou — somente a chuva sussurrava suave e delicadamente contra as janelas estreitas. A pequena sala iluminada pela lâmpada parecia estar muito longe do mundo, muito alta acima dele. Marcus teve a sensação de uma profundidade imensa caindo abaixo dele na escuridão, como se, caso se aproximasse da janela, pudesse ver Órion nadando como um peixe lá embaixo.

— Então? — disse finalmente tio Áquila; e a palavra caiu cortante no silêncio, como um seixo jogado num lago.

Marcus foi até a escrivaninha e pousou nela o seu embrulho. Como parecia patético e disforme: um embrulho que poderia conter botas ou roupa suja.

— Ela perdeu as asas — disse ele. — Por isso o volume é tão pequeno.

Agora a cortina de seda fora puxada e, com ela, foi-se a superfície frágil de normalidade que tinham mantido a noite toda.

— Então o boato era verdadeiro — disse o legado.

Marcus fez que sim e começou a desfazer a massa informe. Abriu a última dobra e lá, em meio ao amontoado de esfarrapado pano violeta, estava a Águia perdida, atarracada, humilhada, mas estranhamente poderosa sobre suas patas abertas. Os furos vazios das asas estavam muito pretos à luz da lâmpada, que acendia as penas douradas com o amarelo forte das flores do tojo. Havia um orgulho furioso na cabeça erguida. Podia estar sem asas, caída da antiga posição, mas ainda era uma Águia; e de seu cativeiro de doze anos, voltara para seu povo.

Por um longo momento ninguém falou. Depois, tio Áquila disse:

— Devemos nos sentar agora?

Marcus dobrou-se, agradecido, numa das pontas do banco que Esca aproximara da mesa, pois a perna ferida começava a tremer sob ele. Percebia o calor do queixo de Filhote pousado com satisfação sobre seu pé e Esca sentado a seu lado quando começou a fazer o relatório. Contou tudo com clareza e atenção, sem excluir nada das histórias que Guern, o Caçador, e o velho Tradui lhe tinham contado, embora partes delas fossem difíceis de contar. Nos lugares adequados, passou a palavra a Esca, para que falasse por si. E o tempo todo seus olhos nunca deixaram o rosto atento do legado.

Este estava sentado, um pouco inclinado à frente, na grande cadeira de tio Áquila, os braços cruzados sobre a mesa diante dele, o rosto, com a marca vermelha da beira do elmo ainda levemente visível na testa, como uma máscara dourada e atenta contra as sombras lá atrás.

Ninguém se mexeu nem falou de imediato quando o relatório terminou. O próprio Marcus ficou sentado bem imóvel, procurando o veredito nos longos olhos negros. A chuva se aguçou num salpicado meio impaciente contra a janela. Então, Claudius Hieronimianus mudou de posição e o feitiço da imobilidade se quebrou.

— Agiram bem, vocês dois — disse ele; e seu olhar foi de Marcus a Esca e voltou a Marcus, englobando os dois. — Graças a vocês, uma arma que algum dia poderia ser usada contra o Império nunca mais será assim usada. Saúdo dois lunáticos muito corajosos.

— E... e a legião?

— Não — disse o legado. — Sinto muito.

Assim, Marcus recebeu o veredito. Era "polegar para baixo" para a Nona Legião. Ele pensara ter aceitado isso desde a noite em que ouvira a história de Guern. Agora, sabia que nunca aceitara por completo. No fundo do coração, agarrara-se, contra toda sensatez, à esperança de que sua própria avaliação estivesse errada, afinal de contas. Fez um apelo desesperado pela legião do pai, sabendo, enquanto falava, que não tinha esperanças.

— Senhor, há mais de três coortes que não estavam com a legião quando ela marchou para o Norte. Muitas legiões foram refeitas com bem menos sobreviventes, caso a Águia ainda estivesse em mãos romanas.

— Essas coortes foram desfeitas há doze anos e distribuídas por outras legiões do Império — disse o legado com a máxima gentileza. — Agora, mais de metade dos homens já se reformou, e os que ainda estão na ativa transferiram sua lealdade a outras Águias, faz muito tempo. Pelo que você mesmo nos mostrou, o nome e o número da Nona Hispana não são herança digna de uma nova legião. É melhor que seja esquecida.

"Não há caminho de volta pelas águas do Lete." Por trás das palavras do legado, Marcus achou que ouvia Guern, o Caçador. "Não há caminho de volta pelas águas do Lete... nenhum caminho de volta..."

Tio Áquila levantou-se explosivamente da mesa.

— E a resistência final deles, que Marcus acabou de nos contar? Essa não é uma herança digna de qualquer legião?

O legado virou-se um pouco na cadeira, para olhá-lo.

— A conduta de algumas dezenas de homens não pode compensar a conduta de uma legião inteira — disse ele. — Áquila, você tem de entender isso, ainda que um deles fosse seu irmão.

Tio Áquila grunhiu selvagemente e o legado virou-se para Marcus.

— Quantas pessoas sabem que a Águia foi trazida de volta?

— Ao sul da Muralha, nós quatro, o comandante do seu campo, que supus já saber do assunto pelo senhor, e o comandante da guarnição de Borcovicus. Ele foi meu antigo segundo, em Isca Dumnoniorum, e conquistou o comando da sua coorte com a defesa do forte depois que fui ferido. Tomamos o máximo cuidado, em Borcovicus, para que ninguém mais soubesse o que acontecera e ele nada dirá, a menos que eu lhe dê permissão. É claro que podem vir boatos do Norte, mas nesse caso imagino que morrerão como o primeiro.

— Muito bom — disse o legado. — Naturalmente, levarei a questão toda ao Senado. Mas não tenho dúvidas a respeito da decisão.

Tio Áquila fez um pequeno gesto expressivo, como se torcesse alguma coisa e a jogasse no braseiro.

— O que sugere que façamos com isso? — e indicou com a cabeça a Águia agachada e desafiadora.

— Deem-lhe um funeral honroso — disse o legado.

— Onde? — perguntou Marcus, com voz rouca, em seguida.

— Por que não aqui em Calleva? Cinco estradas se cruzam aqui e as legiões estão sempre de passagem, mas o lugar propriamente dito não é território de nenhuma legião.

Ele se inclinou para a frente e alisou de leve com o dedo as penas douradas, o rosto pensativo à luz da lâmpada.

— Enquanto Roma durar, as Águias passarão e voltarão a passar sob as muralhas de Calleva. Que melhor lugar para ela?

Tio Áquila disse:

— Quando construí esta casa, tinha havido alguns surtos de agitação por aqui e mandei fazer um pequeno esconderijo sob o chão do santuário para guardar meus documentos, em caso de problemas maiores. Que descanse lá e seja esquecida.

* * *

Muito mais tarde, naquela noite, os quatro se juntaram no pequeno nicho do santuário, no fim do átrio. Os escravos já tinham se recolhido há muito tempo aos seus aposentos e tinham a casa e o silêncio da casa só para si. Uma lâmpada de bronze sobre o altar lançava uma longa língua de fogo no formato perfeito de uma folha de louro e, à sua luz, os deuses domésticos, em seus nichos nas paredes caiadas, pareciam olhar para baixo, enquanto os quatro homens baixavam os olhos para o pequeno buraco quadrado no chão de mosaico, bem diante do altar.

Marcus trouxera a Águia da torre de vigia, levando-a como a levara durante tantos quilômetros e dormira com ela tantas noites, debaixo do braço. E, enquanto os outros observavam em silêncio, ajoelhara-se e pusera-a na pequena cista quadrada que passava pelo hipocausto e ia até a terra escura mais abaixo. Ele a deitara — não mais enrolada no pano violeta esfarrapado — sobre sua antiga capa militar, e aconchegou-lhe as dobras escarlates com mão gentil. Orgulhara-se muito de usar aquela capa; era apropriado que agora pertencesse à Águia de seu pai.

Os quatro homens estavam de cabeça baixa; três tinham servido com as Águias, cada um na sua época, um sofrera a escravidão por erguer suas armas contra elas; mas, naquele momento, não havia abismo entre eles. O legado deu um passo à frente, até a borda do buraco quadrado, olhando onde o escarlate da capa de Marcus praticamente se perdia nas profundezas além do alcance da luz da lâmpada. Ergueu uma das mãos e começou, bem simplesmente, a recitar a Oração de Despedida, como faria por um camarada morto.

De repente, a mente cansada de Marcus achou que havia outros além deles no pequeno santuário iluminado pela lâmpada; dois, principalmente: um homem franzino e moreno, de rosto ansioso sob o alto penacho de comandante da Primeira Coorte; e um nativo de cabelo desgrenhado e saiote cor de açafrão. Mas quando olhou o nativo, ele sumiu, e em seu lugar estava o jovem centurião que havia sido.

— Aqui jaz a Águia da Nona Legião Hispana — dizia o legado. — Muitas vezes encontrou a honra nas guerras, contra inimigos no estrangeiro e rebeliões em casa. A vergonha a atingiu; mas, afinal, foi erguida honrosamente até que o último dos que a guardavam morreu sob suas asas. Comandou homens bravos. Que seja esquecida.

Deu um passo atrás.

Esca, inquiridor, olhou tio Áquila e, a um sinal dele, abaixou-se até o pedaço moldado de mosaico sólido, que estava encostado à parede, e ajustou-o com todo o cuidado de volta em seu lugar sobre o buraco. Ficava bem disfarçado esse esconderijo que tio Áquila mandara fazer para os seus documentos. Com o ladrilho colocado de volta e o desenho completo, não restava dele nenhum vestígio, salvo uma fresta invisível onde mal caberia a lâmina de uma faca.

— Amanhã o selaremos — disse tio Áquila com voz pesada.

De leve, no silêncio, pelo suave vento úmido, vieram as notas longas e inesquecíveis das trombetas do campo de treinamento, marcando o terceiro turno de vigia da noite. Para Marcus, ainda olhando cegamente o lugar onde estivera o buraco quadrado, parecia que soavam com tristeza insuportável pela Águia perdida e pela perdida Legião que marchara para a bruma e nunca mais voltara. Então, de repente, quando as trombetas distantes se apressaram na série brilhante de notas que encerrava o toque, a sensação de fracasso abandonou-o como uma capa esfarrapada, e ele soube mais uma vez, como soubera nas ruínas da torre de sinalização enquanto os caçadores se aproximavam, que tudo valera a pena.

Não conseguira redimir a legião de seu pai, porque estava além de redenção, mas a Águia perdida voltara para casa e agora nunca seria usada como arma contra seu próprio povo.

Ergueu a cabeça ao mesmo tempo que Esca e seus olhos se encontraram.

— Uma boa caçada? — Esca parecia perguntar.

— Foi uma boa caçada — disse Marcus.

XXI

O PÁSSARO DE OLIVEIRA

Aquele inverno não foi fácil para Marcus. Durante meses, sobrecarregara sem misericórdia a perna manca e, quando a tensão passou, de repente ela se vingou. Ele não se incomodava muito com a dor que lhe causava, a não ser quando o deixava acordado à noite, mas se incomodava amargamente de ver-se agrilhoado mais uma vez pelo antigo ferimento quando achara que tudo aquilo já passara. Sentia-se mal e estava louco de impaciência; e, como nunca, sentiu falta de Cótia durante os dias escuros de inverno.

E havia a questão antiga e insistente do futuro ainda a resolver. Para Esca, o futuro era mais simples; mais simples na aparência, em todo caso.

— Sou seu escudeiro, embora não seja mais seu escravo — disse ele, quando discutiram o assunto. — Vou servi-lo e você me alimentará, e entrementes talvez eu vire caçador, e isso me trará um sestércio de vez em quando.

Antes mesmo do fim do ano, Marcus conversara com o tio sobre a velha ideia de se tornar secretário de alguém, mas tio Áquila desdenhara, com poucas palavras mordazes e bem escolhidas, seu talento para ser secretário de alguém, e quando o sobrinho se mostrou teimoso na defesa do plano, terminou fazendo-o prometer esperar pelo menos até estar forte de novo.

O ano foi se aproximando da primavera e, aos poucos, a perna de Marcus começou a fortalecer-se mais uma vez sobre seu pé. Março chegou e a floresta sob os baluartes encheu-se de vitalidade crescente, e os muitos espinheiros que lhe davam o nome começaram a emplumar de branco os morros cobertos de mata. E, de repente, a casa de Kaeso despertou. Durante alguns dias, escravos iam e vinham, correndo por ela. Tapeçarias foram sacudidas à porta e a fumaça do hipocausto recém-aceso soprou para os aposentos dos escravos da casa de tio Áquila, criando agastamento entre as duas casas. Então, certa noite, ao voltar dos banhos, Marcus e Esca encontraram uma carroça alugada, puxada por mulas, voltando vazia da casa de Kaeso, e avistaram uma massa de bagagens sendo levada para dentro. A família voltara.

Na manhã seguinte, Marcus desceu ao pé do jardim e assoviou para Cótia, como costumava fazer. Era um dia feroz, de vento forte e chuva fina e brilhante, e os pequenos narcisos nativos na curva do baluarte sacudiam-se e corriam com as lufadas como pontas de chama sopradas pelo vento, com o sol penetrante a se inclinar por suas pétalas. Cótia veio com o vento atrás, pela ponta da sebe que ondulava, para encontrá-lo sob as árvores frutíferas nuas.

— Ouvi seu assovio — disse ela — e vim. Trouxe-lhe de volta o bracelete.

— Cótia! — disse Marcus. — Nossa, Cótia! — E ficou parado a olhá-la, sem fazer nenhum movimento para pegar o bracelete que ela lhe estendia. Fazia quase um ano desde o último encontro dos dois, mas ele esperara que ela o aguardasse como era então. E Cótia não o fizera. Estava diante dele muito mais alta do que antes, com a cabeça erguida, e lhe devolveu o olhar, de repente um pouco insegura. O macio manto verde-ouro enrolava-se justo em volta dela, sobre as pregas brancas e retas da túnica; uma das pontas, que fora jogada sobre a cabeça, caíra para trás e o cabelo flamejante, que antes usava solto, estava trançado numa coroa brilhante, de modo que parecia, mais do que nunca, portar a cabeça como uma rainha. Os lábios estavam tocados de vermelho e as sobrancelhas escurecidas, e havia minúsculas gotas de ouro nas orelhas.

— Nossa, Cótia — disse ele outra vez —, você cresceu...
— E sentiu, de repente, uma dorzinha de perda.

— É — disse ela. — Gosta de mim crescida?

— É... gosto, claro — disse Marcus. — Obrigado por cuidar do meu bracelete. Tio Áquila me disse que você veio conversar com ele pouco antes de viajar. — Ele pegou o pesado bracelete de ouro e o pôs no pulso, ainda a olhá-la. Viu que não sabia como falar com ela e, quando o silêncio se estendeu, perguntou, com cortesia desesperada: — Gostou de Aquae Sulis?

— Não! — Cótia cuspiu a palavra entre os dentinhos pontudos e de repente seu rosto brilhou de fúria. — Detestei cada momento de Aquae Sulis! Nunca quis ir para lá; queria esperá-lo, porque você me disse que talvez estivesse de volta antes do inverno. E durante o inverno inteiro não tive notícias suas, a não ser um... um recadinho numa carta boba que seu tio me mandou sobre o novo suprimento de água da cidade, e esperei, e esperei, e agora você nem está contente em me ver! Então eu também não estou nem um pouquinho contente em vê-lo!

— Sua raposinha! — Marcus segurou-lhe os pulsos quando ela se virou para correr e a fez ficar de novo de frente para ele. De repente, ele riu de leve. — Mas estou contente em vê-la. Você não sabe como estou contente em vê-la, Cótia.

Ela tentava se afastar dele, torcendo os pulsos para libertá-los, mas ao ouvir essas palavras conferiu, erguendo os olhos para o rosto de Marcus.

— É, agora você está — disse ela, curiosa. — Por que antes não ficou?

— A princípio, eu não a reconheci.

— Ah — disse Cótia, um pouco ausente. Ficou um instante em silêncio e depois perguntou, com súbita ansiedade: — Onde está Filhote?

— Namorando Sástica para ganhar um osso. Está ficando ganancioso.

Ela soltou um profundo suspiro de alívio.

— Então ele estava bem quando você chegou em casa?

— Estava muito magro; depois que você partiu, não quis mais comer. Mas agora está bem.

— Estava com medo disso... quero dizer, com medo que ele se afligisse. Era uma das razões para eu não querer ir para Aquae Sulis, mas não podia levá-lo comigo, não podia mesmo, Marcus. Tia Valária nunca permitiria.

— Tenho certeza que não — disse Marcus, a boca se torcendo um pouco quando pensou na senhora Valária enfrentando a ideia de levar um lobinho para uma elegante estação de águas.

Nisso, estavam sentados lado a lado na capa de Marcus, estendida no banco molhado de mármore, e em seguida Cótia perguntou:

— Achou a Águia?

Ele virou o rosto para olhá-la, os braços descansando nos joelhos.

— Achei — disse, finalmente.

— Ah, Marcus, estou tão feliz! Tão feliz! E agora?

— E agora, nada.

— E a legião? — Ela vasculhou-lhe o rosto, e a fagulha sumiu do seu. — Não haverá uma nova Nona Legião, afinal de contas?

— Não, nunca mais haverá uma Nona Legião.

— Mas, Marcus... — começou ela, e parou. — Não, não vou perguntar.

Ele sorriu.

— Talvez um dia eu lhe conte a história toda.

— Esperarei — disse Cótia.

Ficaram um pouco ali sentados, falando aos trancos e barrancos, mas em silêncio a maior parte do tempo, espiando-se de vez em quando com um sorriso rápido e depois olhando para longe outra vez, pois estavam inesperadamente com vergonha um do outro. Nisso, Marcus contou a ela que Esca não era mais escravo. Esperava que ela se surpreendesse, mas a mocinha só disse:

— Já sei, Nissa me contou pouco depois de você partir, e fiquei contente pelos dois. — E ficaram em silêncio de novo.

Atrás deles, nos ramos nus e ondulantes da pereira selvagem, um passarinho preto com bico cor de açafrão começou a cantar e o vento pegou as notas e jogou-as, resplandecentes, num chuvisco sobre eles. Viraram-se para olhar o cantor, balouçando-se contra o azul frio e soprado do céu. Marcus franziu os olhos para o brilho fino da luz do sol e assoviou de volta, e o passarinho, curvando-se e balançando no galho soprado pelo vento, a garganta a se inchar num êxtase de música, pareceu responder-lhe. Então veio uma nuvem navegando pelo sol e o mundo claro se embebeu de sombra.

No mesmo momento, ouviram um cavalo descendo a rua, os cascos tinindo no pavimento molhado. Parou diante da casa, ou diante do vizinho, Marcus não conseguiu saber de qual.

O passarinho ainda cantava, mas quando se virou para olhar Cótia, uma sombra que não era apenas a nuvem passageira parecia tê-la tocado.

— Marcus, o que vai fazer agora? — perguntou ela de repente.

— Agora?

— Agora que está forte de novo. Está forte de novo, não está? — Depois, rapidamente: — Não, não acredito que esteja, você está mancando mais agora do que quando eu o vi pela última vez.

Marcus riu.

— Passei o inverno todo deitado feito um texugo doente, mas agora estou melhorando depressa.

— Isso é verdade?

— Isso é verdade.

— Então, o que vai fazer? Vai voltar às legiões?

— Não. Eu me sairia bastante bem numa escaramuça, talvez, mas não posso mais marchar trinta quilômetros por dia com minha coorte de Portus Itius até Roma e, com certeza, não sirvo mais para os desfiles.

— Desfiles! — disse Cótia, indignada. — Já os vi desfilando pelos portões do campo de treinamento. Marcham em linha reta de um lado para o outro, com as pernas trabalhando juntas, e fazem desenhos bobos enquanto um homem com voz de touro grita com eles. O que isso tem a ver com os combates da guerra?

Marcus arrumou rapidamente os pensamentos para fazer Cótia entender o que isso tinha a ver com os combates da guerra, mas não precisou se esforçar na explicação porque ela logo prosseguiu, sem esperar resposta.

— Então, se não pode voltar às legiões, o que vai fazer?

— Não sei... Não tenho certeza.

— Talvez volte para casa — disse ela. Então, de repente, pareceu perceber as próprias palavras e os olhos se assustaram. — Vai voltar para Roma e levar Filhote e Esca com você!

— Não sei, Cótia, não sei mesmo. Mas não acho provável que eu volte para casa.

Mas Cótia pareceu não ouvir.

— Leve-me também. — De repente, a voz dela virou quase um lamento. — Logo vão construir a muralha da cidade em volta daqui e você não pode me deixar numa jaula! Não pode! Ah, Marcus, leve-me também!

— Mesmo que seja para Roma? — perguntou Marcus, recordando-lhe o velho ódio dela por tudo o que era romano.

Cótia levantou-se do banco e virou-se para ele, que também se levantou.

— É — disse ela. — Para qualquer lugar, desde que seja com você.

Duas ondas distintas de sentimento passaram por Marcus, uma tão perto da outra que eram quase uma só. A primeira foi a surpresa alegre de descobrir e a segunda, a desolação de voltar a perder... Como explicaria a Cótia que, por não possuir nada no mundo, sem nem mesmo um ofício nas mãos, não poderia levá-la com ele?

— Cótia — começou ele, desolado. — Cótia, querida... não adianta...

Mas antes que pudesse continuar, ouviu Esca chamar, com um toque de empolgação na voz.

— Marcus! Marcus, onde você está?

— Aqui embaixo. Estou indo — gritou de volta, e pegou a mão de Cótia. — Venha comigo agora, pelo menos.

A chuva começara a respingar em volta deles, mas o sol saíra de novo e a chuva brilhava ao cair. Filhote encontrou-os nos degraus do pátio, contornando-os e latindo alegre, o rabo balançando atrás. E logo atrás de Filhote, vinha Esca.

— Isso acabou de chegar para você — disse ele, estendendo um rolo fino e selado de papiro.

Marcus tomou-lhe o rolo, erguendo as sobrancelhas ao ver no selo o símbolo da Sexta Legião, enquanto Cótia, Esca e Filhote cumprimentavam-se a seu modo. No ato de romper a fita, ergueu os olhos e viu tio Áquila andando na direção deles.

— A curiosidade é um dos privilégios da idade provecta — disse tio Áquila, assomando sobre o grupo na entrada da colunata.

Marcus desenrolou a folha quebradiça de papiro. Estava meio cego com o brilho do dia ali fora e as palavras escritas pareciam flutuar em meio a nuvens vermelhas e verdes.

"Ao centurião Marcus Flavius Áquila, de Claudius Hieronimianus, legado da Sexta Victrix, Saudações", começava a carta. Ele passou os olhos rapidamente pelas poucas linhas até o fim, depois ergueu-os para encontrar os olhos dourados e arregalados de Cótia fixos nele.

— Você é uma bruxa da Tessália, que prende a lua numa rede de cabelo? Ou é apenas a Outra Visão que você tem? — disse ele, e voltou à carta em sua mão.

Começou a lê-la uma segunda vez, com mais atenção, absorvendo-a, pois mal fora capaz de conseguir isso da primeira vez, e resumindo-a para os outros enquanto avançava.

— O legado levou a questão ao Senado e a decisão deles é a que já sabíamos. Mas ele diz que, "em justo reconhecimento pelos serviços ao Estado, que ainda assim são reais embora devam ficar sem divulgação..." — Ele ergueu os olhos rapidamente. — Esca, você é um cidadão romano.

Esca ficou desconcertado, quase um pouco assustado.

— Não sei se entendi. O que isso significa?

Significava tanta coisa; direitos e deveres. De certa maneira, até cancelava a orelha cortada, pois se um homem era cidadão romano, esse fato era mais forte do que o fato de ter sido escravo. Mais tarde Esca descobriria isso. E também, no caso de Esca, era a honrosa recompensa, o gládio de madeira do gladiador que conquistava a liberdade com a honra na arena; o cancelamento de todas as dívidas.

— É como se lhe dessem o gládio de madeira — disse ele; e viu Esca, que fora gladiador, começar a entender, antes de voltar à carta. — O legado diz que, pelos mesmos serviços, receberei a pensão de um centurião de coorte que cumprisse todo o tempo de serviço, a ser paga à moda antiga, parte em sestércios, parte em terra. — Uma pausa longa e então começou a ler, palavra por palavra. — "De acordo com o costume estabelecido, a concessão de terra ser-lhe-á feita aqui na Britânia, como província de seu último posto militar; mas um bom amigo meu nos bancos do Senado escreve-me que, se desejar, não haveria dificuldade em fazer uma troca por terras na Etrúria, que acredito ser sua terra natal. Os documentos oficiais chegarão a vocês dois no devido tempo, mas como as rodas oficiais são sabidamente lentas, espero ser o primeiro a lhes dar a notícia...”

Ele parou de ler. Lentamente, a mão que segurava a carta do legado pendeu ao lado do corpo. Ele olhou em volta, fitando os rostos que o cercavam: o de tio Áquila, com o ar de quem observa com interesse distante o resultado de uma experiência; o de Esca, com o ar alerta de quem aguarda; o de Cótia, de repente muito pontudo e pálido; a grande cabeça de Filhote, erguida e vigilante. Rostos. E, de repente, queria fugir de todos, até mesmo de Cótia, até mesmo de Esca. Faziam parte de todos os seus planos e cálculos, pertenciam a ele e ele lhes pertencia, mas naquele momento único queria estar sozinho, para entender o que acontecera sem ninguém mais para complicar tudo. Afastou-se deles e encostou-se na meia-parede ao lado dos degraus do pátio, fitando lá embaixo o jardim molhado pela chuva onde os pequenos narcisos nativos eram uma miríade de pontas de fogo dançarino sob as árvores frutíferas selvagens.

Podia ir para casa.

De pé ali, com os últimos respingos frios da chuvarada soprando em seu rosto, pensou: “Posso ir para casa”; e viu, diante dos olhos, a longa estrada que ia para o Sul, a estrada da Legião, branca ao sol etrusco; as fazendas em meio aos terraços de oliveiras e a escuridão cor de vinho dos Apeninos mais além. Parecia respirar o cheiro resinoso e aromático dos pinheirais que desciam até a costa e a mistura quente de tomilho, alecrim e ciclame selvagem que era o aroma do verão em suas colinas. Agora poderia voltar àquilo tudo, para os morros e o povo junto aos quais fora criado e dos quais sentira tantas saudades amargas ali no Norte. Mas se o fizesse, não haveria nele outra fome pelo resto da vida? Por outros cheiros e vistas e sons, pelos céus pálidos e instáveis do Norte e pelo chamado das tarambolas?

De repente, soube por que tio Áquila voltara a esse país quando seus anos de serviço terminaram. A vida toda recordaria os morros da sua infância, às vezes os recordaria com saudades; mas a Britânia era o seu lar. Isso lhe veio não como coisa nova, mas como algo tão familiar que se perguntou por que não soubera antes.

Filhote enfiou o focinho frio em sua mão, ele respirou fundo e virou-se de novo para os outros. Tio Áquila estava parado, de braços cruzados e a enorme cabeça um pouco de lado, olhando-o com aquele ar de interesse distante.

— Meus parabéns, Marcus — disse ele. — Não é por qualquer um que o meu amigo Claudius faria todo esse esforço que deve ter feito para arrancar justiça do Senado.

— Acho que eu beijaria seus pés — disse Marcus baixinho. — É um novo começo... um novo começo, Esca.

— É claro que vai demorar um pouco para conseguir a troca — disse tio Áquila, pensativo. — Mas imagino que até o outono você já deve estar de volta à Etrúria.

— Não voltarei à Etrúria — disse Marcus. — Terei minha terra aqui na Britânia.

Olhou Cótia. Ela estava em pé, na mesma posição em que ficara desde que ele começou a ler a carta do legado, parada e esperando como um salgueiro-branco preso pelo inverno.

— Não é Roma, afinal de contas; mas você disse "qualquer lugar", não foi, minha doce Cótia? — disse ele, estendendo-lhe a mão.

Ela o fitou por um instante, inquisitiva. Depois sorriu e, fazendo um pequeno gesto para arrumar o manto, como se estivesse bem preparada para ir agora, a qualquer lugar, a qualquer lugar mesmo, pôs sua mão na dele.

— E agora suponho que terei de combinar tudo com Kaeso — disse tio Áquila. — Por Júpiter! Por que nunca percebi como a vida era pacífica antes que você viesse?

* * *

Naquela noite, depois de escrever ao legado em nome dos dois, Marcus foi se juntar ao tio na torre de vigia enquanto Esca foi ver como enviar a carta. Debruçava-se na janela alta, os cotovelos apoiados no parapeito, o queixo nas mãos, enquanto, atrás dele, tio Áquila estava sentado ereto à escrivaninha, cercado por sua História da Guerra de Assédio. A sala alta prendia, como uma taça, a luz evanescente do dia, mas lá embaixo, no pátio, as sombras se juntavam, e as milhas sinuosas de floresta tinham a maciez da fumaça quando Marcus as observou até a conhecida ondulação das planícies.

Terra plana: sim, essa era a terra para plantar. Tomilho para as abelhas, e bom pasto; talvez até uma encosta para o sul onde pudesse abrir terraços para videiras. Ele e Esca, e a pouca ajuda que conseguissem, por menor que fosse, a princípio; mas conseguiriam. Cultivar com mão de obra livre ou liberta seria uma experiência, mas já fora feita, embora não com muita frequência. Esca lhe inspirara o desagrado pela posse de seres humanos.

— Estivemos conversando, Esca e eu; e se puder escolher, gostaria de tentar as terras das planícies — disse ele, de repente, ainda com o queixo na mão.

— Imagino que você não terá muita dificuldade para conseguir isso com as autoridades constituídas — disse tio Áquila, procurando uma placa perdida em meio à bagunça organizada de sua mesa.

— Tio Áquila, o senhor já sabia... com antecedência, quero dizer?

— Eu sabia que Claudius pretendia levar seus nomes ao Senado, mas se algum resultado viria daí é outra história. — Ele fungou. — Claro que o Senado vai pagar suas dívidas à moda antiga! Terra e sestércios; o máximo de terra e o mínimo de sestércios, fica mais barato assim.

— E também uma cidadania romana — disse Marcus, rápido.

— Que é uma coisa diferente do preço, embora não custe nada dá-la — concordou tio Áquila. — Acho que não precisavam ter economizado na sua pensão.

Marcus riu.

— Vamos ficar bem, Esca e eu.

— Disso não tenho dúvidas, sempre supondo que vocês não morram de fome antes. Terão de construir e poupar, lembrem-se.

— A maior parte das construções nós mesmos podemos fazer; argila e ramos servirão até enriquecermos.

— E o que Cótia pensa disso?

— Cótia ficará contente — disse Marcus.

— Bem, você sabe a quem recorrer se precisar de ajuda.

— Ah, sim, eu sei. — Marcus virou-se. — Se precisarmos de ajuda, se precisarmos mesmo, depois de três colheitas ruins, virei.

— Antes não?

— Antes não. Não.

Tio Áquila pareceu furioso.

— Você é impossível! A cada dia fica mais parecido com seu pai!

— É mesmo? — perguntou Marcus, com uma faísca de riso, e hesitou. Havia algumas coisas que nunca eram fácil dizer ao velho. — Tio Áquila, o senhor já fez tanto por Esca e por mim. Se eu não tivesse o senhor a quem recorrer...

— Bobagem! — disse tio Áquila, ainda procurando a placa sumida. — Não há mais ninguém para recorrer a mim. Nenhum filho do meu sangue para me incomodar. — Encontrou finalmente a placa e começou, com precisão delicada, a alisar a cera usada com a pena de escrever, evidentemente sob a impressão de que era a ponta reta do estilete. De repente, ergueu os olhos sob o cenho franzido. — Se você tivesse pedido aquela troca, acredito que eu me sentiria bem solitário.

— Achou que eu voltaria a Clusium na primeira maré alta?

— Não, não pensei isso — disse lentamente tio Áquila, olhando, com surpreso desagrado, o estrago em sua pena, e largando-a. — Agora você me fez arruinar uma pena em perfeito estado e destruir várias anotações importantíssimas. Espero que esteja satisfeito... Não, não pensei isso, mas até chegar a hora, e a escolha estava em suas mãos, eu não podia ter certeza.

— Nem eu — disse Marcus. — Mas agora tenho.

De imediato, e aparentemente por nenhuma razão específica, ele se lembrou do passarinho de oliveira. Achou que, quando as pequenas chamas lamberam a pira de casca de bétula e urze seca na qual o deitara, com aquele tesouro da infância toda a sua antiga vida se queimara. Mas uma nova vida, um novo começo, surgira das cinzas, para ele, Esca e Cótia; talvez também para outros; até mesmo para um vale desconhecido nas terras baixas que um dia seria uma fazenda.

Em algum lugar uma porta bateu e os passos de Esca soaram lá embaixo, na colunata, acompanhados por um assovio límpido e alegre.

"Ah, quando me uni às Águias,
(ai, ai, quanto tempo faz)
Beijei uma moça em Clusium
E me fui sem olhar pra trás."

E Marcus percebeu de repente que os escravos raramente assoviavam. Podiam cantar, quando tinham vontade ou se o ritmo ajudasse o trabalho, mas assoviar era algo diferente; era preciso ser livre para fazer o tipo de barulho que Esca fazia.

Tio Áquila ergueu novamente os olhos da pena quebrada que remendava.

— Ah, aliás... Tenho uma notícia que pode lhe interessar, se é que já não sabe. Estão reconstruindo Isca Dumnoniorum.

LISTA DE NOMES DE LUGARES

Romanos	**Na Grã-Bretanha**
Aquae Sulis	Bath
Are-Cluta	Dunbarton (Cluta é o nome celta do rio Clyde)
Anderida	Pevensey
Borcovicus	O posto da Muralha mais próximo da moderna Housesteads
Calleva Atrebatum	Silchester
Quilurnium	Na Muralha, logo ao norte de Corbridge
Deva	Chester
Dubris	Dover
Durinum	Dorchester
Eburacum	York
Glevum	Gloucester
Isca Dumnoniorum	Exeter
Isca Silurium	Caerleon
Luguvalium	Carlisle
Regnum	Chichester
Segedunum	Wallsend
Spinaii, floresta de	Floresta que cobria grande parte do sul da Inglaterra, da qual tudo o que resta hoje é a Nova Floresta
Caledônia	As terras altas da Escócia; o nome celta é Albu

Hibérnia	Irlanda; o nome celta é Eriu
Valêntia	Província romana entre as Muralhas do Norte e do Sul; em termos gerais, as terras baixas da Escócia
Os selgoves	Dumfries e Ayrshire
Os novantes	Kirkcudbrightshire e Wigtown
Os dumnonii (mesma tribo que em Devon)	Ayr, Lanark, Renfrew, Dunbarton e Stirling
Os epidaii	Kyntyre e Lorn, e a região em volta do Loch Awe

Este livro foi composto na tipologia Classical
Garamond BT, em corpo 11/16, e impresso em
papel off-white $80g/m^2$ no Sistema Cameron
da Divisão Gráfica da Distribuidora Record.